書寫青春20

第二十屆台積電青年學生文學獎
得獎作品合集

聯經編輯部　編

序 繁花盛開

台積電文教基金會董事長　曾繁城

二〇二三年對於臺灣文壇是一個特別的年分，「文訊雜誌社」在七月邁向四十週年，「印刻生活誌」八月創刊二十週年，台積電文教基金會與聯合報所共同創辦的「台積電青年學生文學獎」亦於今年進入第二十年。

我曾於首屆文學獎作品集的序言裡提到「這個文學獎設立之初，我們充滿了期待，但也忐忑於許多的未知。難以預期在這個網路文化盛行，以視覺學習為主導的世代，究竟還有多少青年學生仍重視文字的價值？」文學獎舉辦迄今，除了首屆二五七件的書評獎外，共計有三八九六件小說、四三二四件新詩以及一〇五六件散文作品曾來角逐這青春文學桂冠。如此的成績是否能安頓首屆舉辦時的忐忑，抑或是向黑洞吶喊的回聲，在二十年後的今天，我仍未有解答。

但也許，徵件量的追求，早已不再是青年學生文學獎的主要目標。在這二十年裡，台積電青年學生文學獎已開始有了它的生命，它逐漸地跳脫了文學競賽的邊界，它開枝散葉地成為一場文學盛典：初春的二月分副刊徵文公告、三月分全民共參的網路徵文、四月分文學專刊的新星發表，六月分的評選、七月分的金榜，直到十月分贈獎典禮，為這一系列猶如祭典般地點燃繽紛燦爛的花火之後，再一次啟動生命的循環。在這生生不息的滋養中，青年朋友為爭取桂冠而努力，大眾則得到了心靈的洗禮。

台積電作為推動科技向前的核心企業，我們仍時時思考人文精神的價值。二〇二三年ＡＩ浪潮的來襲，許多文字創作者疑懼文字創意空間將被未來科技所限縮，但我仍相信謬思的真正價值在於那人類獨有的神祕靈光。二十年來，這群擁有靈光的朋友在各行各業——專職作家、編劇、樂評、老師、醫生、新聞工作者——配帶著文學的香火袋，在自己的路上勇敢前行。最後，我要再度借用白先勇先生的一句話：「在小苗抽枝發芽的階段，給予灌溉和滋養，有一天我們期盼能見到茂密成林。」我想，在這片園圃中或許尚未見到聳天密林，但已看到了盛開的繁花。

目次

短篇小說獎

散文獎

新詩獎

旭日獎

附錄

徵文辦法

文學專刊

繁花盛開——

特別收錄

文學大小事・部落格徵文

第二十屆台積電青年學生文學獎

短篇小說獎金榜

首獎
謝宛彤〈有耳無喙〉
獎學金三十萬元，晶圓陶盤獎座一座

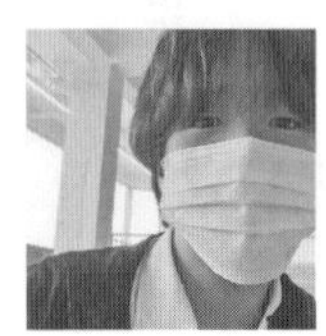

二獎
陳鼎斌〈邀請名單沒有K〉
獎學金十五萬元，獎牌一座

三獎
黃宥茹〈扮仙〉
獎學金六萬元，獎牌一座

優勝獎
洪睿欣〈基要真理〉
獎學金一萬元，獎牌一座

優勝獎
劉子新〈三月的潮與熱〉
獎學金一萬元，獎牌一座

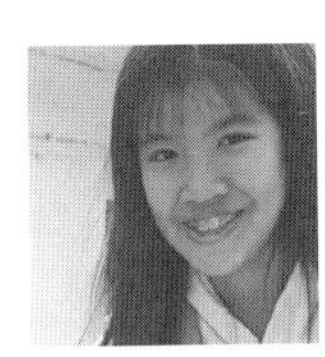

優勝獎
陳映筑〈老鷹起飛那天〉
獎學金一萬元，獎牌一座

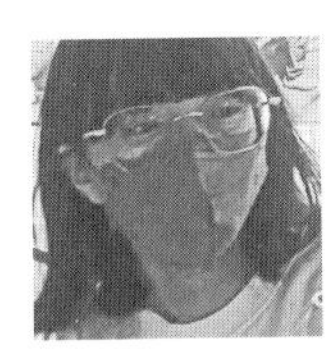

優勝獎
陳姿樺〈破繭〉
獎學金一萬元，獎牌一座

優勝獎
馮若淇〈皮筋與牽牛花〉
獎學金一萬元，獎牌一座

第二十屆台積電青年學生文學獎

散文獎金榜

首獎
劉亦奇〈穿裙的人〉
獎學金十五萬元，晶圓陶盤獎座一座

二獎
陳昱秀〈媽媽的菜〉
獎學金十萬元，獎牌一座

三獎
羅方佐〈過渡〉
獎學金五萬元，獎牌一座

優勝獎
廖姵穎〈玄關與門〉
獎學金八千元，獎牌一座

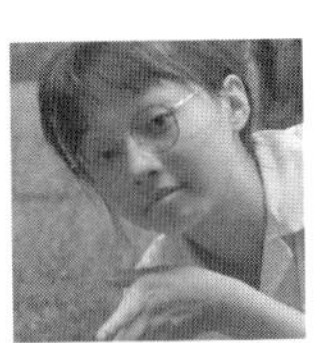

優勝獎

林毓恩〈無法告別的旁觀者〉

獎學金八千元，獎牌一座

優勝獎

王以安〈月經〉

獎學金八千元，獎牌一座

優勝獎

王書庭〈作絆〉

獎學金八千元，獎牌一座

優勝獎

崔芯慈〈我最討厭——搖滾樂〉

獎學金八千元，獎牌一座

第二十屆台積電青年學生文學獎

新詩獎金榜

首獎

楊沂珊〈不重要〉

獎學金十萬元，晶圓陶盤獎座一座

二獎

楊禮慈〈游泳與L〉

獎學金五萬元，獎牌一座

三獎

林可婕〈虎爺〉

獎學金二萬元，獎牌一座

優勝獎

趙廷瑋〈一天〉

獎學金六千元，獎牌一座

優勝獎
楊舒惟〈我是世界新的嬰兒〉
獎學金六千元，獎牌一座

優勝獎
王以安〈推敲〉
獎學金六千元，獎牌一座

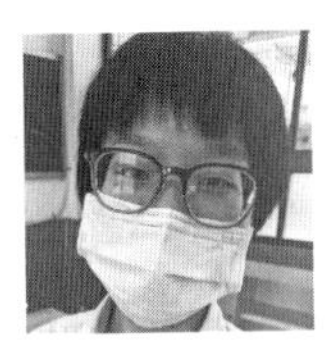

優勝獎
胡聖愛〈或許我們還是需要一些〉
獎學金六千元，獎牌一座

優勝獎
余炘穎〈正常人〉
獎學金六千元，獎牌一座

短篇小說獎

短篇小說獎

首獎　謝宛彤

有耳無喙

個人簡歷

在純美術服役五年，現役臺中一中。有一片被文學佬友們寵出來的山海草原，以前喜歡奔跑而這次選擇搭蒙古包。日常其實是餐桌社交恐怖分子，把鴻門宴當作一種吃飯，不喜歡蔥薑蒜但喜歡爆香的味道，吃飯請閉嘴不要抖腳。

得獎感言

「叔，我得獎了，你過得好嗎，家裡一切平安。如果你有聽到的話請給我一個聖筊。」

淩晨第一通電話的人沒接，接線中的嘟嘟聲無聲的哭。怎麼了，我得獎了，不是吧謝宛彤，首獎，姐養我。第二通電話很快就接了。怎麼了你媽已經去睡了，我得獎了，什麼獎，三十萬，太厲害了彤彤好棒。第三通電話的人像從未離線，只給我一個聖筊。

每個週末我們一家四口都會從彰化回雲林斗南的阿公家吃個飯、住上一晚。有時候叔會在。

餐桌旁那臺抽痰機仍暴躁地空轉，在擺滿物品的廚房裡顯得更加擁擠。其實廚房頗大，與客廳相隔一排透明拉門，進去左轉會上二樓，直走向後有一個小門通常不開，旁邊是一排流理臺和瓦斯爐，右牆一整片檀木電視櫃給阿公展示些雕花酒罈或瓷瓶，中間放了巨大的吃飯圓桌，四片大紅棕色吊扇盡責地轉。

餐桌上的人沒有説話，其實機器噪音還不致壓過人聲，只是必須更吃力地聽。但對於兩對聽不太懂國語的年邁的耳、兩張不熟悉臺語的青澀的嘴、和七雙假裝看著碗裡食物和菜色的眼來説，這已經是一個太吵又太剛好的白噪音。

天花板那對高齡的日光燈死了一個，剩下的那個不時閃爍、卻已經很久沒有人提起要換，即便父已經看好了新的燈管、阿公偶爾會念個幾句。還能用，問哪個大人都會換來這樣的答案。

最沒有人去提的是油煙味，從備料到上桌從沒離開，阿嬤的底線是開個微弱的電扇「通風」。大火翻炒的回鍋油臊、蔥薑蒜爆香的殘味、水槽裡魚塊碎料放置出的腥，被電風扇一帶便全攪和一塊。巨大的灰霧油煙氣旋在廚房頂聚攏，看了怕是要下油雨。我俗辣，指使年幼的弟去跟大人撒嬌通風的事，弟沒膽，我只能走出去試圖和母商討。母從不説油煙嗆鼻要開門通風、通常都自顧自的到外面透氣，母警告我別多嘴，但那時年紀小，還是忍不住去説了。果然換來阿嬤的一陣碎念。父用眼神譴責安慰我的敗北。

「我是怕叔冷。」阿嬤提高分貝，其實大家都知道的。

廚房之所以變得更擠，因為多放了叔的病床。

叔的房間本在二樓，但自從病體不方便垂直移動便乾脆長居一樓，傷口不耐濕熱，廚房因安了冷氣便成為首選，奇異寒冷的空氣讓廚房終年沒有四季的感覺。廚房頓時多了一股消毒水的味道、紗布過度乾淨的開封味、膿血一點點的澀味，來往時不覺有異，但坐下來吃飯便能感覺那隱在油煙底下、小小的撓著我的鼻腔，弟連打了兩個噴嚏，父和母繼續吃飯。

叔病了的時間幾乎占去我有記憶以來對他的印象。叔最疼我，五、六歲我還住阿公家的週末都會帶我去夜市，買那些阿嬤看了總會念幾句的小玩意兒。夜市吵鬧的叫賣和手上紅豔的糖葫蘆、總是擺的很盛大的套圈圈和木圈在桶子裡排列撞擊的喀拉聲、逢年過節的各種沖天炮仙女棒在空曠的地上試放吸引客人。阿嬤常嘮叨叔，且一說就停不下來，但叔幾乎不回嘴，靜靜地聽著偷使小眼色示意我去拿安全帽。兩人趁阿嬤不留神，在知了規律的那種夏天午後嘻笑騎車去附近一家雜貨舖晃晃。

叔跟櫃臺的哥哥買菸閒聊，我則去糖果櫃或冰櫃盤算要吃什麼。有時候叔也不買菸，和我一起挑枝仔冰吃，那時的夏還沒那麼熱、廟口前也還能聽到有人在下棋暢談，我和叔坐在機車上晃腳吃完冰才回家。老家在愜意的鄉下成就了我只有藍天白雲的童年，除了叔沒有人會帶我去那家雜貨舖，阿公阿嬤都上鎮上市場、爸媽喜歡偶有折扣的大賣場，叔也不喜歡帶弟去，只帶我。

晃眼我們自七、八歲搬離阿公家也快十年，某次父開車再經過那家雜貨舖時我意外它還活著，只是顯得更小、更舊。我要求下車看看，裝潢沒什麼變，連那顆要死不死的燈也一樣，店員換成一個咖啡髮色掉了一半的姐姐大聲播著韓團快歌，我問她那個店員哥哥的事，她斜眼瞄我聳了聳肩。廟前的下棋老人只剩一個，他認出我後很惋惜地看著棋盤外的一顆棋：「他啊，前幾年出車禍走了。」

抵達阿公家時我和叔說我剛才去了那家雜貨舖。叔殷切的眼神問了那個哥哥，我抿唇想了想，「隔壁店的說他上大學，去外地了。」

叔的事很難在家裡打聽，只能偷偷的從大人的談論間聽到一些以前的事，最近遺產、繼承等詞出現頻繁，叔的病況不樂觀，我一方面不敢去想又好奇。我對叔的結婚與離婚幾乎沒有記憶，更何況那幾乎不曾來過的嬸嬸與堂妹。「我就說那個小孩不是我們的。」阿公激動的重複這句話多次。「重點是如果弟還沒等到對方還沒滿十八去做親子鑑定，這樣繼承權就會判給她們了。」父極其煩躁地試圖解釋。這件事情弄了很久，好些日子我們回去父都會因此和阿公在客廳大聲爭執，後來吵累了乾脆不談。但他們卻從來不和叔討論。

我好奇過分，但自己兜兜轉轉思考無解，叔自從因車禍的刑期滿後幾乎都在醫院度過，哪裡有財產給這個即便沒有血緣的女兒呢。國小三年級的我自以為我已經能聽這個故事了，小心地偷偷問母是要分誰的遺產。母抿嘴瞪我，我脖子一縮自知不妙，果然換來一陣碎念和警告。後來才在偷聽大人間的談話裡聽懂，他們擔心阿公的財產最後會被那個小孩拿走，因為叔的狀況可能撐不到享受這一大筆家產。

知道個大概後我又想去找母討論，幸好那時察覺氣氛凝重便及時住嘴，我很笨的差點去問所以還剩多久。

糖尿病是個難纏的形容詞，小時候還不知該如何分辨那鼓脹的肚子是福氣還是過度肥胖。叔的髮型一直是平頭，起初大概是一個氣勢吧，後來因為入獄、最後為了臥床時整理方便，好像也只能平頭了。那年我國小要畢業，叔的糖尿病首先併發了視網膜剝離，救回來了卻還是損傷不少。我們去醫院看叔通常會連姑一起，相較父及母的沉默、姑總是關心、偶爾抱怨夫家個沒完，但叔通常只用點頭搖頭回答，久了姑的問句自然也改成是非題。其他床的老人呻吟哀嚎打呼大聲聊天，唯獨我們這床靜得很，像只有姑一人自言自語。

有次姑不知道說到什麼傷心的難處，哽咽地幾乎懇求叔「你也說些什麼好不好。」叔包著紗布的臉面向姑，微微張開嘴，又闔上了。

終於眼睛的紗布拆卸出院，阿嬤推著叔的輪椅經過我旁邊時叔沒有看向我，父皺眉用眼神示意我叫人。我略叫一聲，叔。他微微朝我這邊抬頭就被推走。我不敢問他還能否看清楚我的樣子，醫生只低低的說光線感知應該還行。

大約就是那時候叔開始被限制出門。叔菸抽得更兇，帶著墨鏡保護僅存的視力騎車載我出門。而又是誰看不出來家裡的擔心，還很開心地拉著叔的手去雜貨舖呢？印象中後來開了一次大刀，長長的傷口幾乎橫越腹部，黃黃紫紫的皮膚貼滿繃帶和長出幾條管子、左腳掌不知為何常有傷口，糖尿病病人末端神經感知差，有陣子家裡的磨石子地板常有血跡，久病未癒細胞病變，於是大拇指截了。

叔不願旁人攙扶著走，不情願地拄著拐杖問我要不要去雜貨舖。我在心裡皺眉，那時候也有點怨叔為什麼不把身體顧好，看著阿嬤氣沖沖地大罵，我下意識地跟著「你敢會使較聽話咧！」等話點頭如搗蒜。很久以後才覺得我真是笨得徹底，早該說好的。

雜貨舖的記憶就斷在那樣悶熱的雷陣雨前，截去大拇指後病情沒有好轉，急轉直下之餘便決定把小腿以下截了。於是廚房多了輪椅。

有陣子叔進出醫院頻繁，每次一兩月的住院觀察跑不掉，難以想像半夜裡的救護車警鈴和急診室，也以從來沒問過叔。阿公留守家裡，假日的中午會要我們帶午餐過去醫院給阿嬤和叔。提著沉甸甸的兩個鐵飯盒，阿嬤總叨念煮得太多啦。阿公年輕時是總鋪師，從跟人家做辦桌到自己開館子，每次回去的菜色總要塞滿整個十人大木圓桌不可。我認識的臺式料理只要和大魚大肉碰上邊幾乎就可謂「好料」，多數時我們的餐桌鮮少出現一道以上的青菜。

廚房在下午阿公從市場回來的摩托車引擎熄滅後就開始忙碌，銀閃閃的菜刀重擊落下的剁大塊的肉，油熱了就下料，像雷陣雨那樣雨勢的炸。老一輩的廚師喜歡用回鍋油，那一滋滋作響的煎就會香氣四溢，瓦斯爐的火兇猛的衝、聽起來就像壓低了聲音喊火火火。阿公有自己的調性從備料道上桌幾乎一手包辦，只有阿嬤能隨其左右協助，我隔著玻璃拉門聽甩鍋或快炒的敲擊，濃郁而溫熱的氣沿著門縫洩出。

醫生頭痛，特別囑咐清淡且營養均衡，阿公不是刻意跟醫生作對，只是不知道該怎麼做出醫生說的「好料」。

上國中後才有記憶叔的狀況穩定，便安排回家休養。那時病床、抽痰機和各種機器才進駐廚房。叔的痰無法自己排出，帶著濃痰的咳嗽充斥午後。起初還能咳出什麼，黃綠色的稠物慢慢流出氣切的塑膠管，沒有準確擦去所以不停的來回牽絲，摻在紗布上乾了又濕、濕了又乾。我不敢問叔那是什麼樣的感覺，是喉嚨深處有一團刺刺的火還是咽的淺處有湧溢的沼澤。

吃飽飯大家很自然地離開廚房，剩叔的咳嗽聲還留著。家人忽略血氧機的低頻運轉各自午寐，我看著地上的正當午陽光放空，光因來去飛快的車子而閃爍搖擺，電扇的葉片把空氣切得沙沙作響。廚房的乾咳過猛變成嘯吼，獸般的嚎。阿嬤沒有要過去關心的樣子。我緊張了，小心的起身拉開玻璃拉門，暗室裡叔的面色脹成紅紫色，汗滴滿臉，痰液已經流滿了前襟。吃力的哭泣般大口吸氣，一雙眼珠瞪得老大，紅血絲浮在淡黃的眼白好像在大聲呼救，嘴開開的好像想說什麼。

我愣住了，直覺性的一步步的後退，幾乎暴力的推開拉門趕緊搖醒阿嬤，然後快步走向廁所。陰暗的廁所白燈微弱，照著鏡子裡撐著洗手臺的手發抖，一抬眼我看到自己慘白的臉，一陣噁心湧上，嘩啦啦的白水槽花了。

有陣子我不敢直視那雙眼睛。

在阿公家我們不談叔的狀況，回彰化的家也一樣，回外婆家也一樣，父不提、母不說、弟不問。有時同事親戚會關心幾句，四個人都好像叔是個陌生人一樣，從來不談。

叔的狀況起起伏伏，出院沒多久又回去了。家裡頓時安靜下來，那陣子天氣涼了一點，連電扇都不用開了。阿公一個人在家吃得十分簡單，有幾盤盛裝被反覆滾煮而幾乎失去顏色的黃褐團狀物，就知道這大概是阿公這禮拜的某道家常。廚房在我們家是非常重要的場所，菜色編排自然不是我等能夠插手干涉的，而餐桌禮儀也一分少不得。盛飯順序須依輩分，阿公有專屬的筷子、阿嬤喜歡用瓷碗等，小時候沒有人告訴我這些規矩，自然被罵了好幾次。父看到我泛淚便喝斥不准哭，閉嘴吃飯。

家人們通常只在餐桌聊天。阿嬤喜歡說親戚的近況和左鄰右舍的軼事、阿公說菜價和分析每道料理背後的來源和恩怨、父和母通常不起頭只顧聽，弟不通臺語，只能支支吾吾地回答問題，叔不說話。在我們家的餐桌沒吃完飯是不許離開的，不管吵得再怎麼兇、筷子都摔了碗都放了還是得坐在那，其他人勸架時叔卻從來不說話。即便最近也偶爾談起遺產等事，叔還是從未說過一句。

假日中午我們例行送餐。阿嬤推著叔的輪椅緩步靠近，少了餐桌的氛圍寒暄內容是能輕鬆許多。母負責聽阿嬤抱怨醫院裡態度糟透的護理師和吵鬧的隔壁床，父站在旁邊只聽，我看著叔乾裂泛紫的嘴唇，深刻記得有次父私下拜託我多和叔聊天。「除了妳，叔不跟任何人講話。」

看著叔每隔一個禮拜就消瘦一點的臉頰，曾經的大肚子幾乎減去。上了高中的我還是只能很笨的說出父給的建議問候「身體有沒有好一點」、「有沒有哪裡不舒服」。

有時假日我們改回外婆家。大舅喜歡留父在深夜母帶著弟去睡後喝酒，舅十分大男人，話題圍繞政治股票進口車洋酒、醉了就罵同住的親戚惡性，父是隨和的人，也會搭上幾句。我喜歡假藉電影之名留在沙發聽他們對話。

威士忌杯敲擊，舅面露微醺之緋：「啊恁小弟敢轉來厝內啊？狀況敢有較好？」

我心裡一抽，其實略期待父有所表示，雖然自知我大概很快就會被舅催促就寢，其實寢室就在客廳隔壁。但那個夜晚我再也沒聽到父的聲音，只聽見玻璃杯碰撞頻繁。

少了曾經童言童語的餐桌變得安靜，沒有人刻意說些什麼。咳嗽聲會結束嗎，也沒有人提過。阿嬤要求叔在餐桌上若要咳嗽要蓋著或壓住氣切口，怕飛沫染了菜。叔還是繼續咳，阿嬤提高音量說要摀住，叔沒照做。阿嬤火了，叔沒說話只是繼續。阿公有時會出來打圓場，好啦稍微蓋 (kah) 咧就好、阿妳嘛莫受氣 (siū-khì)，猶咧 (iáu the) 食飯 (tsia̍h-pn̄g) 咧。阿嬤賭氣大喊算了！餐桌的電扇把空氣帶離皮膚又重新黏上，悶熱的初春雨的突然，廚房裡冷氣開了也開始囤積厚重的油煙味。

沒人再說話了，靜的我開始聽到各種咀嚼聲，弟很不規律地咬空心菜、母口中的飯已經被磨碎成帶有黏液的團狀，發出液體來回沾黏的曖昧的聲音。我試著轉移注意力到抽痰機接近安養的垂死呼喊，一陣一陣的百萬隻蜂湧，或是震動模式從不接聽的來電鈴聲。

抽痰機在我後方傳來過度的震動，發狂似的低吟哀歌，唱著我不懂的經文。叔開始劇烈咳嗽，阿嬤又按捺不住開始碎嘴，阿公猛吸著湯，父撕咬肉，母咬碎軟骨，弟的不銹鋼湯匙刮著碗。血氧機大聲嘶吼，我瞄了一眼大聲咳嗽的叔，氣切口的紗布上竟多了些血跡。阿嬤的不銹鋼湯匙刮著碗，阿公開始碎嘴湯有一點鹹，父咬碎軟骨，母撕咬肉，弟猛吸著湯。血氧機大聲嘲笑，我瞄了一眼叔，氣切口的紗布上又多了更多血碎片。

阿嬤沒有要去拿紗布的意思，我在心裡混沌該不該問叔會痛否，叔只是不停的咳嗽，像被枝仔冰嗆著了那樣、像嬸嬸回來不客氣地談財產低著頭那樣、像親戚不帶感情的關心那樣、像醫生語重心長站在旁邊和阿嬤報告情況那樣、像半夜痰卡在喉頭那樣、像餐桌上不靈巧的手顫抖的抓握筷子那樣、像那雙急於向我求救的黃眼睛那樣，咳嗽。

沒有人說話。

名家推薦——

非常具現實感的小說，作者看待家庭的方式是：著墨不深，但什麼都入耳入心。從每個家庭都有的進食儀式去寫，讓家庭變成殘酷劇場。它細碎平實，卻帶出東方人對骨肉血緣的在乎，很有魯迅的味道。

——林俊頴

這篇讀來有痛感，而且毛骨悚然。寫家族傷病很容易流於選邊站，主角避開了，但他又不是冷眼旁觀，因為他是唯一跟叔叔互動的人。作品充滿血肉，細節具體。——陳雪

這篇作品實踐了鄉土文學的現代性。小說設定廚房這個空間，讓叔叔的廢顯得家常也袒露，是很現代文學的寫法。——童偉格

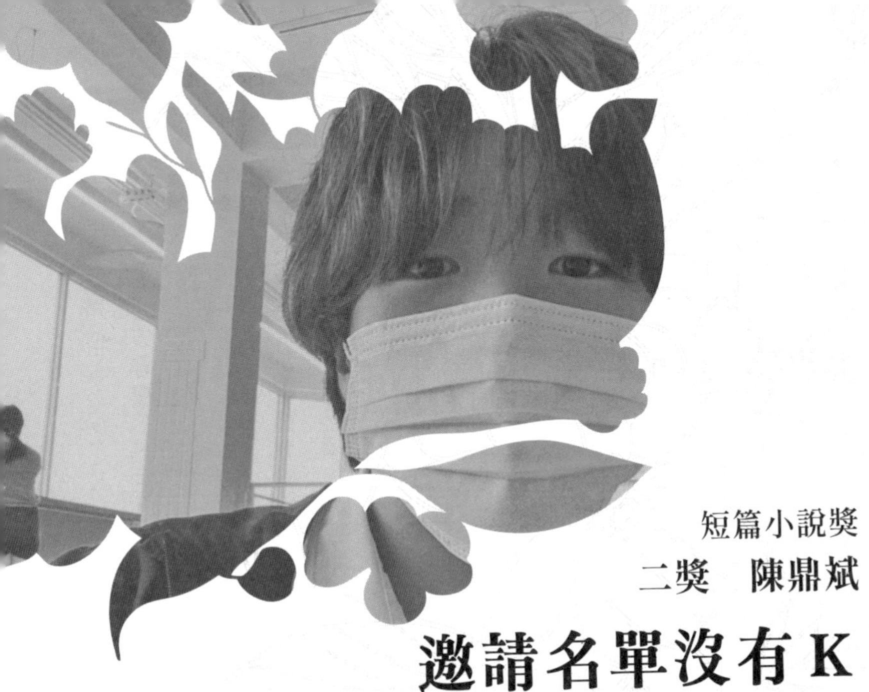

短篇小說獎

二獎　陳鼎斌

邀請名單沒有K

個人簡歷

臺北市立大同高級中學畢，甫入中央中文。

得獎感言

等了三年，最後終於圓滿。謝謝這三年在文學之路陪伴我的師長，亮君、方婷、浩偉、品璇、日青、欣儀，還有那些默默支持我的老師，麗琴、俊毅、素卿、培真。我只想說，我是個特別幸運的人。

S的婚禮上，少了K，K不在邀請名單中。

「你要去哪裡？」在出門時，K倒在沙發旁的玩偶堆裡問。他已經十九歲，卻是個心智不到七歲的小孩。

「哥哥去工作，你待在家裡看電視好嗎？」K點了點頭，他有時候特別懂事，當我要離開這個家的時候，他每每都會確定我的動向，像是了解什麼，又害怕什麼，K的世界只有吃飯睡覺跟他的小牛玩具，他夜晚必須抱著小牛才有辦法入眠，而牛對S來說是堵牆，永築在內心而不可毀滅，它太過堅固，堅固到在他的身上留下許多記號，對於人母，或許是愛與犧牲的象徵，對於S或是對於那隻牛，這都是惡夢，他應該被車子撞飛，他應該被雷霹中，被莫名的人為的怪奇的災禍纏身。

在沒有K的日子裡，S好像活得很好，S不會讓K親暱地叫，S要我跟他當朋友，S要父親死後不准托夢給他，S害怕鬼，所以拜拜都跟神乞討不要再遇到K。去年八月，S的家因為暴雨而被淹沒，打了通電話給我，說道：「你可以來幫我清理嗎？」，H出差，所以家裡剩他一個，他不知道大型垃圾要怎麼處理，他不知道要打電話請水電工確認管線，他只是想確認：「我會不會被電死。」在滿是積水的家裡，在電線破舊的家裡，在沒有H的家裡，他害怕出事，害怕變成鬼。

「那個孽種還在吵。」S聽到K的玩鬧聲說，言語帶著死人的氣味，濃郁的屍臭讓人聯想到他

的腐朽與屍水，他們家淹起的不應被稱為天災，而應該是人為，人性的腐爛。我下意識地跳過K的話題，自成年以後，我不願意S談到K，我想他也百般不願，不過偶爾的煩躁還是會使之想起K是他的酷刑，使他死在陽間。「所以你可以來幫忙嗎？」S問。因為當時正值暑輔，那年我被安排到救火的職位，所以早上我都必須待在學校上課，看著一群與K年齡相仿的孩子，靜悄悄地坐在書桌前，畫起一幅幅藍圖，雖然形狀各異，但雛形卻引人欣慰。

「好，我下午過去。」

學生的敲門聲打斷了我的思緒，看到學生，我偶爾也是帶著憤怒，憤怒不公的體制讓我落入疲累的境界，憤怒不公的天公，讓我遇到鬼，還是最恐怖的厲鬼，在你生活徘徊，時不時還會從背後穿過你的身體，再回頭邪魅一笑，想打，卻又拳拳落空。

教學組長走近說道：「因為V要退休了，所以可能要麻煩你接任這屆的305、314、318。」我知道，這是告知，而非詢問，更不是討論。那年S的離開也沒有跟我討論，他用冠冕堂皇的樣子說：「你父親應該也不希望毀了我的人生。」然後就拖起我買的行李箱，我買的智慧音箱，走出了大門。

V的退休來得及時，去年，我帶完高三，各自為政的科內事務令人不敢恭維，相互推卸的責任被拋出天際，又重重落在我的眼前，他們將我稱之為「救火隊」，用渴望及憐憫的眼神看著我，其中又燃燒著熊熊烈火，像是為了焚燒我的屍體，讓我化為灰燼，然後成為養分，滋養他們愜意的生活。

「你怎麼這麼慢？」S喝斥道，到了吳興街已是傍晚，但天還是亮得可怕，想要照明這個地方陰屍之氣，而我沒有光芒，沒有桃木劍，沒有符咒，只是一個人，進到地獄，進到停屍間，看著那些無法使用的家具，看著那些尚未退乾的積水，正要開口，S卻說：「你真的很不孝誒，都這個時間了，也不會順便幫我帶晚餐。」

「所以我應該天打雷劈，對嗎？」我冷淡地答道。

S彷彿意識到了我的心情，並沒有回答，只是換了種口氣，繼續催促著我處理那些成為垃圾的家具，或許在這個家，也不需要家具，畢竟沒有活人，死人都是用飄的。

我搬起木製的沙發、木製的桌子，在地上一動不動的掃地機器人，還有S從家裡隨葬而來的古董櫃，放在門口，跟他說：「明天會有清潔隊來收，自己注意一下。」S擺了擺手，示意他了解我的意思，謝謝他的顯靈，讓我不用擲筊來詢問。

回家後，S又打了通電話來，看到電話上的稱呼，我竟有一時的衝動想改之為「孽障」。K在房裡練習著積木的堆疊，他的訓練就是如此簡單，我希望他以後能夠像那群高三一樣，堆起自己的人生，也可以堆起S的墳，讓他知道，他的家，是K築起的，不然就去當孤魂野鬼。

「明天陪我去買家具。」S說，我好像忘了，他是厲鬼以外，還是殭屍，或是西方的吸血鬼，恨不得抽乾凡人的陽氣與血液，來滋潤他的生活。可我卻難以拒絕，除非我也變成K，他就不會再來找我，因為我也是鬼，他心中的鬼。但此刻的我，只能受鮮血的牽絆，供給我的血，來滋補我血之源，他應該恨不得將我與K的血通通討要回去，不然他很害怕隨時都會失血，失血就會死，死就會變成鬼，然後說：「你父親不希望我變成鬼。」

K常常活在他的世界裡面，他與小牛的對話讓教國文的我也不曾了解，他的語言像是一種曲調，抑揚頓挫不假，但旋律的擺動儼然不是能聽的樂曲，我希望他會在S的喪禮上唱歌，他不應該聽佛歌或者是阿彌陀佛之類的。

「好，但我明天也要上課。」我與S說道。

「你要去哪裡？」K又問了。

「你想我這幾天去哪裡？」我反問道。

「去上班，去跟大弟弟大妹妹玩，像是我跟白衣大姊姊一樣。」K說。

白衣大姊姊是他的診療師，他每週都會與他見面不下三次，所以滿是親暱，K知道我會和誰互動，但他始終不明白「老師」的職業，所以我像他的白衣大姊姊一樣，只是跟別人交流，而我確實在救人，救一群被無端縱火的孩子，覆蓋一位，臨陣脫逃的墓碑，他應該希望我種棵松柏在他的墓邊，象徵他的常青與師道，而火，會燒毀木頭。

「去睡吧，你今天已經玩很久了。」我對著K說道，如果有鏡子，我會想知道我此刻的眼神，或許學會伸縮自如的演出，未來還能當個演員。

K躺到床上，闔上雙眼，然後想起他沒有刷牙又站了起來，以前他需要我的提醒，但他漸漸記得了這些瑣事，我不希望他一蹴而就，這樣的他，我已然感恩。潔畢，他仍會躡手躡腳地抱著小牛，走到我的面前，跟我說：「晚安。」有時，我正處於走神，他會站到我理他為止。

在K熟睡後，我都會進到他的房間，看著他，床頭有玩偶與之作伴，窗臺上是他在扭蛋機裡抽到的玩具，夜色燦爛，眾生在窗外成長，放眼望去，樓下一片的燈光仍是光彩，遠方佇立的高樓大廈，仍有人在熬夜打拚，每天，我都會見到那些軀體，疲累而充實，活得自在。

我想S看到K睡覺時也會著迷吧。可我隱約又記起，在K九歲的那年，母親喝得爛醉回家，衝到房間裡看了K幾眼後，提起被子，重重掩住他的臉龐，K的踢踏引起了我的注意，我俯衝向前將S拉開，他持續說著：「我命苦，苦啊，你們怎麼不去死一死。」

V曾經跟學生說，他教師生涯的豐功偉業，拿過績優導師、績優教師，他認為這些名聲極為重要，或許以後可以成為輓聯上的悼詞，然後開始批判新進老師的偏離與叛道，所以上到〈師說〉，他會說：「師者，傳道、授業、解惑也。」然後說：「我覺得不是學生的問題，一定是這個老師教得不好。」接著開始對教科書的編制說起一連串的見解，用哲學教文學、用電影上課文、用歌曲連結文本，那些都是「屁」，所以對他來說「素養題」都是「爛題目」，所以其他老師都是「爛老師」，他不願意跟「爛老師」合作，不願意出「爛題目」，因此他的工作很輕鬆，來學校，翻譯課文，提出批判，回家。

「老師，你可以再講一次嗎？」剛開始接觸到這群學生，他們最常問的便是這個問題，他們彷彿聽不懂，或者說，他們從前的認知被屍氣影響，中毒至深。我索性將所有的課文重新上過一遍，但太多的配合課程都無法實行，這就是我討厭救火的原因，可又不願意看著他們活生生的吊死在松柏枝上。

V在高二下結束後，再也沒有出現，暑輔開始，這些班級正式隸屬在我的手中，此刻我又化身地藏王菩薩，盡力超度這些被V拋棄的孤魂們。可我始終無法超度S，他的怨氣天然而生，道家口中的「混沌清玄之氣」在S之身現行之時，在他所行之處，只剩下「瘴癘混噩之氣」，這便是他的原生，也是我們的原罪。

下課後，我又到了吳興街，他上了車，到了家具館，映入眼簾的是白色鐵欄中布滿的香氣乾燥花，我覺得他應該要灑在S的棺裡，多少應該能消些惡臭，這或許是唯一幾件能為他積的陰德。

「那個沙發，就那個，去買吧。」

「那個櫃子，就木色旁邊的那個，還有前面展示的桌子，我也要。」

S橫眉討要著那些陪葬品，這個那個都要，我只得深吸一口氣，我不能夠拒絕他，傳統的儒學裡，不會允許我這麼做。

「紙糊的你要不要。」我小心地喃喃說道。所幸他沒有聽見。

我將S每一次的討要當作告別，我總是深信，在這一次滿足後，他就再也不會出現了，對吧？他可以和H過著幸福快樂的生活。他會在臉書上炫耀，H帶他去了清境農場，H讓他住五星級酒店，H帶他去買名牌包包。H很好，其實我也不討厭他，我只恨他，為什麼不帶S一起出差，為什麼要讓他的魂魄留在這裡，但願H做個招魂旗，把他帶走吧。

這天，同事帶著小孩來到辦公室，因為雙親都要上班，所以，便將小孩帶到學校，至少安全，上課時又有同事能夠幫忙看顧。剛好，週五的第三節我沒有課，辦公室也只剩我一人，於是那位同事便將孩子託付與我。

那孩子聰明，至少還懂的稱呼我為「老師」。

他拿著筆，在旁邊練字，注音符號，他已經寫了不下十遍，每一回，他都要重新練過一次，我想，

這或許出自於那位同事的手筆，畢竟一個國文老師的小孩，國文不精，字詞不熟，是件丟臉的事。

「老師，為什麼人那麼少。」他以前來過，在平常上課的時候，所以他見證到學校滿是人潮的盛況，我說：「因為現在放假啊。」

「為什麼放假還要來上班。」他繼續窮追不捨地問著。

「因為媽媽是天使，他現在要幫助大哥哥大姊姊也成為天使。」我這樣說著。聽到這裡，他猛地大聲說道：「媽媽哪是天使，他都會逼我讀ㄅㄆㄇ、ＡＢＣ，我背不起來他還會打我屁股。」

別人的家務事，我實在懶得參與，但這樣的抱怨，我也不知道該如何面對，Ｋ從來都不會說這些話，或許是他也不知道，什麼是ㄅㄆㄇ、ＡＢＣ他只清楚，父親是爸爸、我是哥哥，他是小牛，他是王阿姨，他是弟弟，Ｓ是。

「這也是天使的行為，媽媽想要告訴你，讀書，才會讓你更快地成為天使，你難道不想變成天使嗎？」我答到。

「天使可以做什麼？」他的追問讓我開始思考，天使到底是什麼。我不曾想過天使的模樣，我的生活都是鬼，一群厲鬼或小鬼，天使會救我吧？可顯然沒有，我仍然在水深火熱之中。

Ｓ在婚禮前夕，才告訴我他要結婚的消息，他原本是沒有要邀請我的。

「是你H叔說的，你要來也可以，不來也罷。」S說。順便註解：「不要帶K，不然出事了我找你算帳。」S用脅迫的語氣告訴我。

我確實不想參加，畢竟，死人的婚禮縱然是鳳冠霞帔，那也是鮮血所染，縱然是白色嫁紗，那也是白綾所製，然後貴重的陪葬品，繁瑣的喪禮儀式，可能還需要孽子上臺發表對母親的祝福，那些違心到令人作嘔的言詞。但H發了條消息給我，我的確不厭惡他，因為我知道，他是個活死人，所以願意接納S，我誠心的感恩，他在那封信件說道：「我希望你來見證你母親的幸福，至少，做為一個孩子，你應該也不想母親真正的陷入痛苦之中。我知道你是個好孩子，我誠摯地希望你能夠出現。」

是，我再如何厭惡，我都不願意他墜入無間地獄，變成厲鬼就夠了，落入無間地獄的話，父親應該也會怨怒於我，K如果正常的話，也不會這麼想。

當年，母親義無反顧地在父親死後的兩年離開了家，找到了自己的家，找到了餘生，讓我一點一滴地將K帶大，我知道要如何跟孩子相處，如何跟厲鬼相處，但天邊的雲彩總是愛追逐著我，我害怕結果，它究竟要給我看晚霞的美景還是落下暴雨與雷電將我傷得體無完膚，我不敢想，不願想，所以就隨它去，我只是顧著努力奔跑，拖著K奔跑，抱著父親的牌位奔跑，讓一切危機不足以成為眼前的弊病，我與K不會隨地而葬。

「好。」我答應了H。

在出門前，K還是問了我要去哪裡，他的眼神一如往常，他什麼都不知道，也願他不要知道。

「一樣」我說，他點頭，跟我說，等一下跟鄰居王阿姨約好要出門。K知道，跟別人的約定要記在心裡，就像小時候父親答應他要去動物園一樣。

S的婚禮上，我們沒有對談，只有幾個熟悉的親戚與朋友知道我們的關係，其餘的沒有人知道S的墓碑上可能會出現我的名字，或者K的名字，或許對S來說，這樣是最好的，老死不相往來，在需要的時候，多燒些紙錢給他就好，僅此就好。

H偶爾看著我，在臺上，在桌邊。他向我點頭，我回敬於他，這便是最後的答謝，他前來祭拜，我很開心；我前來祭拜，他很欣慰。爾後，便是匆匆而過，彼此，無恩無怨。

婚宴結束後，王阿姨帶著K回到了家裡，湊巧碰見了我，開心的說：「K真是個天使，今天我孫子跟K去樓下玩，不小心弄到了野狗，只見K衝向我孫子，緊抱著他，讓他沒有被咬到。」

而我隱約在包紮的地方，看見紫紅色的傷口，我笑著跟K說：「這是天使的印記。」

名家推薦——

這篇小說的筆觸毫不留情，但作者才華洋溢，每個點都揭露得非常精準。——張貴興

我其實很喜歡這篇小說的「怨氣」，陰暗的細節可看出作者的恣意奔放。小說的場景調度是相對複雜的技術，所有選擇都支應了陰暗的想像。——童偉格

短篇小說獎

三獎　黃宥茹

扮仙

個人簡歷

出生於雲林農村，不想也無能當典型的明星高中學生，於是做了無數脫序的事情，圖書館是翹課的好地方。做田野、看文獻很崩潰時會想寫小說，配上《地理學報》，畢竟小說不會拿「中立客觀」架在我的脖子上閹割我的觀點。

得獎感言

首先謝謝阿銓；謝謝第一讀者貫慈。另外，謝謝南屯、謝謝家，讓我嘗試思考城鄉。謝謝宛彤給我創作上的鼓勵。

收到得獎通知那天，淩晨兩點，我因為情緒崩潰，無法想像天明，在宿舍的陽臺發抖。謝謝子倫老師那時的電話，接住我的情緒，還有一路上對我做批判研究的支持。

謝謝台積電在我瀕死時出現，謝謝希望我活著的所有人。

藝術節辦在文化資產園區，酒廠舊建築搭上充滿活力的彩繪，讓我一個才來臺中兩年的人，無法想像它從前蕭條的樣子。進會場前，沿途貼著各式倡議獨立建國、自由民主的海報，旗幟在春天的空氣中飄揚，舞臺融入一個老建築再生的空間，主辦方在鐵皮屋頂下懸掛各種花花綠綠的布條、貼滿仿通緝令的議題介紹公報。

樂團主唱走上臺時，臺下人群還若有似無，直到他唱起那些寫給土地的歌。

「哇，他打通鼓沒有用爵士鼓的手勢，真講究！嗩吶竟然不是常見的二號吹，而是噠仔欸，符合道場的意象！」我在心裡暗自驚嘆，該樂團常以北管元素加入演出中，雖然在我眼裡有些生疏，但比起許多將傳統樂器拿來亂打，宣稱創新的樂團，他們算是對脈絡很有掌握的了。

一沒留神，身邊的人已經開始搖晃頭部，開始舉手高呼，舉起各種紅色底黃色字的毛巾、布條，隨著音樂擺動。他們拿著啤酒在舞臺前不遠處跳舞，臺上主唱鼓動大家舉起手、舉起毛巾、舉起土地上的正義。

「拜請……」他開口。自由、民主、人權、自由、民主、人權……前呼後應的尖叫聲撕裂肉體迸出，眾人的呼聲衝撞舞臺，刺痛我的耳膜。

走出活動會場，心上餘留的震動還在回響，隔壁倉庫是個瀰漫著慘白燈光的畫展，人潮相較藝術節少許多。不過數步，會場傳出的聲音已十分模糊，主持人用臺語要大家珍惜自由、爭取權利，縱使我一聽就知道她不是母語使用者。

回到宿舍，我一邊整理我的嗩吶，一邊滑著Y學姊的限時動態。破碎的時間軸中充斥著片段的演出影片，隔著螢幕，舞臺紅色的光依然將轟鳴和壓迫感迎面送來，直到幾秒後畫面突然變得柔和，「這是最後一篇了，希望大家都可以勇於追求正義，捍衛土地的價值。」她寫下，下方當然，也附上了羅馬字臺語的版本。

我揹著嗩吶包出門，對面床上的學妹抬起頭來瞥了一眼。

綠空廊道是臺中鐵路高架化後，重新劃設的一塊帶狀休憩區，阿銓說他都快找不到地方練嗩吶了，「每次都去重劃區餵蚊子。」他總無奈地說：「然後路過的人就會問，你是學國樂的嗎？這是西索咪在用的嗎？」傳了一個翻白眼的貼圖。他看了綠空鐵道附近的環境後說，欸這兒感覺可以，妳可以對著建國路吹，反正四線道，應該不會被趕被罵。

所幸傍晚時分都是老人，有個散步的伯伯靠近：「唉唷，不錯喔！妳這是學校的嗎？」「呃，這是北管的。」「妳不是某某高中的嗎？」因為我穿著制服，他這樣問我，「對阿。」「阿妳們學校不是也有人在學這個嗎？」「對，呃，我們這個是北管的，跟國樂不太一樣。」我尷尬地回答著，他說很好很棒加油啊，然後緩緩離開。

早知道就別那麼快在阿銓翻白眼之後，傳大笑貼圖了。

晚上九點的南屯路，店家的鐵門多已拉下一半，除了捷運沿線的住宅高樓，燈火還死白地亮著。

大師兄在廟裡忙前忙後，招呼大家，阿銓叫我幫忙排椅子。「上元排場基本上只要是館員都有義務回來，所以這應該是一年中人最多的一天。」阿銓邊牽著音響線邊說。桌上擺滿了供品，阿銓說他小時候廟裡都會拜全羊，現在只剩麵粉的了，麵粉羊被貼上眼睛、畫上鼻子和嘴巴，軀殼卻是空的，只有一副塑膠骨架，纏上滿身的膠帶。

四十個人圍坐一圈，我們焚香後開始扮仙。「瑤池金母法無邊，蟠桃一熟幾千年。」瑤池金母唸道，設宴款待八仙，八仙帶著各種珍奇寶物，接連上場祝賀，除了曲牌旋律不同，唱詞意義是那麼地相近，而白鶴、青鸞更是未曾在我生命中出現的祥瑞神獸。在嗩吶的喧鬧聲中，我唱著「拍掌下丹霄，正庚星」，廟裡零星進來一些人，拍了幾張照片，又從同一個門離開。

慶賀啊慶賀，阿銓總這樣說：「妳唱到飛起來都沒關係，因為這是大日子。」我說晚上十一點好想睡喔，他尷尬地笑了笑。

一炷香，過子時，劇情急轉至〈封王〉，故事是韓擒虎將軍降順北蠻，受封領賞的過程。超無聊的，一點情緒都沒有，阿銓都這樣說，我說年輕人哪，難道你對升遷、財富自由沒有嚮往嗎？他撓了撓頭：「妳知道我要七十年不吃不喝才買得起一間外埔的房嗎？外埔喔，還不是南屯。」線香的煙充滿我鼻腔，一開口總是免不了吞下好幾口煙。妳身上為什麼一直有一個廟的味道？同學常這樣問我。

排場結束後，我問唱扮仙戲唱了四十年的師叔，為什麼要扮仙啊？「唉妳們小孩子不懂，北管就是拿來跟神明講話的語言，我們不可以都沒有付出就要神明保佑我們啊，總是要拿出我們有的一些東西獻給神明，才可以讓神明感受到我們的誠意！」他用不甚標準的國語，一臉理所當然地說。摸了摸我的頭，他說年輕人認真學啊，以後就靠妳了。

阿銓常說，找妳同學來玩啊。

我說他們才不屑，有次他們好奇我在翻的手抄本，我解釋〈大醉八仙〉的故事給他們聽，他們拍拍我的肩：「欸妳其實滿多才多藝的，但為什麼都不學一些現代的東西，越學越回去。」我說這才不是什麼關在博物館裡面的化石，而且認識歷史很重要，他們說：「我們這個世代已經不只要追求庸俗的溫飽了，我們要追求精神的東西，要民主要人權，這是歷史累積在我們身上的進步。」好像真的有那麼一回事似的。他們要一起去聽大港開唱，全班一半的人有票，揪團只是在區分誰跟誰比較要好，我說我那天要出陣，沒辦法，他們說妳好無趣喔真掃興。

有什麼了不起，我之前也是聽團仔阿，幾乎把臺灣的音樂祭都跑遍欸，聽完我的抱怨後阿銓說，直到中邪一般被北管打到。「那你一定都沒在睡覺。」「我以為妳會說我一定很有信仰。」他略顯失望地說，其實排場祝壽在現代社會大可不必這麼晚，「固然可以解釋為南屯還保有傳統農村的作息。」他欲言又止：「但其實……因為如果不是這麼晚的話，根本就沒有人會回來。」這讓我想起某次排場祝壽完，一位師兄與館務在香爐前爭執，不知為何突然轉過頭來，向我比了一個「三」的手勢：他在外館做一場有三千，還不用大半夜的，在這裡無酬忍受香煙薰鼻，以及煩人的人情壓力。

慶典過後，我們分著供品，我完全不懂如何吃那隻乾癟的羊，阿銓說他也不懂。「有得吃就很不錯了，以前排場都嘛只有吃一餐，哪有錢。」九十歲的老師說，作為有學過臺灣史的中學生，我判斷那至少是七十年前的記憶了，忽然覺得同學的進步說好像有那麼一點道理。

阿銓邀我一起去他常去的地方練嗩吶，我說蚊子不是很多嗎？他說不然妳是可以無師自通喔。他騎機車穿過布滿鐵絲圍籬的大馬路，寸草不生的土地，鑲嵌著黃色的ＰＰ瓦楞板，標示著每塊土地的價錢。一塊綠色的牌子寫著「新八自辦重劃」，我問這是單元八嗎？阿銓說其實是單元四，然後笑說只有我這種外地人會去背數字，對他們來講只要是重劃，其實都差不多啦。

「以前水碓離南屯庄很遠，因為溪流很多，然後主要道路又沒有通。」阿銓的話夾雜風聲吹到我耳邊，在寬敞筆直，還可以直接通七十四號快速道路的中環路上，我好難想像。阿銓說水碓是今天臺中最後的淨土了，而我看著破碎的農地還是會感傷，我家那兒從不缺一望無際的田，他說妳怎麼可以拿雲林跟這邊比。

我們到緊鄰水碓庄的一處開發地下車，地上感覺被噴過除草劑，但因為挖土機還沒來得及開到這，所以又有些草倔強地冒出來。阿銓從機車裡拿出一塊防水布，有些不好意思地示意我坐下：「我

們出陣的時候也都這樣啦，隨便坐。」我說沒關係，我也是這樣長大的，我甚至覺得地上的雜草應該多一點，我們相視而笑。他取出了裝哨片的盒子，本是分裝化妝用品的塑膠盒，被戳了好幾個小洞，「為什麼要把好好的盒子弄得這樣充滿傷疤阿？」我問，他說用途不同啊，「如果今天有人專門做裝北管嗩吶哨片的盒子，我也不用把它弄得全身是傷。」這對他而言，好像從來不是個值得費心的問題。

「不要駝背，要把氣送出來，手要抬高一點，再高一點……」阿銓說，我總覺得站在高樓環繞的荒蕪土地上，抬頭挺胸吹著嗩吶，樣子很滑稽，但他認為要吹好還是得抬頭挺胸，沒有理由，「如果妳真心想學好的話。」他說。把〈八句詩〉練完，我說嘴好疲，他說一開始學難免啦，我剝下被口水浸濕的哨片，他說不如我們去附近的土地公廟晃晃。

住宅區、建案、公園綠地、大馬路……不知重複了幾回排列組合，我們停在一間小土地公廟，單薄的廟體外延伸出長長的紅色鐵皮，天公爐的香火被鐵片包裹著。阿銓說以前這裡有一個曲館，他們的老師還跟我們老師認識，「但現在問老師，老師都會說記不得了，老朋友都往生了。」他說，我們苦笑。廟邊是經過整治的河，河床整齊清澈，石頭大小相似，水泥做成的河岸上，刻滿了「臺中文化城」的圖騰，花草柳樹被擠到水泥步道一側。「這首其實是喪曲，而且是八音。」阿銓將我從望著河川的沉思中抓回來，我說唉呦現在誰講究那麼多，都嘛唱片拿來放個意思的就好，「而且你們喪禮不也吹〈風入松〉嗎？好端端的喜慶曲牌被這樣亂用。」我說，「再不然就沒東西吹了，又沒有人會。」阿銓撇著嘴，而且你不覺得八音比較有氣質嗎哈哈，我說，他說但那就不是我們的東西。

後來我們又去了幾間土地公廟，幾乎一模一樣的元素，「妳能想像這裡以前全部都是田嗎？」阿銓問，我說我只能從土地公推測了，且除了一片綠油油外，無法再描繪更多，畢竟土地公廟都只剩紅鐵皮和沒有香煙的天公爐了，還能想像什麼？他拍完廟裡的各種裝飾後，問我要進去參觀嗎，我說我沒興趣，反倒一直盯著公告欄：石碑上，建廟的捐助者一整排都是同一姓氏，配上一些如「土水」、「金池」之類很土的名字；近年慶典的贊助者，卻都變成了「XX 建設公司」、「XX 食品材料行」。

「其實我不怎麼信傳統宗教。」阿銓突然冒出這句話，我先是一陣震驚：那你為什麼那麼瘋遶境、瘋北管？他低頭不語，玩弄著嗩吶包上白沙屯媽的吊牌，我轉頭望向那排贊助名單，忍不住笑了：「好啦，其實我也不太信。」

為保生大帝接駕那天一早，沒有班導的班級群組不斷刷新著訊息，他們在比較前往大港開唱的交通工具哪種最酷。甚至有人直接從火車站騎腳踏車過去。「青春的熱血啊！」我回了一句，他們說妳沒來真是很大的損失，這可是一年一度土地文化的震撼洗禮，我把訊息框滑出螢幕，關閉通知。

廟口榕樹下，阿銓剛去大甲媽遶境發完補給飲料，潮紅的臉夾帶滿身汗臭味。我們整理車臺、掛上彩旗，身邊閒話家常的師姊們在討論要讓臨時被帶來的妹妹打什麼樂器，「妳就跟著前面的人打，反正打錯不會有人管妳，誠意有到就好，打完就有紅包可以領了，知道嗎？」師姊說，妹妹點頭，阿銓尷尬地看著我笑，我想到他之前說入破用的〈苦相思〉幾乎沒人打得出來，但凡用到這個鼓介，都只剩我在撐，站遠點也只能聽到銅器鏗鏗鏘鏘，根本聽不出統一的規則。

保生大帝的神轎近了，鑼鼓外還夾雜電音、國樂、大鼓等花式的聲音。女子穿著清涼的窄裙在鋼管上磨蹭；又或是坐在三輪車上，穿著短旗袍，演奏著重複的國樂曲，她們用規格化的笑容向我們示意，一群伯伯們從失神的演奏中抬起頭，眼神發光。我低頭看了看身上的唐裝和長褲，阿銓把手上的嗩吶遞給我：「要不要吹，我換個哨片妳就可以吹了，她們吹那麼爛，妳隨便吹都贏她們。」我冷笑，他說算了啦不要太在乎，陣頭不過就是這個樣子。

保生大帝的神轎終於到了，我們奏起〈風入松〉，之前向我炫耀價碼的師兄拍拍我的肩說我打的不對，叫我看看身邊的人——剛剛說「打錯不會有人管」的那些師姊。阿銓放下嗩吶，叫我不要理他，「勇敢一點，妳打的是對的。」他用嘴型示意。轎班共有約莫二十個壯丁，肩上披著毛巾，臉上略顯疲態，他們吃力地踏著腳步在廟前參駕。突然，一個站在轎前的壯漢似乎倒下了，週遭其他的人附過去，努力將神轎撐起來。鼓手大哥依然冷靜地打著鼓，其他陣頭行禮如儀，好像眼前沒有發生什麼大事。

鞭炮燃起，眼看轎班的人要撐不住了，阿銓放下裝著擴音器的嗩吶衝進鞭炮堆中，鼓手大哥向我使了個眼色。我很怕炮，要不是為了出北管，我遇到炮向來都是躲得遠遠的，此時，我卻發現用力敲擊手上的鈔，就可以發出放鞭炮的聲音，我想起阿銓說打到飛起來也沒關係，於是猛力地打，假裝耳邊鞭炮聲沒有停，假裝忽略腳踝上若有似無的刺痛，避免擔心阿銓就此消失在鞭炮灰中。

把倒下的壯漢拖到醫務室後，阿銓跑回榕樹下找我，他笑著，臉上布滿了灰，褲管多處被燒破，我問他有沒有受傷，他說就算會痛，我們還是要做啊。「那個人是怎麼了？」我問，他看一看陣頭離開後的廟埕，四下無人，「心肌梗塞。」他說，但切記這不可以隨便對參與這次廟會的人講，要說他是被神明帶走了，能夠把生命獻給神明是他一生的願望，況且他病痛纏身多年，終究是被保生大帝眷顧了。

我陪阿銓坐在醫務室處理傷口，點開限時動態，一群同學舉著啤酒在音樂祭撒冥紙，Y學姊則沒有去大港開唱，而是來看了這場保生大帝的遶境。

「嗚嗚，犧牲了去大港的機會來支持本土廟會，果然把腳放入土地才能感受到真正的臺灣價值啊！」她放上幾張神轎停駕的照片並寫道。

名家推薦——

這篇描寫土地快速變遷之下，傳統宗教與現代思潮的對峙，許多地方乍讀讚頌，實為反諷。小說完整，文字成熟。——張貴興

作者尖銳而勇敢地提出對社會的觀察和質疑，不害怕政治不正確，當中的細緻、矛盾、尷尬都操作得很具體，有大將之風。——林俊頴

短篇小說獎

優勝獎　洪睿欣

基要真理

個人簡歷

2004 年生，2023 年畢業於臺中女中，曾任中女青年主編，曾獲中一中女中聯合文學獎。

得獎感言

感謝評審老師的肯定，也感謝在截稿前挪出兩個晚自習趕稿而捨棄選修社會的自己，該獎無疑是瘋狂備考的枯燥十八歲裡，唯一能畫上螢光筆的條目。

本文的誕生源於我自出生至今的教會生活。還不是個虔誠的基督徒，但正因為我仍相信著基督信仰的可能性，才寫下這些文字。望基督徒理解，非基督徒亦客觀閱讀。

「欸，你們有考慮要受洗嗎？」

週日，主日學教室外頭，榕樹蔭影下，著米白襯衫牛仔褲的男孩正在鎖門，散著黑長髮也不知悶熱的女孩背著補妝。染一頭橘紅外翹短髮的女孩靠著樹幹發問，沒頭沒腦地，彷彿問中午要去哪吃飯一般隨意。

莊心璇拍開唇膏的指尖微頓。在她認知裡陳筱凡不是理當提起這件事的人，因此她一時甚至困惑得不耐了，幹嘛不早點問非得現在呢，這裡拖一秒她跟她寶貝的約會時間就少一秒。莊心璇從禮拜時就心不在焉地巴望著下午，再待當助教的許主恩整理教室半小時，她現在是一點也等不起了。

「怎麼突然問？」莊心璇的「寶貝」許主恩鎖好了門，轉過身反問道。莊心璇暗暗嘆氣，她男朋友倒是很有耐心。

陳筱凡解釋起來，莊心璇沒心思仔細聽，只盯著榕樹鬚根覺得後頸很熱，熱得她思緒聚攏不來。七月正午的陽光果然太豔了。倒不是沒想過受洗，但可能是二十歲或二十二歲，反正不是十八歲。這承諾太笨重。什麼？除了陳筱凡，另外兩人也決定受洗了。還有牧師說受洗前要上「基要真理」課程。可真突然……噁有蟲子垂在那，還好沒掉頭上了。

「好啊。」許主恩應承的聲音截斷莊心璇的心不在焉。她忽地感覺自己陷入一種滯緩的陌生之中，像隔著夢聽 Podcast，一時有種按倒退五秒的衝動油然而生。

「反正遲早會受洗，大家一起上課也比較有趣，小璇妳呢？」許主恩轉頭問她，理所當然地，彷彿問要不要訂飲料一般隨意。

「……啊、嗯。」莊心璇對著陳筱凡和許主恩的目光，一時也想不出拒絕的必要，「好喔。」

陳筱凡乾脆地走了，顯然不想當電燈泡。許主恩拎起背包，對莊心璇說走啦姑娘準備私奔啦，她被他的怪腔怪調逗笑，一下子把受洗的事拋在腦後。他們從教會後門溜走，牧師養的黃狗搖尾巴吠叫，許主恩食指抵住嘴唇比了個噓，帶著她消失在圍牆後。

倒數十二堂基要真理。

倒數四堂基要真理。

所謂基要真理，顧名思義，教的是基督徒最基要的信仰宣告、最核心、最重要的信仰真理。還有一個多月就要受洗，他們每週日下午一點都得先上這門洗禮前的預備課程，兩點再接著少年團契，往往傍晚才離開教會。莊心璇今天團契後偷得了空和許主恩約會，他們去了書店，又進了整條街看著最不便宜的義大利餐廳。

盤裡的義大利麵都剩一半了，莊心璇才莫名想起他們開動時沒有禱告。其實也沒哪一次有過。

「欸許主恩，」莊心璇把叉子戳在麵裡轉動，麵條逐漸形成一個小丘，「你在外面吃飯會禱告嗎？」

「……通常不會。」許主恩知道這不對，答得不大自在，但也沒怎麼心虛或歉疚，「但說真的，妳怎麼可能不知道呢。」

說得也是。她哪能不知道，她和許主恩和教會那群同伴打娘胎就每個禮拜見面，這問題就好比問爸媽會不會開車，問弟妹你小時候尿不尿床。

「我只是在想，不禱告的人能受洗，那受洗後我們還能不禱告嗎？」莊心璇把麵條塞進嘴裡，溢出的茄汁在她嘴角聚積濕黏。

倒數三堂基要真理。

螢幕上細微的灰塵在燈照下無所遁形，莊心璇抽衛生紙拂過，然而灰塵不僅生了根似地扒著面板不放，還拉了幾根紙絮作伴。她也沒失去耐心，傾身直到臉幾乎貼在螢幕上，用指尖一處處撥掉紙絮，但不再糾結灰塵了。她坐直，繼續瞪著電腦，但仍一個字也打不出來，上頭只有標題「莊心璇姊妹受洗見證」幾個小字。

洗禮在即，牧師鼓勵他們寫見證與弟兄姊妹分享。雖然不強迫，但莊心璇沒別的選擇，老爸拍拍她肩膀說「以這份見證榮耀天父」，而她只想扭開身子。

唉連親生父親的手她不知何時都抗拒起來，何況那遙遠的天上的父。

她尋思同樣決定受洗的他們是怎麼想呢？有人經歷痛苦，見證了神的大能，有人覺得信仰給他像口袋裡那包衛生紙般的安全感，有人還打著手遊就一口答應受洗。總之沒人和莊心璇一樣，站在沒有浪的浮沫上似地飄忽不定。

其實她不是那麼壞，心裡那麼沒有上帝，否則她也不會答應受洗。只是她還是很好奇並懷疑，飯前不禱告的人能受洗，那受洗後還能不禱告嗎？

倒數兩堂基要真理。

「嗳，還沒好嗎？」許主恩從背後抱住她。莊心璇這篇見證又白潔地拖過一個禮拜，有條分水嶺在她心中層巒疊嶂起來，未開頭的見證是一邊，催促她的許主恩占另一邊。

她該怎麼選呢，她還能怎麼選呢？

小璇，親一個。許主恩在莊心璇耳邊呢喃，嗓子加了奶和蜜。他陌生得不像學校裡背後拖著夕陽和一顆籃球走向她的男孩，更不像教會裡舉手投足都恰如其分的禮貌少年。嗓音鼻息愛撫的壓力，燙過莊心璇肌膚直至骨髓再燒進心底，她渾身麻得脫力，恍惚間熟悉的棉被味道壓進鼻腔。

窗外路燈驟亮，莊心璇闔起的眼皮下，漆黑中又有白光。暈眩著，她想起他們的第一個吻，在主日學教室裡，她總覺得自己和牆面貼著的諾亞方舟上的烏龜對了眼。有兩隻，看她的也不知是公是母。

野獸本能釣木偶似地操控著她，她無法甩去私處發緊又黏膩的感覺，一如她無法忽視許主恩的褲檔，牛仔色的隆起像火山在海裡長大。莊心璇認識到沒見過海底火山不代表它不存在。

她有些困惑自己早前怎麼一點也沒注意過，接著意識到是因為上週生日那天，許主恩略帶央求地說了幾句話。他問莊心璇要不要試著接下去，不是現在，是約個時間，畢竟他不想嚇到她。

是了，今天是他們說好的日子，怪不得莊心璇對一切敏感起來。呼吸太急，她很傻地問許主恩怎麼保險套用得那麼熟練，許主恩很傻地承認自己在家練習過。

莊心璇什麼也沒練習。但她竟不太痛，事情順利得令她目光渙散，視線不經意越過許主恩蒸出汗的肩膀，落在亮堂堂的電腦螢幕上。她剛才沒來得及關，「莊心璇姊妹受洗見證」的字樣見證著她。

陰道裹著賁張的肉物，她想起主日學教室牆上那隻龜。

倒數一堂基要真理。

上完基要真理第十一課，緊接著是下午三點的少年團契。教室裡未汰換的老冷氣哮喘著，白板右邊藍色筆跡寫著服事表，左邊則用磁鐵貼著本季每週聚會主題。負責帶領團契的美華姐是退休國小老師，所以孩子們都喊她美華老師。她總是職業病地以過度溫柔而寬容的態度對這群青少年，例如「小朋友知道了嗎？」、「來，排隊洗手才能拿餅乾喔」。

「健康的關係：婚前性行為，可以嗎？」學習單傳到莊心璇手上，斗大的標題在她眸裡一跳一跳。她看了眼在對面的許主恩，他正和其他男生嘻笑，還沒拿到單子。

美華老師又發了一張小問卷，不記名的，裡頭全是記名了絕不會誠實回答的問題。第一題，你／妳會自慰嗎？第二題，你／妳接觸過色情內容嗎？第三題，你／妳……最後一題，你／妳有過性行為嗎？

莊心璇聽見陳筱凡和黃棋棋說討厭啦這些問題真露骨，對嘛好害羞哦，欸妳覺得妳幾歲會第一次啊，嗯應該二十以後吧。

聽見她們聊的是「幾歲會第一次」而不是「妳會等結婚後嗎」莫名讓莊心璇舒了口氣。她將學習單翻來覆去，有些想找標題的解答，儘管她大約知道，但總還是想親眼確認。想當然這是了無用功的尋覓，她換執起問卷，摩娑紙角猶豫著。但她不著痕跡，旁人看來是果斷地一下就寫完了——全勾了無，細細折疊起來丟進美華老師面前的布袋。

美華老師的簡報從兩性交往開始，逐步進入今日主題的核心，中途還因為有人起鬨，為了正視聽而額外介紹了處女膜，破除迷思——不同形狀的處女膜初夜痛感不同，也不見得都落紅。莊心璇低頭看指尖，不知一個處女膜破了的人坐在這裡的正當性有多少。

「守貞，是自愛也是愛未來的丈夫和妻子。」美華老師發下一張小卡，「除了健康及安全，基督徒也透過拒絕肉體慾望，得到更純粹的心靈聯繫。如果願意承諾，你們可以在這張守貞小卡上簽名，自己收著，時刻警醒。」

那是一張粉紅的紙卡，上頭綴著些花草曲線的邊框，中央印著黑字，莊心璇默唸它們：

我願意看重貞潔與婚姻的眞義；願意保守我自己的身體與愛情，爲了我將來的伴侶和子女，從現在開始直到結婚，我願意許諾：拒絕婚前性行爲。

莊心璇捏著筆，手臂一端抵在桌上，一端撐著下巴，烏黑的長髮順勢傾下掩住她半個臉，她從髮縫間偷窺，看大家是簽的多，還是不簽的占上風，特別是那些也要受洗的。莊心璇仍然沒弄明白，婚前做過的人能受洗，那受洗後還能做嗎？

算了，幸好自己收著就行。莊心璇暗自慶幸，佯裝動筆，然後把承諾人一格仍然空白的守貞卡收進提袋底部，壓在錢包、水壺、衛生紙之下。不作空的承諾是她最後的尊重，對自己也好，神也罷。

她又裝著不經意地往許主恩那頭瞥，看見他修長的指頭架著筆，筆尖確實磨蹭在紙面上。知道他們關係的兩個男生一人一邊擠著許主恩撞他肩膀，莊心璇豎著的耳朵聽見他們起鬨著說許主恩肯定不是處了，然而他無奈地笑說，就沒做歟。

莊心璇霎那覺察出自己的突兀。她什麼也沒承認，但也拒絕否認，她沒說謊，可她又脆弱得不禁試探。她以為自己像許主恩怪腔怪調喊的那樣，乘在一條私奔的小船上，可她其實只是根漂流木在碎浪上浮沉。不是大錯不犯小錯不斷的可矯之材，而是飯前不禱告，做一次就遐想第二次的朽木。慾望是白蟻，在她的默許下啃穿了芯。

她坐的是扶手椅，提袋就塞在身側，基要真理課本一角鮮明地硌著肋骨，她害怕起受洗那天牧師在頭上淋下的水會不會從膝蓋滲出。她將成為主裡的一個空殼，唱著基督徒的歌行著未信者的事。

破冷氣一口老痰終於醞釀到喉頭似地，忽然嘔出一大股冰風，正正吹在莊心璇頭上，她顫縮起來，基要真理的一角在她肉裡硌得更深。她怎麼挪也挪不開那頑固的書，就像怎麼寫也寫不出來的見證文一樣。

主啊求祢救救我吧，主啊，求祢帶我走出這困境吧。莊心璇終於忍不住，絕望而朦朧地在腦裡呼喊。

倒數零堂基要真理。

莊心璇在課程結束後叫住替他們上課的巧麗牧師，巧麗笑瞇瞇地讓她進牧師館慢慢說，或許察言觀色是牧師的必修之一。巧麗今年才要滿三十，剛來莊心璇的教會沒多久，性格大剌剌的，但一遇事又讓人覺得她精於在細節間迴旋。若不是巧麗這樣的牧師，莊心璇是斷然決不了心要說出擠在胸腹那些話的。

她們對坐了近五分鐘，莊心璇眼神飄在巧麗養的斑龜背上。牠在飼養箱裡抬腳爬行，動得比想像中快。

「頭和脖子連著看像生石苔的大拇指，對吧。」巧麗率先開口，偏頭和莊心璇一起看著莫名被關注，卻一點也不怯場的斑龜。

「……妳知道主日學教室牆壁上，有挪亞方舟的壁貼，牠讓我想到上頭也有烏龜。」莊心璇腦裡才不只出現那隻烏龜。她對巧麗和斑龜感到抱歉。

「牠是叫慢慢嗎？」莊心璇又問。

「是啊，」巧麗替牠開了曬背燈。室內沒什麼陽光，人工光線能補鈣，以免龜殼長得不好，「不過常有人說牠動得很快。」

「那牠一定不怎麼對下一步要踩哪裡迷惘。」

「畢竟牠只有一個小箱子能爬，」巧麗望著很認真看斑龜的莊心璇，「妳不一樣。這個世界的未知對你我來說都太大了。」

「但妳還是成為牧師了。」莊心璇有些忿忿不平，巧麗也是知道腳該踏哪裡的一類人。

「一旦看清楚了，」巧麗聳肩，覺得熱了，又去開吊扇，「要踩穩不難，還有餘力扶別人一把。」

「我上了十二週的基要真理，」莊心璇終於直視巧麗，眼神裡有一絲怪罪，「我還是不懂，受洗後的人，飯前能不禱告嗎？」還有想做就能做嗎？她想當主裡的孩子，但她不想當明知故犯的罪人。

巧麗瞬間竟是理解了大部分，包括莊心璇說的和沒說的，「受洗與否，我想妳早有答案。但妳為什麼猶豫，甚至欺騙自己？」

這下反倒是莊心璇不懂巧麗了。她垂眼盯著吊扇葉片在玻璃桌面上映出的浮像，晃動間，眸子

裡竟被攪出幾個身影——許主恩。陳筱凡。他們憑什麼能行在實地上而她腳下卻只有浪花的白沫？爸媽。長輩。其他不熟悉的會友。認識她也好不認識也罷，擅自替人想像軌跡，猜錯了便要閒言閒語直到人投降。

「我都上完課了，跟他們一起結束的，」提袋裡的基要真理硌在老地方，心璇捏緊背帶，她總坐到有扶手的椅子，「不一起開始會被說話的。」

「妳因自私不願照著神的規矩走，怎麼就不自私點，把這些也都忽略？」巧麗笑瞇瞇地看莊心璇。

莊心璇怎麼也料想不到竟被巧麗指控「自私」。但這詞彙實在用得恰如其分，既同意不了又反駁不來，以致她最後只憋出一句：「真有道理的歪理啊。」

「正理歪理都無妨，有用的就是好道理，」巧麗手撐上桌面，打散了積在莊心璇眸底的那些身影，「說起來，基要真理的部分內容，對妳而言大概也是歪理。」

「……是。」

「質疑沒有錯，」巧麗微笑，「真理之所以為真理，從不是因為人能盲著接受它。妳還有時間，妳還要時間，看清了摸著了，再走那一步也無妨。」

基要真理課程於今日完結。莊心璇還是沒搞懂，飯前不禱告的人能受洗，那受洗後能不能不禱告。書角仍硌在胸側，吊扇孜孜矻矻地攪動玻璃桌面，但斑龜在曬背燈下極慢地伸長了頸子。

短篇小說獎

優勝獎　劉子新

三月的潮與熱

個人簡歷

2005 年生，嘉義女中二年級。喜歡一切閃閃發光的東西。

得獎感言

謝謝評審老師，謝謝媽媽，也謝謝我的貓諾貝爾先生。還有我也好想在高中談戀愛喔。

我所知道最安全的翹課方式，就是直接從校門口走出去。

這是以前請假得出的結論。最好還能手上拿一張廢紙，假裝是剛簽好來不及收到書包裡的假單，再從容的對警衛伯伯揮手，就可以順利離開。

其實這仍然有些大費周章，好像在腦海裡想過後果、規避部分責任就有點不夠「青春」，不過我實在很難擺脫這樣的本能。

我不想帶著書包離開，就在學校對面的公園等喬，想問他怎麼辦，他倒是翹課的慣犯了，他騎著腳踏車來時就說書包可以放在公廁的掃具間。

喬卻聳肩，自顧自的把我的書包拿去放。他自己沒有帶書包出來。

「喬，那很髒……」

他說他翹掉了下午的複習考，說完便開始抓爬到他腿上的螞蟻，那種螞蟻捏死會很臭。平日下午的公園空蕩蕩的，畢竟這裡只剩下經過上午人類經濟生產過後的髒空氣，喬說他不願意載我，所以讓我自己去借 YouBike。

不過我不太會在路上騎單車，從路邊竄出來的機車有點可怕。喬問我想去哪兒，我說不知道，但其實我想去海邊。我想過好多次，要直直離開教室，從早上仍然安靜的夜市街區揚長而去，要去海邊，要看海，可是從來沒有付諸行動過。

公園大樹的綠葉在陽光中掉下來，在地上撒出一片陰影，陰影和葉重疊，風又驅趕落葉離開。流水線過程。

今天在手機上和喬說了，那時我正在打掃，外掃區掃的垃圾與落葉像是會自己無性繁殖一般，很讓人厭煩，於是掏出手機和喬說。一起打掃的同學在即將改名的中正堂的石板前，念著「世界偉人、人類救星」嘻笑。

我一如既往的很想離開。

喬便讓我出來，只要出來了那便好了。我有時候會覺得在上課時間離開學校，世界會變得怪怪的。好像還沒準備好要讓我來，就像楚門的世界裡，偶爾會露出破綻的模樣。

其實也可能只是我太少去看，從某種程度上也被蒙在鼓裡。我又和喬說想去看海。

「那你剛才為什麼不說？」喬問。

「因為我想我們還有很多時間。」其實我知道這句話有點煩人。

不過我是在享受說的瞬間的。我們還有很多時間，還有很多選擇的權利，還有年輕。就算其實並沒有那麼自由。喬也許覺得我很古怪，並且故意在找他麻煩。

喬讓我跟著他。我並沒有什麼地理概念，我不知道哪條街會通往哪裡，我只知道這家店在這條路上，可是若他們要交雜，要相互連結我便就分不清了，也不太會過十字路口沒有小綠人的馬路。

原來安靜的夜市商圈直直過去，再左彎右拐幾次就能到海邊。好吧，我們其實騎車騎了極久，喬還得停下車來看地圖，但總歸是這樣的，是時而直行，時而轉彎的到了。

我有點疲倦，腳像要斷掉了，一種鈍感的疲倦疊加就很難受。

還有是從哪一刻風開始鹹腥的呢？我早就分不清楚了。

我們要騎經很多房屋，大部分的房門緊閉，害怕海風沒有距離感。可是在一次喬停下來看地圖的時候，卻恰恰停在一間平房之前。電視是厚的那種，粗糙的聲音從窗戶漏出來，風也從窗戶灌進去，窗簾嘩啦啦的飛舞。

裡頭的阿公在看摔角，主持人好像說著日語，風不擅長傳遞聲音，我聽不清楚，卻能看到電視裡的選手相互摔打，喬終於查完地圖。

我的外公也喜歡看這種摔角，他看不懂中文字幕，聽不懂日文解說，卻只要聲音充斥在安靜的屋子裡便好了。

我們好像都在逃避。

從市區到海邊，從日常到逃離，是很短暫又很漫長的。這樣的逃避不能參雜現代化的時空收斂，只要慢慢的、用腳。就好像一場強調其「意義」的放逐，一種過時刻意的形式主義。

好像有人說過青春期就像一場漫長的不合作運動，很麻煩，確實也太刻意。誰都自然明白別人走過的路是最輕鬆的，所有人都循規蹈矩就是最好的。不過卻好像也是所有人心裡都知道的，再不跑就沒機會了。

「以後不會再有了」、「最後一次」，似乎總要被這些詞句拉扯，恕不知很多為了另一個「唯一一次」放棄的東西，本身也是「最後一次」。

喬的腳踏車會發出啞啞的聲音，潤滑油大約不夠了。下午的太陽也從雲後冒出來，不熱，但是紫外線也會曬黑的，我沒有塗防曬，皮膚正在隱隱作痛。很有趣，皮膚變黑那麼不公平，花幾個小時曬的竟然得用幾個月來彌補。

偶爾會騎經沾染油煙味的風，我猜那是在煎魚，煎一條方被捕撈就下鍋的魚。那種味道和海風混合，混沌的香氣熨貼進肺葉裡，也同時撲在臉上。我想家和風是同樣漫長的。

喬總是騎在很前頭，我沒有想要追上他，也許我本該找一些話題，讓笑聲迴盪在空無一人的路上。

最後我們終於看見海。

海是確確實實的一望無際的海，卻不是海灘。我沒有問喬查的是什麼地圖，雖然這顯然不是什麼讓遊客欣賞海景的地方。海港的風帶著一點腥味，堤防底下是綠色酒瓶的碎片，和一些扁掉的鋁罐，甚至還有一隻藍白拖擱淺在石頭上。

總之那是海。

我們爬上柏油路旁矮矮的水泥牆，在我的想像裡應該脫鞋子去踏浪的，不過這裡若把鞋子脫掉可能會踩到碎玻璃。我們只能安靜的坐著，後來喬說要替我拍照。

「不用了，風很大，我的瀏海亂飛。」我捂著半邊臉不讓他拍，這個景取得很爛，後面是無聊的柏油路和無聊的天空，前面是無聊的我。

他還是按下快門，我的頭髮勾住遙遠的雲朵。

其實我覺得拍我不如拍浪花的。

因為浪花一下子就死掉了。

張。

風與浪的聲音有點惱人，因為都聽不真切。於是我也拿出手機想要拍海上掀起的浪，拍了好多張。

感光元件和眼睛都是很厲害的東西，但近視加深之後我變得不太相信眼睛了，看演唱會要拿手機錄全場，看到想珍藏的畫面要拿手機拍照，好像變成數據的場景能隨時開給別人看的東西才是自己真實經歷過的，手機就像外掛式且較客觀的大腦。

我以為這樣才是真正的記得。

喬湊過來看，我的相冊向下滑就是一整片的浪與海，陽光很黯淡，商業海港看起來是灰敗的。因為這裡好像沒有真正的浪花、真正的藍天，只有漁獲和適不適合出海的天氣。

「為什麼要拍那麼多張一樣的東西？」喬問我。

「我覺得不一樣吧，前一道浪和下一道浪。我替他們拍遺照。」

「好做作……」喬笑了。

可是他們前仆後繼的。

我一直很擔心一道浪掀起來再落下之後沒有人記得他，我想浪是海的逆鱗吧？因為海要藏起脆弱的波濤，要撫平怪異的隆起。所以浪花才一直死掉的。

所以為什麼要記得呢？我不知道，我不知道記得和忘記有什麼區別但是並不想被遺忘。

岸邊也有死魚攤在石頭上，上頭圍繞了很多隻蒼蠅，可是浪花的死是無影無蹤的，他們墜入石頭縫隙裡頭就只剩下泡沫，沒有人能夠證明他曾經是一道浪花，他曾經是一股世界力量的脈動。我

覺得這很令人難過，但又好像哪裡不合邏輯。

偶爾會有藍色小卡車從後頭的柏油路上揚長而去，灰色的煙倒是有實際輪廓的。喬的頭髮被風吹得很亂，他明明是個話很多的人，不知道為什麼今天也不說話了。

我覺得話題的形狀很像眼睛。這是在綜藝節目裡頭發現的，主持人要在前一個話題冷掉之前開出另一個話題，然後嘉賓們便要你一句我一句的慢慢擴充，讓話題膨脹，最後又要慢慢收攏，主持人用最後一句話總結，再接下一個話題。

這是最好的說話方式，因為平時聊天總會有一個人說一句不該是最後一句話的最後一句話，那會很尷尬，語音的尾巴擱淺在空中，說話的人的眼神亂飄。

但我也不擅長接話，不擅長經營話題，其實當然也不擅長和另一個人單獨出門。

我看喬的眼睛。

我不會說喬的眼睛裡頭有浪花、有海，其實眼睛裡頭好像只有瞳孔，我總是看不清楚裡頭的什麼。

好做作……我想喬說的話。我們到底要逃離什麼呢，要逃避什麼呢？卻又活該受那些責任嗎？笑是搭建在往後悲傷與痛苦上的東西嗎？

天與海接壤，我想月亮知道他創造的同時同樣也殺死了很多浪花嗎？我終於想到話題，想到上學期學校的哲學選修課，想到我與老師之間的爭論。

「喬，你相信這一切都會重新來一次嗎？」

很爛的開場白，我不太會組織塊狀的語言。

「哪一切？」喬低下頭，「今天？今年？我的一輩子？文明開始的那一刻？宇宙的初始？」

「不知道……就是我們身邊的全部完全沒有改變的再來一次。」

「不知道有沒有可能，不過我不想要再來一次了。」喬這樣回答，很有他的風格。雖然他活得並不糟糕，他會很多東西，作為一個學生，至少對我個人而言，他很「成功」，卻又很自由。

我記得那時候和老師的對話是這樣的，他說世界是由電子與夸克組成的，所以有這樣的可能性——雖非常小但是有——因為物質是有限的，所以也有這樣一種可能，他們又用一模一樣的組合再來過一次。所以我們其實有可能再一模一樣的活一次的。

可是只要有一瞬間人的抉擇不一樣，世界就會再次變得不一樣了……我想，如果真的有上帝的話。

人有那麼厲害嗎？我曾經在社區警衛室拿完快遞走回家的時候思考這個問題，我想如果上帝能夠預言未來，那麼他會知道我在猶豫要不要把腳上的脱鞋踢開？又會踢幾次呢？

就跟這些海浪的生死一樣，人的決定能夠那麼厲害到去左右宇宙的分裂嗎？可是我們似乎那麼渺小的。

厚重的天空上是斑駁的雲朵，浪花的聲音就像是半夜的風扇，重複的低頻噪音，久了就要習慣。

風吵鬧的吹著，我有一瞬間有種衝動想要把身體靠上喬，就一下下、在風裡。可是後來我們還是什麼都沒説，也沒有改變兩人之間一個手肘的距離，我沒有喜歡喬的。

喬卻突然跳下矮矮的牆，小心的踩過可能會崩落的石頭，我問他在做什麼，他卻沒有回應。只是自顧自的掬一捧即將從指縫漏乾的海水給我，把那僅存的一點點水倒在我也攏起來的掌心。

「給你，你的浪花的屍體。」

我笑了。

「不覺得浪花是很美的名字嗎？好像真的就是一朵花一樣。」海水一點一點的留乾，滴在我的制服裙襬上，我說，「如果每一道浪都能被遊客拍下來那就好了，那只是人的一瞬，卻是浪花的一生。」

「可是拍照下來就等於有留下紀錄嗎？就跟人成功一般，被記住又代表什麼呢？怎麼去感知？」喬卻坐回他的原位，又這樣說。

我們都皺起眉來。

我想要接話，想要和他說不是這樣的，想要與他爭論記得的意義，還有影相留存的意義，可是最後卻向他道歉，說自己可能中暑了。

海風很大、三月太熱。

「我們該回去了。」喬低頭看了看手錶。

「我要趕放學那班公車。」我說。

「那麼我們沒剩多少時間了。」

在腳踏車鏈條的磨擦聲中，我突然想到也許喬的意思是水是無生亦無死的。我原先想開口問，最後還是算了。已經離開海邊了，再提起來似乎很沒意思。

來時是逆風，頭髮便向後飛去，如今卻是順風，騎車沒有獲得什麼助力，倒是顯得很狼狽了。回程比方才要快得很多，畢竟走過一次了，不必停下來看地圖。不過那種粗糙、充滿砂礫的「從沒來過」，仍然是無可取代的。

我又想喬的意思可能是沒必要去想那麼多，想懂了代表什麼？水沒有生死、物質也沒有生死？那麼便不去在意現世的濃重情緒或是細節嗎？好像也不是這樣的。

可是我依然沒有開口問喬，我知道這樣的時間不會再有了，可是我仍然沒有開口問喬。

三月太熱。

漫長的路、溫吞的陽光，我們又要回去、沒剩多少時間了。來時的房屋仍然是房屋，商店依然是商店，我們回到那個公園，喬去把我的書包拿來給我。

學生正放學，熙熙攘攘的街道上是被踩碎的落葉，夜市開始燈火通明，塞滿了吵雜的嘴巴。

喬和我道別，和我說，他要回學校拿他的書包，明天還有複習考。

就好像我們已經離開海很久了。

短篇小說獎

優勝獎　陳映筑

老鷹起飛那天

個人簡歷

2005 年生，現就讀曉明女中高二升高三。
曾獲中臺灣聯合文學獎、台積電青年學生文學獎。
曾看著老鷹，在林間、在山巔。
我問喜馬拉雅山的風，什麼時候才輪到我飛翔。

得獎感言

我看著老鷹，在林間、在山巔。
謝謝給我支持的人，讓我體驗山上的風怎麼吹。
不敢說完全了解展翅起飛、羽翼如何震動。
但是請給我機會，說一說他們的故事。

一隻老鷹、兩隻老鷹、三隻老鷹、四隻老鷹飛過天空。

尼尚屈膝坐在岩石上，正對喜馬拉雅山脈。山頭終年冰封，雪白的分不清雲的盡頭。巨岩稜角分明，在這片土地刻下糾纏又永不抹滅的痕跡。

老鷹徘徊不前，在他的正上方。在陽光下影子橫越布滿砂土碎石的棕色大地，橫越尼尚布滿汗滴的臉龐，忽明忽暗。

「老鷹會飛去哪裡呢？天晴時山很清楚，應該找得到路。但現在乾季空氣中沙塵太多，怎麼找得到方向？」尼尚不小心碰倒剛剛疊起的小石堆，視線仍追隨老鷹翱翔。

老鷹和山脈一樣安靜，更怪的是尼尚從未看過他們起飛，每次看見都是在天與山的夾縫中飛翔。好像找不到起源也感受不到時間，這點也和山很像。

「尼尚！媽媽叫你趕快回家吃飯。」妮許瑪的聲音由樹林傳來，像鳥巢裡的絨毛一樣柔軟。

他蹲下揉揉妹妹的頭，一把抱起跟來的小狗潘妮。

「走吧，回家。」他牽起妮許瑪的手。

臨走前抬頭看向天空，老鷹已經不知去向。

「你有看到剛剛的老鷹嗎？」

「有啊，離地很近呢！我出門時看到塔娜，他還這麼小。」妮許瑪伸手在身側比劃。「我叫她書包背好，裡面裝重一點，才不會被抓走。」她張開雙臂大力揮舞，「老鷹有這麼大！」

「她媽媽一定有告訴她，這是大家都知道的事。」尼尚笑了。夕陽穿透林葉灑在整片山坡與他們身上，笑容在閃閃發光。尼尚踢起小石頭，連著沙子滾落山崖，沒人聽見落地的聲響。

明明還在林間，尼尚卻可以聞到木柴燃燒的味道，淡淡流動的氣味好像還混雜了劈哩啪啦輕快的節奏。然後小白狗羅尼出現在眼前，蹦蹦跳跳地領著他們順著下坡，回到炊煙捲曲纏繞的最深處。先經過大伯的房子，也就是娜塔他們家，接著橘色磚瓦屋露頭，兩人兩狗側身滑下斜坡，到家了。

「尼尚，吃飯前先把山羊的水盆加滿。」聲音由屋內直達戶外堆著乾草的空地。「妮許瑪進來幫我的忙。」

尼尚用水瓢舀了兩大匙水倒入山羊的盆中，隔壁水牛跟著哞哞叫，明明水跟食物都還有剩。進屋後，媽媽和奶奶早已席地而坐，妮許瑪遞給他叉子，她說自己不小心把其中一支留在學校，不過沒關係剩下兩支叉子也只有他們兩個要用。

「你們要繳二月的學費了嗎？」媽媽滑著她的 Samsung 手機問。

「可能後天會通知。」

「我打給你爸好幾通都沒人接，我去找找我那支 Oppo 手機再打給他。不是說卡達舉辦那個什麼足球世界盃嗎？他應該賺了不少，怎麼三個月沒寄錢回來。」

妮許瑪塞滿飯菜的嘴巴靠到尼尚耳邊說：「我好喜歡梅西。」尼尚用肩膀頂了她一下，「我也很喜歡。」

「他還是沒接，你們住隔壁的大伯也在卡達都有按時寄錢回家，在日本的小叔也有，在澳洲的二叔我倒是不知道。還有隔壁在那個、那個名字很長的國家工作寄回來的錢可多了，他們家裝了好幾顆新燈泡還鋪了地毯。」

「是沙烏地阿拉伯。」

「好啦我知道。但你爸連電話都不接。尼尚，你以後去當美國軍人好了，聽說薪水很高。但是千萬不要像他這樣忘了家裡的人。」

妮許瑪用叉子叉起最後一片菜葉，把盤子放下。奶奶隨即伸手拿起，把剩下幾顆黏在盤子的飯粒全部舔掉。

「會不會是爸爸的電話迷路了？」妮許瑪問。「現在沙子那麼多，路、石頭、樹木和山有時候都看不清楚。不知道是媽媽的電話沒辦法找到下山的路，還是爸爸的電話看不到我們的山，就找不到回來的路。」

「還有我今天看到的老鷹，他們能找到回家的路嗎？」

媽媽愣了一下，然後輕輕地說：「一定是我的手機太笨，被沙子遮住視線就無法下山去找爸爸。」

接著她伸手進一個用樹藤編成的桶子翻翻攪攪，掏出三張鈔票，拉了拉紙鈔兩側將其攤平。

「明天是星期六，你帶妮許瑪去山下的波卡拉，去剪頭髮和洗澡，這些錢應該夠。」媽媽把紙鈔對摺，放入尼尚的口袋。

「照顧好妹妹、注意時間，記得快點回家。」

尼尚認真的點點頭。

一大早太陽還不見人影，只有些許光芒翻越山脈混雜在霧中。

配合下坡的腳步，呼出的白煙若隱若現，尼尚提著紅色塑膠水桶，裡面裝著他那套制服和一套短袖衣物，還有一塊橢圓的暗色肥皂。他轉頭想幫旁邊的妮許瑪拿桶子，但被拒絕。

他們沒入樹林，在巨石上跳躍前進；看到梯田從緩坡流瀉而下，像一塊一塊墨綠與淺棕的花布，於是順著其中窄小的通道向下；他們經過屋舍的圍籬，惹來一陣狗吠，看到三個婦人一手抱一個鐵桶踏著晨光去取水。還有綁在屋頂上的旗幟，五種色彩交錯拉成長串在風中搖曳，襯著廣闊的山脈。

一輛小巴士停在空地中央，淺灰的車身上分布著黃棕色系的漸層，還有黃褐色的輪胎。一個壯碩的男人站在車頂上吆喝，大家把行李舉在頭頂傳給他擺放。

他牽著妮許瑪上車，讓妮許瑪坐在自己腿上，後面的人有更多空位可坐。車上的味道很複雜，女人用的香水太張揚，刺穿坐在他們隔壁的樹叢身上的泥土味，尼尚覺得坐在右前方的大鬍子男人是個農夫，且家裡養了一頭牛來耕田，因為他聞起來像行走的牛糞堆肥桶。

車子出發時總是特別喧囂，引擎咆哮輾過石頭、站在門邊充當門板的男人和他的同伴聊天、站在司機旁年輕女孩的手鐲和扶手發出清脆撞擊聲。然後一切會慢慢歸於平靜，車子繼續在狹窄蜿蜒的路上前進，碎石讓旅程跳躍似的，但大家都緩緩入眠。只有偶爾在彎道會車時爆出音階般的喇叭聲，像夢裡的驚鴻一瞥。

妮許瑪的口水滴到尼尚的衣襟，他睜開眼，往窗外看去，那應該是垂直下切的河谷，但他只看見黃沙滾滾。

波卡拉是個觀光城市，臨著費窪湖而建，商店街充滿異國餐廳和外國遊客，而湖邊甚至有個人造噴泉。兄妹倆在城裡轉了一整天後，坐在費窪湖畔看夕陽如何把水中的倒影染成金黃。

妮許瑪問是不是該去等公車了，尼尚起身去看附近店家的時鐘後立刻拉著她拔腿狂奔。當他們抵達搭乘處時只看見亮了一邊的車尾燈搖搖晃晃地消失在遠方的街道。

尼尚說：「沒關係我們可以走回家，以前上山的路還沒鋪好時，我都跟媽媽一起走路來回。現在走路回去大概要四個小時。」

「那我們走快一點吧。」妮許瑪看了看天色。

夕陽將他們的影子拉得好長，妮許瑪開始唱歌，歌詞說總有一天她的影子會比喜馬拉雅山還高。

尼尚喜歡在高一點的地方唱歌，像是他常去看老鷹的那個天然平臺，他可以感受到歌聲在群山間迴

盪，歌詞在空中交錯又碰撞，也許老鷹可以載著歌聲傳向更遠的地方。

天空接近深藍，妮許瑪停止唱歌，抓緊哥哥的手快步向前。尼尚開始遲疑，記憶中媽媽的腳步變得模糊，他們步入越來越深的夜。

尼尚把手舉在身前開路，撥開擋在前面的樹枝或樹叢，而妮許瑪已經整個人黏上他的另一隻手臂使兩人越走越慢。在他們轉了個彎後，突然看見前面有一個閃爍的亮點，尼尚示意妹妹走到自己後面，兩人悄悄靠近光源。

他們距離目標三步，可以聽見木柴燃燒的噼啵聲、一男一女的交談聲，尼尚慢慢把頭探出草叢，卻聽見男人用英文大喝：「誰在那裡？」

兄妹倆對視一陣，尼尚點了點頭，率先走出草叢。營火扭動著照亮臉龐，照出他們的影子微微顫抖。

女人說：「孩子，這麼晚了你們獨自在山裡面做什麼？」

尼尚用英文告訴兩個外國人自己錯過公車的經過，男人聽完笑著說：「我叫強生，這位是我的旅伴安娜，我們來尼泊爾是為了跋涉旅行（Trek），沒想到竟然迷路了。我們來不及到達目的地，只好在這裡紮營休息。」

「你們要不要今天先和我們一起在這過夜，明天再出發回家？到時候如果順路的話能帶我們到目的地嗎？」安娜問。

妮許瑪張大雙眼盯著尼尚，營火旁食物的香氣在身旁亂竄，他點頭答應。

四人圍著營火坐定後，安娜遞給他們一人一碗簡單的食物。

「抱歉，我們沒有多餘的叉子了。」

「沒關係我們用手吃就好了。」妮許瑪伸手將熱騰騰的筆管麵塞進嘴巴，幾秒後尼尚也開始動作，但他邊吃邊把麵條弄掉到地上，只好偷偷把自己弄掉的食物撿起來吃完。

「安娜，你是中國人嗎？」妮許瑪滿嘴食物的問。

「我父母是中國人，但我是美國人。」

「為什麼你和你的爸爸媽媽不是同個國家的人？你明明長得跟中國人一樣。」

安娜停頓了一下，試圖找出比較好理解的方法解釋這件事。「因為我在美國住了很久，就變成美國人。那裡是我的家。」

「我爸爸也在卡達住很久了，但他還是尼泊爾人，他永遠都是尼泊爾人，他是我們的家人。」妮許瑪突然拉高音量，尼尚扯了扯她的衣角。

安娜好像明白了什麼，接著說：「你可以想想喜馬拉雅山的老鷹，他們在山間穿梭覓食，有時在尼泊爾有時跨越邊境到中國、有時飛去不丹。他們的移動都是有理由的。」

強生開口說話：「有些也是無可奈何，像我的曾祖母來自波蘭，我的曾祖父來自法國，你們知道法國吧？」

尼尚努力回憶課堂教過的歐洲大陸，一大堆國家擠在一起，在過去衝突不斷。似乎只要很多國家邊境接壤，肩並肩就會有摩擦。

他想不起法國的確切位置，妮許瑪則果斷地搖搖頭。

「那你們知道姆巴佩吧？就是他的國家。」

「我知道！他在球場上像風一樣快！」妮許瑪高興地跳了起來，營火啪的一聲竄的更高。

「還有內馬爾，我很喜歡他！」尼尚在地上滾了一圈並放聲大笑。

「我最喜歡的就是梅西了！他很會射門，是最棒的足球選手。」妮許瑪手腳並用模仿他射門的樣子。

強生說：「我去過梅西的故鄉阿根廷，是個很美的國家，當然尼泊爾也很漂亮。」

「前幾天我們在加德滿都，參觀了皇宮廣場、大佛塔、燒屍廟還有其他古蹟，你們應該知道吧？都是尼泊爾的歷史古蹟。」安娜回想在湛藍天空下的神廟半掩著黃沙，被神祕感籠罩。但走進去後她感受到自己屬於旅人的興奮被古鐘平靜的聲音磨平，只剩下寧謐和虔誠。

兄妹倆停下動作，妮許瑪說：「我不知道，學校沒教。」尼尚說：「我們沒去過加德滿都。」他抓抓頭，很快又接著說：「安娜看得懂中文字嗎？我發現路上在施工時旁邊都會放告示牌，上面寫的是中文字是什麼意思？」

安娜原本低著頭像在思索，又抬起頭回答：「上面寫的是中國交建，是中國交通建設集團的簡稱。那間公司在全球建造基礎設施，並執行一帶一路的計畫。」

強生笑著說：「她在大學時期學的是國際關係，尼尚你剛好問到她的專業了。」

「那要感謝中國幫我們蓋橋鋪路，但我希望他們快一點來蓋我們上學的路。」尼尚說。

「印度也幫我們很多啊！我們吃的餅乾泡麵都是從他們那邊來的。」妮許瑪也回答。

安娜突然站了起來，把她那碗吃了兩口的筆管麵放在地上，雙手抱胸走離營火照耀的範圍。她在夜色中依稀能看見巨大的山脈從兩側包圍著他們。這塊在星空下閃耀的土地，被高山的影子籠罩。

「中國和印度都是我們尼泊爾的好朋友。」尼尚的聲音從背後傳來，輕快如營火跳躍的光芒，伴隨著妮許瑪埋頭吃麵的西哩呼嚕聲。

然後強生緩緩的說：「今天大家都累了，先休息吧。」

早上四人被鳥叫聲吵醒，強生與安娜把露營用具裝入登山背包。妮許瑪好奇地跟在他們身邊東看西看。

「你們的背包大到可以把我裝進去了呢！」她得出結論。

「強生你把我也裝進去，背我走嘛。」她拉長語調說，一邊又接過尼尚遞來的紅色塑膠桶。

他們上山的隊伍由尼尚走第一個，負責帶路以及踢開擋路的石頭和撥開樹叢。後面跟著強生、安娜，妮許瑪走在最後。上坡的路看不到盡頭，尼尚蹦蹦跳跳地消失在轉彎處，又在他們轉過彎時出現在眼前，回頭一笑。

他撿起一根長樹枝，指揮棒似的亂揮，說等一下遇到別人家的牛羊擋路就用這個來驅趕。

當他們走到一處斜坡，尼尚走離他們步行的石頭路，用雙腳當滑板從山坡直接下滑並激起一陣塵土。強生壓低身體，走在狹窄又崎嶇不平的石道。妮許瑪跑到安娜身側，牽著她的手一步一步帶

她往下走。她踩著石頭路，妮許瑪輕快地走在沙子和雜草堆中提醒她要小心腳步，穿著拖鞋的腳滿是沙塵。

安娜不知道該說什麼。

前面的強生突然轉頭朝她們笑著說：「下次來的時候我要穿拖鞋，登山靴根本是資本主義的陰謀。」

又過了不知道多少個上坡下坡，他們到了這座山的制高點。尼尚指了山的另一側一棟紅色的建築說：「那是遊客中心，你們可以在那邊休息，也可以在那找到嚮導。」

「你們想看老鷹嗎？」尼尚問。他們欣然同意。

往前走三分鐘就是他常去的那個平臺。天空很遼闊，老鷹在盤旋，距離近到可以看見他們在地上的影子。

安娜站在一棵樹旁，手摸到葉面隨即沾滿沙土。

尼泊爾總是蒙著一層沙子。房屋、樹木甚至古蹟都是。她在心中思考。

強生好像知道她在想什麼，開口說：「往下看就是波卡拉市區，可是沙塵太多看不清楚。住在這裡的人要怎麼找出方向？」

「尼尚，你未來想做什麼？」強生問他。

「我媽媽要我去美國當兵。」

「我問的是你。」

「我媽……」尼尚抬頭看老鷹飛翔，以前他總覺得老鷹會在山裡迷路。

「快看，那裡有一隻老鷹停在岩石上。」妮許瑪指著喜馬拉雅山積雪的峭壁大叫。沒人看過老鷹起飛，記憶中的老鷹總是在天和山的夾縫中翱翔，看不見他們的巢與來路。

尼尚輕輕開口，字詞被山間的風帶了出去。

老鷹張開翅膀起飛，飛向遠方。

短篇小說獎

優勝獎　陳姿樺

破繭

個人簡歷

2006 年夏末生，筆名李梵，現就讀麗山高中二年級。拖延症，擅長與死線奮鬥。

得獎感言

收到信當下剛考完期末，差點以為自己累過頭眼花。不是眼花，太好了。

謝謝所有鼓勵我一直寫下去的人，特別是羅老師和師丈。

還要感謝 E，故事好長但希望你有看到這。沒什麼自信的我今天特別幸福。

「——雖然是挺突然的消息，但這幾天開始收拾東西吧。」父親在午休時撥來通電話，告知方翼他們要搬家了。他似乎是在刻意壓著嗓子說話，那聽起來像是隻瀕死待宰的禽畜，或是沖上沙灘翻肚擱淺的海獸。

方翼沒有應聲，他停頓了許久才唯唯諾諾吐出了句「知道了」，隨後按下屏幕上的亮紅中止這場傳令，他對於搬家一事並沒有太大感觸。儘管方翼此生從未換過住所，他卻能大膽猜測這事在未來將和四季更迭與候鳥遷徙一樣自然。

「方翼，」他的導師從教室外頭叫住他：「你跟我來辦公室一趟好嗎？老師有話跟你說。」

他起身，跟著導師轉過牆角，弓著背走入吵雜的處室。方翼被領到報紙和參考書堆疊整齊的桌前，坐進導師為他準備的第二把電腦椅，椅墊比課桌柔軟太多了。

「家裡最近還好嗎？有沒有什麼需要老師幫忙的？」四五十歲出頭的導師勉強地彎下腰去，翻找腳邊的雜物。她揀起純白無瑕的紙袋，伸手拍了拍底部的灰塵再交給方翼，「你爸爸……你爸爸如何？」

方翼本想婉拒她的好意，但基於禮貌、師生情誼、和太多太多需要顧慮到的因素，他接下了。其實方翼原先快忘記什麼日子要到了，他猜想送禮的緣故大概與他母親的忌日有關。他的母親，奉獻了骨肉和血淚的他的母親，大抵在五年、還是六年前倒臥在市政府前那條又長又寬的柏油路，最後被葬在一片七彩的便條紙海和黃花浪之中。方翼知道她洄游至潮汐裡了。

「一切都很好。」他回答，「謝謝老師——」又補了一句。方翼沒趣地伏下睫毛。

「要是遇到什麼問題隨時都可以告訴老師，」方翼幾乎無心聽進她的關心，他抬眼，瞥見壟罩在禮義廉恥四字下、翹著二郎腿的主任，那人埋頭讀著赤紅色封面的書，好似裸露半剖開的胴體，「老師不會欺負你的。」

他突然地感到難以呼吸。

「沒事了，快回去吧。」導師接著提起手拍過方翼的後背，彷彿在給他加油打氣。

方翼快步離開這處逐漸侵蝕他的環境，他一融入走廊的吵雜喧鬧就張嘴大口吸氣，試圖清洗他的肺葉。他粗魯地破壞黏住紙袋的膠條——裡頭有一袋信封、一疊文件和幾塊黑糖糕。他挑起信封隨即拆了，小心點過每一張領導人的面孔，那數目足以讓他和父親不愁吃穿至少兩三個禮拜，但方翼原封不動地塞了回去。至於繽紛的資料們參著秩序糾察志工宣傳單、暑期童子軍營報名表等諸如此類的廢紙，其中不乏令人刺眼的鮮紅，方翼同樣也原封不動地塞了回去。

回到教室的方翼在門口躊躇了好一陣子，最終他從袋裡拿出四五塊黑糖糕藏進外套裡，剩下全都一併扔進了深藍的塑膠桶裡。

那些甜食就足以讓他果腹生活了。

方翼轉開鐵門、低頭避過簾子踏入玄關脫鞋，他到家了。他在回房的路上找不著父親，他本想和他稍微討論下關於明後天的晚餐，現在他只能將這事擱置到腦袋的另一角。

他丟下背包，從桌上的書堆裡翻找出了銀色的遙控器，對著擺在牆角的老舊電視指點，無奈徒勞。方翼撥開小盒底部的閘腔，用指尖摳出兩顆漏液的鹼性電池，換新，結果還是一樣。他只好走向前，伸手拍打笨重的機身，或是傾斜天線的角度、調整機身上的樞紐。最後在方翼將氣吹進散熱孔的那刻，螢幕亮了，發出一些轟轟作響的怪聲和黑白閃爍的亂碼。真是莫名其妙，他想。

雖說電視能啟動了，卻遲遲連不上公共頻道，一直呈現著惱人焦慮雜亂無章的畫面。也好，方翼才不對領導人的致詞感興趣。他從成排的ＤＶＤ中選出了幾十年前的電影，放入播放器裡，待它咻咻旋轉。

噢，那是部戰爭片，但臉上爬著疤的藍眼男孩悠然騎著自行車駛過河堤和綠蔭，不見火花、砲擊和恐懼。他和翩翩的蝶不斷前行卻停滯在方格中央。方翼不覺得這一切是關於一場戰役。

有時候方翼心想，電視就是個大水缸，養著千奇百怪、上萬隻的魚，養著劇本、新聞、演員、記者，也許加上領導人和他的宣言（兇猛、螫人的魚能養進水缸嗎？）。那些映像管的邊框囚著鰭、滿室的線路困住了上浮的氣泡。可男孩和蝶卻沒在其中溺死。

畫面一閃，男孩的城市變成碎塊和廢墟，原來戰爭現在才開始。另一名來自方翼叫不出名字的種族的女孩躲進鑿空的壁裡，哭啼著解放。又一顆落花炸開。一隻乾癟的蝶死於靴下。

忽地，父親隨電影裡機關槍的掃射闖進房裡。方翼對上了他那雙失魂的眼，沒法對焦的瞳孔讓他害怕。父親看起來著實憤怒，他皺著眉冒著青筋，嘴裡含的斥責被板機聲和男孩的求饒蓋過，他

出手拔去了接在電視機後又粗又長的紅色導線，大水缸瞬間暗去，方翼知道它就是這樣壞去的。最終方翼也沒能知道男孩是否逃過槍口和猛潮。

「別看沒營養的東西了，浪費時間。」父親又補了一句：「還有，搬家要把電視留下，我們帶不動。」

方翼猜測父親和他都是生活在大水缸裡的魚。

距離搬家沒差幾個日子了，方翼開始著手整理他的木櫃子。他先卸下擺在最外層那排書，簡單分類為「好」和「壞」兩個紙箱——父親只允許他帶走「好」，其餘通通要扔進垃圾車或是焚化爐。大部分關於幻想、謊言、美好烏托邦的神話通通被整齊疊起放入「壞」的箱子；而提及名譽、勝利、激勵人心的報章雜誌，方翼全都邊咋舌邊收進「好」裡頭。

最後他從深處翻找出一些日記簿和黑膠專輯，他心愛的古典樂專輯，大多是二十世紀的曲目。他小心翼翼選起幾張ＣＤ，藏進一片榮耀裡，再加上些許領導人火紅色的自尊遮掩。至於幼時的日記簿則和白日夢放在一塊就好，未來方翼將不再需要回憶、自省和祕密。

父親悄聲走了進來，他湊近方翼的箱子們仔細挑揀、矯正他的抉擇。他將團結和遊行重新歸納成「壞」，權力和專制指正成為「好」。方翼就這樣眼睜睜的看著、默不作聲。

「這怎麼在這？」肖斯塔科維奇的第五號交響曲。父親彎下腰，那片圓盤回到了它應該的去處，「你多要用點心。」

方翼抿起唇，多說無益。

今天是母親的忌日。方翼換上全黑的素色短袖，瞞著父親出了家門。

街上那些刺眼的交通號誌疼得他雙眼難以睜開。他壓低帽緣，試圖不去看進一閃一閃的霓虹，視線卻無處不被萬紅充滿：生長在人行道夾縫的野紅花、牽著孩童的母親身上那襲紅裙和男孩手中的紅氣球，還有飄盪的紅旗幟與上頭的甜言蜜語。

方翼別過頭去，卻一眼撞進玻璃櫥窗內父親瞪大的瞳孔和豔麗的紅，那是印在書店海報上的父親，和一疊高高堆起的紅書。方翼也瞥見了父親斗大的名。

他決然跑起步來，讓紅呼嘯而過。

拔腿狂奔之時，對比強烈的黃引起他的注意。

方翼呆愣在花店前端詳許久，猶豫幾回才決定買下滿束的鮮豔。

結過帳後他慎重地鑽過每一個迎面的群眾，穿梭其中像條魚，逆游卻並非徜徉於溪河裡。最後方翼停在母親死去的路口，嗆水似地難以呼吸。

那兒早已有善者前來弔唁，立著幾根熄滅的白燭和散著幾枝掉瓣的花。方翼安放下茂盛綻放的黃，儘管這在斑灰色水泥上顯得突兀。他盯著夾雜在些許便條間的報紙，充滿褶皺的印刷裡能辨認出母親和父親的半張臉，以及角落父親渺小的名。

方翼什麼話也沒說，只是合十雙手閉起眼。

方翼最近總覺得一陣胸悶，像是有什麼在他的五臟六腑中橫衝直撞。他腦中立刻浮現出某種昆蟲：蝴蝶。

肯定是展翅的蝴蝶或那一類的，是這麼美麗的生物造成他的苦痛嗎？

自古以來確實有許多諺語是關於腸胃間亂竄的蝴蝶，但那多半是用來形容緊張、彆扭的情緒，似乎不太一樣。面對搬家，方翼的內心意外平靜。

他一點也不害怕轉變，他和父親將會成為某種燕鷗、琵鷺、大鯨，循著日昇日落遍過陸地海洋，尋找新的歸處。看似自由自在，實則卻囚在無邊的規矩裡。

方翼一點也不害怕，他必須習慣。

這時他想起了斑蝶。雖同是遷徙，但對於崇高、無束的蝶就好像是種恥辱。想起那般優遊的牠們依舊落進了大自然的框架中，方翼感到悲悽。可更加悲悽的事實是或許他連斑蝶都不如。

他臆測住在他體內的是成千上萬隻的蛾，潮濕腐敗發霉醜陋的蛾，才不是任何一種漂亮的蝶。牠們在他的肋骨產卵、結繭，幼蟲匍匐過上頭去啃食他的肌肉和血管。剛羽化的蛾學會飛翔，就一股腦地撞上他的肺他的心臟他肉體內層的壁，迫不及待地渴望外頭刺眼的光線。方翼覺得又一陣胸悶。

方翼想要嘔出那些蛾，給予牠們一次新生。

方翼在又一次翻箱倒櫃中發現了母親的痕跡。

他找到母親年輕時的照片，穿著老氣的印花襯衫和薄紗裙，瞇著眼對他笑，背景是孕育母親成長的海島那捲自由的浪潮，還有不見色彩的陽光。方翼又意外抽出幾張相紙，印著母親的側顏、母親高舉的手、母親面對猩紅堅毅的背影。他猜測這些是母親私自藏起的，父親也許不知道它們的存在，否則謹慎的父親怎麼會在母親離去後留下她勇敢卻狼狽不堪的模樣，那可能會害上他和父親失去知曉萬物的能力。

他偶爾會覺得母親就是條自私、獨來獨往的魚，利己地咬破他和父親的鰭，霸占陽光空氣和水和藍天，但他始終沒法恨母親。魚在乾地上抽搐跳動、被白絲纏繞成蛹。

方翼鼻頭一酸，他忍住不哭，甚至不去想、不去感受，大概內心深處他還是思念母親的。最終他打算瞞著父親帶走關於母親的記憶。

他將泛黃蟲蛀的舊紙分別夾進不同書頁裡，例如父親出版的新書和領導人的那本傳記，儘管母親不會允許他這麼做。母親會難過、會痛苦地在字裡行間掙扎窒息直到再次死去，但方翼已無他法。他希望母親的魂能寬恕、不、諒解他。

噢，瞧瞧他還尋著了什麼，一疊父親的手寫稿，它們零散地擠壓在杏花盒深處，或多或少有些皺褶又或者破碎。方翼端詳起來，撫過因為鋼筆畫記而突起的紋理，部分黑墨已經糊成一片以至於難以閱讀，但方翼能從隻字片語中推敲出這是父親早年的書稿。

勇氣、嚮往、無拘，好多與母親相似之處在父親現在的著作中是見不到的。也許時間流轉中有什麼消失了、束住了父親原先舒展開的雙臂，使父親遭受囚禁。

要留住這些躍動的句子太危險了，方翼自己也知道。他警覺性轉過頭查看房外的動靜，父親還沉淪在新的曙紅色裡。

他決定毀去連父親都沒膽去觸摸收拾的過往。

方翼屏住呼吸，伸手撕裂陳年帶汙的思想，那些碎屑美得像是落花、一瓣一瓣飄進同樣陳年帶汙的文字間隙裡，再齊摔進希望的墓中。

待到一切都整備的妥貼完善，方翼封起紙箱。它們坐落成一道牆，好似一場仗裡守護最後一抹存在的哨塔和堡壘，方翼往後再也沒有機會重新造訪了。

他挽起母親的手和年輕的父親道別。

搬家的日子到了。方翼和父親來回從屋內搬出好幾個紙箱、放進後車廂。空蕩的房裡剩下一些他們載不動的大家具，那些將通通託付給貨運公司一塊送至新居。厚重的電視父親終究還是不讓帶走。

方翼把自己塞進了擁擠的副駕駛座，繫上安全帶，胸前緊緊抱著父親鮮紅的著作。他想確保母親不會為了追上她過去的愛，而拋下他去和三十歲的父親私奔。父親發動那臺小小的豐田，他們驅車遠離市區的邊郊，一路開進了縣道旁的荒山。

整條凹凸不平的泥徑讓路途變得有些顛簸，方翼想吐，只好昏沉地向外望去。他們經過成排他辨認不出的樹種，那些蒼鬱的大蔭開始遮蓋天光。他們壟在樹穹之下，在林裡打轉。

「我們要去哪？」父親沒有回答。

最後白色豐田在漲潮般的長草裡熄火，父親旨意要他下車。他們一併搬出了三兩個貼上「壞」標籤的箱子，堆在乾澀的硬土上。

父親從口袋裡掏出煤紅色的打火機，折下些枯莖，點燃。熊火很快地吞噬了一切。這是場自願性的祝融。

焰苗蔓延到裡頭，把纖維和橡膠燒得發臭，使那些綠格子紙化成灰煙。欲自由的魂魄被解放出。父親又添了幾根細枝下去，他們幾乎是要被熱浪衝進淵裡。

方翼似乎能看見肖斯塔科維奇在一片赤色中憤怒地吶喊、撕碎樂譜，還有過去的父親，他納悶著母親的從缺，半熔地癱在地上匍匐。

方翼從餘燼裡抬起眼，他盯著父親上前用足踢開成堆的殘沙。他猜他們腳下這塊地早已吃進前人無數的歷史和詩歌，在某種意義上是豐饒且充滿恩惠的，與他和父親相反。他合十雙手悼念死去的話語和骨骸。

他們擠回車裡，父親催下油門，頭也不回地往坡的盡頭駛去。方翼感到一陣胸悶，於是搖下玻璃窗、探出半個身子，希望能就此舒服些。此外，他無法不去惦記那塊記憶的葬地。呼嘯而過的風打得他的眼近乎是睜不太開。

忽地間，三兩抹碧藍和豔黃追奔在他們後頭，方翼定睛，那是滿谷的蝶。牠們交錯俯衝，越加湊近方翼。

他懷裡的書開始浮躁不安地顫抖，那些麻紙相互摩擦、變得滿是皺褶，一隻如湖泊般、讓他聯想到母親的蝶從縫裡鑽出。她掙出細膩的紋理和印花的墨，啪搭啪搭地振起翅來。

方翼想要伸手捕捉，卻撲空了。美麗的小蝶乘著風，輕盈自由地朝同伴飛去。

那群神聖的昆蟲在豐田脫離綠葉枝幹庇護後停滯在山的入口打轉。方翼感受到他胸腔裡的蛾快要飛出喉嚨，可在最後一刻摔進了胃裡。

發現再也碰觸不到她後，方翼乖乖認命地坐回位上。他悄悄的瞥著後照鏡，但彼方什麼都沒有，不存在撲朔迷離的蝴蝶或是其他的妖，只剩一片林和柏油路的黑點，還有煮成血紅色的夕陽。

「我們到底要去哪？」方翼依舊得不到父親的答覆。

短篇小說獎

優勝獎　馮若淇

皮筋與牽牛花

個人簡歷

2005 年生，就讀薇閣中學高二升高三。
數學過敏症，高飽和色彩的故事通常不吸引我，夢裡的除外。
很吵，是個粗人，希望退休後可以安靜一點，去雲南窩在小房間裡寫文章。

得獎感言

梁葮是我很喜歡的朋友，我不確定我有沒有把她呈現好，但誰要她是主角，我得謝謝她算是出場費。
謝謝老師們願意給牽牛的一些抬愛，寄出去以後才覺得結尾倉促，可能還有些亂，但好像提心吊膽也沒有用了，所以也謝謝這份驚喜的來到。

梁葭曾開玩笑似地告訴我說，她會短命，因為蹉跎人間十幾年，她覺得她和整個人間，就是場孽緣。

如果靈魂會說話，她大概會在我身旁帶笑意的低語：「我從來只知佛渡正緣，這次竟被卡車輾碎了我和世間剪不斷理還亂的千絲萬縷。」

骯髒的舊冷氣機褪去了磚的赭紅，廊道裡廣告依舊貼得亂七八糟，有些甚至十幾年前就毛了邊，潮了又乾，墨都暈成一塊糊在了牆上。我駐足看了一會，才回首轉下鑰匙開了門。熟悉而陌生的灰塵味道頓時瀰漫，空無一人卻依舊逼仄的小空間在殘陽下被映成了虛焦的沖洗相片，歲月殘留的昏黃淡淡的暈染在了每一隅，門口數條掛在牆上的橡皮筋沾上了灰塵，和一堆白色點點。

十多年了，再一次踏入梁葭的小房間，有些東西和回憶疊合，有些不復存在，我環顧著走到紗窗前正要拉開，卻被小陽臺的景象奪去了片刻呼吸。

牽牛花幾近攀滿整個欄杆，小花因為太久沒有水分而微垂，卻不影響整片紫綠交織的震撼。狂放而恣意，我甚至都差點遺忘，曾經我冒著大雨捧著他到梁葭家樓下，這盆花顯得多麼楚楚可憐，甚至讓我把珍愛的小碎花傘「借放」在馬路旁，只為最快的把那兩三點紫送到梁家樓下。

那把傘就這樣遺失在了水溶溶和漣漪中。

翻了翻枝葉，我才在角落裡看到那個被淹沒的盆，看見我歪歪扭扭的字跡早已模糊不清，寫著：「梁葭，再見。」

我忘不了她在死巷裡和我並肩而行時無畏卻帶疲憊的笑容，背對餘暉，一頭為人詬病的紫髮被鍍成紅金的顏色。她帶著一種漫漶卻有生命力的矛盾美，如今卻永遠被困在歲月的皺褶，或許是老天爺自作主張給她的最後一點殘忍的偏愛，要她身處花圈裡，不要瘦的比一旁的黃花都遜色。

幾日前的告別式，我透著縷縷細煙望著她相框裡年輕的容貌，心底濃稠成一窪深藍，卻像麻痺似的感受不到半點哀傷的浸潤，直到我黑色的衣襟上沾上了點點揉碎的面紙屑，我才發現連爸過世都沒有掉眼淚的我，竟在梁葭不太好看的假笑前失了所有體面。

「妳是秦凱楠吧？」有人拍了拍我的肩，粗糙的手心有我最厭惡的淡淡紙錢味道，還來不及蹙眉，我一頓，認出了聲音的主人。

那是梁葭的媽媽，蹣跚佝僂的身影和花白的頭髮讓我幾乎認不出她來。

「我是梁嫂啊，」她很勉強的擠出了一個笑容，一點都不好看，卻讓我的眼淚又掉了下來，「妳好久沒回來了吧？唉看梁嫂變得多醜，頭髮全部白了。」

「怎麼不染一染？」我有些痛心，那個愛穿桃紅色的大嗓門梁嫂不知道去哪了。

「白頭髮長太快，早就懶得染了。哎呀不要說那個了啦，我請妳來是要給妳東西的。」她頓了頓，說：「噢還有那個公寓現在是葭葭自己住，妳願意的話就去看看吧。」

她遞來了一個紙盒，我卻被一團團帶水氣的色塊氤氳在我眼眶裡，眨了眨眼，我才看見了盒子裡最上面的一件制服襯衫。

我一眼瞧見了我的簽名，因為它自領口一直延伸至襯衫下襬，張揚而恣意，一如我們熱烈的當年。

我想起高中畢業那天，我放肆地在梁葭制服上簽下了我的大名，她甚至都沒看我一眼，而是默默燃起了一根菸，看著遠處操場上女孩們哭得亂七八糟。

「人和人的連結像一條半舊的皮筋，只要讓淡忘和時間慢慢浸泡它，膠化斷裂是遲早的事。」梁葭少見地笑了笑，「最終爛在人們不怎麼重要的記憶裡。」

說這句話時的梁葭眼睛稍稍瞇起，那是一種帶嫌棄的微笑。

她說過，青少女就是自以為是蘭花的菟絲子，人人都要孤芳自賞，卻以評論和審視榨取養分，又奇怪地願意遷就自己和雜草抱團，苦的是滂沱青春一場，都在這種僵化單一的人際中，最後枯死，所謂快樂回憶不過是少少的短暫幾瞬。

那時候的我不認同，卻也沒有反駁，看著她撇撇嘴又恢復冷淡，滅了才抽幾口的菸，我嗅了嗅她的制服，廉價洗衣精的人工香劑和上菸味不怎麼好聞，我卻依舊勾住了她的肩，搖搖晃晃地走出校門。

我想當時她自己都沒想到，她的皮筋論是一句屬於我和她的讖言。

我倆的皮筋，好久以前就黏答答的化了。

像她掛在門口的那幾條一樣。

國中開學我就知道梁葭，因為她一頭紫髮太過醒目，引來一堆指指點點。

菟絲花剛剛開始生長，很不幸的，梁葭成了他們寄生第一顆小苗。十三歲，道德感還束縛得住即將脫韁的叛逆，沒人覺得自己真正傷害梁葭，只是越來越多人向剛開始對梁葭有意見的同溫層靠攏，越攀越緊，深怕自己掉下來，成為菟絲的下一棵養分來源。

而那時的我不單單也是菟絲，更是沒人敢惹的荊棘，若有若無而笨拙地對弱勢展現微妙的惡意，莽撞地對任何占我便宜的人睚眥必報。

所以第一次和梁葭說話，是在我家附近的咖啡店。

我狠狠螫了她一下。

櫥窗外本應該看不清店裡人的身影，奈何梁葭的髮，讓我對她的背影印象深刻。

背影的主人在基測前一個月曠了一整天的課，卻被剛被記過完的我看見在櫃臺後忙的不可開交。

鬼使神差的，我拉開了玻璃門，忽略掉風鈴聲帶起我心底的一陣慌。

「一杯冰美式，謝謝。」我走到櫃檯前，強壓下莫名其妙的罪惡感，懷著好奇裡帶著戲謔的心情想看看梁葭看到我這身制服的反應。

「好的，您稍等，」梁葭給了我一個專業的微笑，我依然糟糕地在她臉上尋著她的破綻，卻在咖啡機的轟鳴聲裡逐漸失望。

她還真是公私分明，當時我幼稚的想，拿著那杯我根本就不喝的咖啡有些尷尬。

「梁葭？」我試著向她搭話，「妳喝美式嗎？」

她看了我一眼，淡淡的說，「妳不喝的話就放那，我等等喝。」她掏出了口袋裡的錢包，給了我一百一十元。

我的手頓了一下，覺得梁葭好像完全看透了我，一陣羞恥的滾燙攀上我的面頰。無地自容縈繞全身的感覺很糟，但我給梁葭的印象應該更糟。

我坐在角落的位置懊惱著，忘了前幾分鐘自己還高高在上，微笑著想看梁葭出醜。然而直到她下班，她也沒看我一眼。

她很奇怪，不停往我預估的軌道上偏離，像是一個罕見的隨機變數，我一步步的計算著她的結果，她卻永遠給我無限的可能性。

她甚至沒有過問我額上還滲著血的紗布，也沒有要我替她保守曠課的祕密。

她不是菟絲花。

我不由自主的想要掙脫纜繩，去看看薄霧和蘆葦之後到底是什麼，她的魅力甚至超越了我待在菟絲叢裡的本能。

我天天去梁葭打工的咖啡廳待到十點打烊，日復一日。後來和梁葭聊天才知道她那次曠課是為了補前陣子病假的班，我愧疚的要他有空就來叫我教她數學，最後卻變成她聽我毫無重點的故事，卻很少很少聽她說到自己。

她對我日漸熟稔，但於我，她依舊在蘆葦中飄渺。

我不知道梁葭什麼時候對我打開心扉的，直到十七歲的某個週五午後，大概是我整個人都散著一種低氣壓，梁葭下班後拉著我走出了店門。

我陷在緘默的窒息感裡，任憑梁葭不輕柔地拉扯我擦傷的手臂。

「妳媽明天又要來學校喔？雖然那個女的真的很公主病，我也常常挺羨慕妳這種不計後果的勇敢，但幹嘛把自己搞得那麼狼狽？」

我沉默著沒看她，想到我媽的哭臉和我爸的巴掌就怒氣上湧。

梁葭轉身，盯著我倒著走，「沒人理解妳？沒有安全感？還是缺愛？妳到最後本來就只剩自己，怕什麼啦。」

見我不睬她，她戴起耳機，牽著腳踏車向遠方走去，「跟上。」

我固執地覺得連梁葭都不懂的理解我，卻還是踩在了她的影子上。

我們彎進一個小巷，我卻停了下來，一臉難以置信的看著裡頭逼仄又喧鬧的光景。

夜間的小吃攤擠在一塊，柏油路上沾著不知名的汁液而泛著光亮，手搖飲空杯和盛裝剩食的塑膠袋散落在機車的排氣管後，整個空氣都膩著油味和酸氣，甚至會忽然一隻老鼠從街口竄出，嚇的我驚叫出聲。

我皺皺鼻想隔絕一點氣味，腐敗的果皮味道卻依舊溶入墨般的夜，在各色招牌上的霓虹閃爍中顯得格外俗氣，無禮地衝撞我的嗅覺和視覺。

我感覺自己的氣喘要發作，糟糕的空氣和幾聲流浪犬吠無一不在刺激我的神經。

「梁葭，」我緊緊跟上前方的女孩，「妳要帶我去哪裡？」

梁葭像是沒聽見，沈浸在自己的世界裡。我開始無意識地扭著手，跟著她在巷子裡拐著，終於在一個透著藍光的小水果攤前停下。

「媽，蕭爺爺要我提醒妳明天記得給他送三顆梨。」梁葭朝著門簾喊道，「我先回家煮飯囉！」

那是我第一次見到梁嫂，她一下注意到了我，驚呼道：「哇這個妹妹是誰？」

我略拘謹的打了招呼，一回頭卻看見梁葭大大的笑容在冰冷的日光燈下綻放著溫暖，「朋友啦！她不開心，我帶她一起去。」

我沒看過梁葭那樣的表情，彷彿卸下所有面具和成熟，留下這個年紀該有的活力和光彩。真的很漂亮。

梁葭帶我回她家，我隨她彎進了一個只容得下一人的小弄，冷氣機悶悶作響地滴著水，管線外露，遠看彷彿枯枝攀爬在斑駁骯髒的牆上，我盡量不讓自己雪白的襯衫碰到那綠一塊、黑一塊的粗糙牆面，而是貼著梁葭單薄的身子近一些，明明她比我矮了一個頭，我卻在她身上獲得了莫名的安全感。

在胡同裡彎彎繞繞了許久，她終於在一個老公寓前停下。

「來吧。」

梁葭煮了麵給我，還從冰箱裡拿出了啤酒，啤酒的氣泡帶給我舌尖的刺痛感，無疑讓跳不出囚籠的我得到了刺激。我掙脫了腳鐐，偷著片刻的快樂，破開那張無形壓得死死的網。

梁葭盯著泡沫，小心翼翼地卸下自己的盔甲。她娓娓道來，說她其實覺得自己活得比太多人要幸福，有愛她的媽媽做永遠的避風港，只是從來沒有朋友。

工作裡她永遠鞠躬哈腰，誰也不敢得罪，她忘記了自己的尊嚴，所有的灑脱都只是不願意拘泥在小事裡的妥協，她說她在我的莽撞裡學會為自己勇敢，學會真正的快樂。

斗室大的房間，自此成了兩個女孩尋回自我的唯一去處。

有時候梁嫂回來，也會為我們煮她最拿手的紅燒牛肉麵。

然而偷的東西怎麼會永遠擁有。

我十九歲的生日，選在了一家很高級的餐廳。

我爸美其名曰讓他的朋友都來給我過生日，我卻知道這不過一場應酬。

「妳昨天幾點到家的？」我爸忽然開口。

「十一點。」我不卑不亢，只覺得洋裝上的束帶束得太緊，勒得我反胃。

我握緊刀叉，手上的汗水模糊了反光，我冷冷地盯著爸的眼睛。

那是赤裸裸的挑釁，即便我的語氣溫和地像隻待宰羔羊。

果然他開始說些不堪入耳的話，我微笑不語，不想把桌上弄得太難看。

氣氛凝固，我年幼的妹妹卻只是默默的夾著菜，幾個月前她還會被這種場面嚇哭的。

沉默中一個小姐開門走了進來，準備替我們表演那道最華麗的噱頭。

我不在乎地撐起了頭，卻看見那個女孩……是梁葭。

她帶著標準的笑容漂亮幹練地動作了起來，我驚訝地差點站起了身，硬生生地把眼光放到她的動作上。

結束以後她在眾人捧場的喝采裡深深地鞠了一個躬，而我爸戴上了和藹的面具開口寒暄：「妳怎麼那麼早就出來工作？妳們集團都怎麼發薪水啊？」

我看出了梁葭的不自在，和依舊保持完美弧度的嘴角有多勉強，「我再三個月要十九了，薪水的話沒問題啦。」她笑著把她的薪水制度介紹了一遍，我的臉色則越來越難看。

爸的問題有些尖銳，「哇，那妳很厲害耶，除了這個妳還有別的工作嗎？」

梁葭頓了頓，「放學去咖啡店，有時候打便利商店的大夜班，週末早上去咖啡店一整天，晚上來這裡，半夜接接外送。」她平靜地說完，大概沒有發現我有些發紅的眼眶。

我爸笑了笑，轉頭又瞬間撕下面具向我說，「家裡有什麼不好？看看妳們多幸福，妳有什麼不滿足還給我那麼晚回家？」

我沒接話，梁葭不願意被看見的辛苦被我爸以高位者的身分曝光讓我憤怒至極，卻不想他又蹙眉對她說道，「怎麼把頭髮染成這個樣子？對身體不好知道嗎？」

「知道啊，」我聽見了她笑聲裡摻雜的苦澀，「但我十三歲的時候偷用別人的身分證去打工，不染成這樣，我會被別人認出來啦。」

爸終於住了口。

我也終於控制不住藉口去了廁所，差點把剛剛下肚的珍饈全部又嘔了出來，身體裡氾濫著怒火，卻有一隻冰冷的手掐著它，讓它在熄滅和燃燒中掙扎，那種感覺非常、非常令人難受。

良久我才稍稍平復情緒，走了出去，這次我把腰帶勒得死緊。

卻看見我爸拿出一疊藍色鈔票塞進梁葭手裡，要梁葭一定收下，當作是叔叔的一點心意。

梁葭聽見了我的腳步聲，回頭和我正好對視。

「啪」的一聲，我彷彿聽見什麼東西斷了。

屋裡很靜，連微風的呼吸我都聽得見。

我一下自回憶抽離，看見梁葭掛在門口的橡皮筋，散散地落在了矮櫃上。

我們的皮筋斷得也是這般倉促，沒有預期地畫下了句號。

牽牛花的顏色被暗下的夜色藏匿，又在霓虹裡鮮明，我想我該走了。

其實我壓根沒想過能再見到她，我們自從那次晚餐我們便幾乎不再有交集，或許是我矯情的彆扭，我不再去那家咖啡店，梁葭見到我也總是眼神飄忽，或是僅給我一個客氣疏離的微笑。我們都對彼此披上了對世俗的皮囊，終究是掉入了菟絲花陷阱一回，讓緣分落入流年，最後我僅留下了一盆牽牛匆匆離別，卻再也無法相見。

恍惚間好像看到梁葭的背影在牽牛花叢裡顯現，啜飲著啤酒哼著不知名的小曲，我忍不住也拿出冰箱角落了裡的一瓶臺啤，然而氣泡散盡，只留了我一嘴苦澀。我最後向陽臺揮了揮空了的酒瓶，敬她亡去的靈魂，也把自己的年少輕狂留在這個小房間。

我走出公寓，隱沒到茫茫人海之中。

二〇二三第二十屆台積電青年學生文學獎——短篇小說組決審紀要

時間：二〇二三年六月二十七日下午一時
決審委員：周芬伶、林俊頴、張貴興、陳雪、童偉格（按姓氏筆畫序）
列席：宇文正、胡靖、陳玟君
林文心／記錄整理

第二十屆台積電青年學生文學獎短篇小說組今年收件共九十二件，扣除三件不符合資格，共八十九件參與評審。複審委員徐振輔、朱宥勳、盛浩偉、何致和、朱和之、張嘉真選出二十篇進入決審。

複審認為，今年作品水準整齊、題材多元，可見到不同於往年的臺語文、女同、科幻等主題，然而有些舊題材反而消失，如男同志或家庭書寫。校園霸凌題材也相對醒目，推測青年作者有意回應公共議題，校園霸凌相對容易觸及。作者在確定題材後，通常表現得宜，收尾卻易顯淩亂，於是複審委員主要以作品完整度為評選標準。

決審委員共同推舉林俊頴為決審主席。

童偉格：今年大部分小說均值，看不到相對冒險的作品。內容簡單、形式單純，只要稍作拆解，作者的寫作動機與內涵不難猜想，跟前幾屆相比，更符合作者的年紀以及可能的生活經驗。

我擔憂的是，這種「簡單」呈現在諸多面向，如修辭與情節的編創，臨摹的類型也相對不多元；有控制的場面較多，但有趣的作品較少，相對可惜。

我希望小說寫作還是可以呈現複雜性，讓讀者讀完後再多思考，這是我的評選標準。

陳雪：我認為這批作者們在學習如何講故事，跟我們過去學寫小說的方式不太一樣，他們更聚焦在把東西講清楚。這批作品多是高中生生活，雖然簡單，但我反而喜歡他們好好地寫自己的處境。

有幾篇我特別留意，作者用不那麼常見的方式寫家庭，讀得出年輕人正在思考：我將來要做什麼。他們的價值觀與緊張感在作品中呈現，這種感受是來自大環境，而非單一場景，這樣的作品我會給比較高的分數。

張貴興：我第一次參加台積電青年文學獎的評選，我猜想作者們多是體制內的學生。學生作者有個可貴的特質，他們能看見我們看不見的東西：可能是我們不重視，也可能是前一個世代沒有出現。當他們把這些東西訴諸文字，有時會出現驚人成果。我不會管他們要說什麼人生道理—就算是歪理，只要在小說中自圓其說就可以；我更側重文字策略跟敘事手法，但因為這二十篇幾乎都有稚嫩與不成熟處，文字的基本功不夠紮實，所以我還是著重敘事手法。

另外，我希望在字裡行間感受到作者對文字藝術的熱誠。七〇年代中國有個作家叫路翎，他曾因為稿件丟了，在很短的時間內把小說全數重新寫出來，這就是熱誠。沒有誠意，文學不可能走得太遠，所以我期待作者的未來性。

周芬伶：疫情後的書寫能量跟質量都有變少的趨勢，似乎在災難後，寫作真的受到了傷害。五千字的小說該怎麼寫？必須在結構完整與交代細節之間做出選擇，而我偏好將細節處理好的作品，因為我認為具體表現出小說的實感值得鼓勵。當然，對天才型的作家來說，五千字不會是拘束，但今年我很難挑出最好的作品，所以我的權宜之計，是選擇在比賽賽制中較能妥善運用文字的作品。

林俊頴：我第四次評這個獎，前三次對我來說都是震撼教育，但這次天色似乎暗了幾層，比較扁平，也看不出苦心經營的文字或者意象。但靜下心來，我想這未嘗不是好事：這批稿子回到平實的基礎，有幾篇讓人有回甘的感覺，越讀越喜歡。我認為較好的作品，都有清楚的寫作核心，也不偏限於校園生活或學生視野，而能大膽地挑戰社會性、政治性議題。青年作者跟評審之間難免有世代差距，所以我還是會以平和、寬容的心情去閱讀，這只是一個好的開始，希望作者能在小說這件事持續努力。

【第一輪投票】每位評審圈出四篇作品。投票結果如下：

一票作品：

〈矽膠娃娃〉（周）

〈皮筋與牽牛花〉（張）

〈老鷹起飛那天〉（林）

〈三月的潮與熱〉（周）

兩票作品：

〈破繭〉（林、張）

三票作品：

〈基要真理〉（童、陳、周）

〈邀請名單沒有K〉（童、陳、張）

四票作品：

〈扮仙〉（童、陳、林、張）

〈有耳無喙〉（童、陳、周、林）

【一票作品討論】

〈矽膠娃娃〉

周芬伶：這篇我讀了幾次才選進來。他的情節比較完整，雖然寫法偏老、深度也較為不足，但題材算是處理妥善。這次我主要選兩類：比較完整的或是文字比較細緻的。我想這篇可以當備案。

童偉格：這篇小說可以壓縮成一個句子：主角在西門町販賣情趣用品，他覺得自己跟同事都像矽膠娃娃。對我而言，這該是小說問題的開始而非本文，因為主角確實值得寫—他的處境孤獨，但他不這樣認為；他販賣情趣用品，但他全身都沒有性的感覺，可說是個自給自足的人。這個狀態要怎麼發展，作者可以再多想想。

張貴興：這篇人物塑造比較刻板，結尾也相對簡單，設計也算常見，雖然完整但缺乏亮點。

林俊頴：我同意各位老師的說法。當然我佩服作者願意擴展自己的視野，但我想，對二十歲以下的作者來說，性是一個重要的母題。這篇小說對性有什麼看法？其實什麼看法都可以，遺憾的是我沒看到。

〈皮筋與牽牛花〉

張貴興：這篇寫兩個高中女生的情誼。在取名上很用心，主角很悲觀地覺得人跟人的連結就像皮筋一樣，久了會疲軟。小說合情合理，鋪排也很鮮豔。

當然我有不滿的地方，例如打工的段落太世故刻板，少了青春女孩的味道，塞錢的段落或者友情的變故，都太過突兀。並且，主角的死亡用簡單的車禍去操作，我認為不是很好的手法。

這篇寫作很細膩，但缺點也不少，我不堅持。

童偉格：這篇整體上太簡單。關鍵的傷害事件過於單純，好像僅僅一件事，一切都不可修復了。但作品涵蓋的時間其實很長，人對傷害的思考該隨著成長發生變化，作者必須處理為什麼這樣簡單的事件，會在兩個朋友之間發生龐大的轉化。

皮筋跟牽牛花是過於淺顯的比喻，缺乏複雜性以及對死去朋友的思考，於是顯得第一人稱「我」緬懷朋友的腔調，對讀者而言有些虛假。

周芬伶：這篇蠻有企圖心，但處理的方向有些奇怪。一來敘述太晚進入──若是從鮮豔的十九歲寫到死亡，似乎會神祕一點；二來，若能更豐富主角梁葭的部分，而不扯到其他人，我認為可能會成功，有點可惜。五千字的小說人物不適合太多，簡單刻畫就可以了。

林俊頴：我只有小小的建議：寫小說若要用具體的動、植物比喻，要搞清楚特性。菟絲花這種植物很有侵略性，會讓樹窒息，這個隱喻被使用了不只一次，但沒掌握到道具的特性，缺乏實際的連結，只是文辭上美觀，失去深意。

〈老鷹起飛那天〉

林俊頴：這次二十篇小說中直接以家庭為背景的，起碼有七八篇，但這篇寫尼泊爾，很有異質性。而且沒有寫成剝削性的異國情調，而是平實的寫家庭中的男性移工。同時他的結構在這二十篇中也相對完整與飽滿。作者很聰明，探觸到一帶一路的議題，但不灑狗血，也不服務政治正確。有種綿裡藏針的批判，展現出世故與成熟。當然還是有些小毛病，但我很願意支持他。

童偉格：這篇寫兩個已開發國家的觀光客，對尼泊爾的開發存在欲言又止的批評。我同意俊頴老師，如果可以保持一貫的曖昧，它會是深刻的作品。但在最後，強生代言問出「住在這裡的人

要怎麼找出方向？」讓小說的曖昧消失，我感到一切造景、一切情節設定都是為了支應這個問題，於是設計顯得相對扁平。老鷹也被詩化成一個漂亮的意象，對我來說還是太簡單了。

〈三月的潮與熱〉

周芬伶：這篇我不堅持。主要是我以為好像有事情要發生，讀下去發現沒事，感覺好可惜。但是，沒事發生當然也可以是小說，感覺對了就好。這篇寫兩個中學生很無聊翹課去看海，我可以接受這樣的寫法，平平實實，也沒有戲劇性的東西，很貼近作者年齡的心情。

童偉格：我幫他拉一下票，如果可以多選一篇我會選這篇。就像周老師所說，他的布局簡單明瞭、不賣弄，就是寫一次翹課去海邊的過程。

但簡單說，主角是在一次偶然的遊歷中，對偶然性做思考。這個思考蠻生動，彷彿翹課翹到宇宙，是一次宇宙等級的蹺課事件。因為不是太新的題目，導致寫作有其難度，但難得的是，作者還是提出他的看法。

小說跟把跟慾望有關的部分排除掉，於是乾淨、清醒、明亮，這是少數結尾收得非常好的一篇。我認為是一篇不錯的小說。

陳　雪：這篇我沒有選，但我給了不錯的分數。他的文字在處理這個題材時顯得很恰當，對話少少的，但都寫得蠻好，也沒有刻意表現出哲學性，而是把思考放在生活的場景之中，很自然。

我可以支持。

【二票作品討論】

〈破繭〉

張貴興：這篇小說我第一次讀給了很高的名次，但後來每讀一次就降一點。作者非常用心，用了許多隱喻，像蝴蝶、鳥、鵜或魚，也帶出前蘇俄時期的作曲家來營造年代氛圍。從線索可以讀出年代設定最早也是在一九九〇年以前，作者省略了很多事，像母親的身分，這可能是高明，也可能是曖昧，可是這造成了我認知上的困難，也是我名次越給越低的原因，許多細節我無法了解。

林俊頴：我的閱讀過程跟張老師差不多，但後來我把這篇小說讀成政治寓言，才了解為什麼他要這樣寫。這五千字中提到四次領導人，也不斷提到紅色意象跟政治符碼，表現出主角明顯的抗拒、逃避、不滿與無能為力。在臺灣現階段抗中氣氛這麼濃厚的情況下，我想可以讀成對抗極權的回應。以我的年紀讀這樣的小說，很佩服他的企圖心跟勇氣。可是我覺得臺灣不只言論上自由、寫作上也是，為什麼要用這樣隱晦的方式來寫？總要跟讀有一定程度的溝通、邀請讀者進到作者的世界裡。所以我心情上很矛盾，我自認很能理解他的企圖、用心跟表現，可是他的策略跟方法失焦了。

陳　雪：我覺得不是隱晦、是力有未逮，他只有一些模糊的概念。寓言需要精準，這篇或許更接近

童話，用童話的方式帶過沒辦法處理的東西。但我可以肯定他的用心。

童偉格：我想幫忙拉一下票，如果有六篇我會選他。作者對如何解讀小說有提出暗示—小說主角是從電視上看到播放的戰爭，這是一個線索，作者或許在說：在這篇小說結束以後，具體的肅殺才會開始。但即使如此，我都必須說這樣的設定很慵懶，讓解讀者很費力，基本上是符徵亂飄、符旨不明。

【三票作品討論】

〈基要真理〉

童偉格：這位作者比〈破繭〉勤勞，雖然缺乏〈破繭〉的思考，但該完成的零件都完成了。表面上在寫婚前要不要守貞，其實深層在辯證主角對信仰本質的思考，這讓小說穩定的雙層並行，也相對完善。

寫得最好是在倒數第二頁，在基要真理結束時主角跟牧師的對話，同一個場景中，這兩個人各想各的，寫得非常生動，也是一種蠻少見的、溫柔的誤解方式。像〈皮筋與牽牛花〉，青春書寫中，誤解大概是決定性的分離要素，但這篇的作者寫得還蠻溫柔。我其實認為小說不妨停在誤解狀態就好了，後面的補充略顯多餘，讓小說原本複雜的意義被落實了。當然從這點也可以看出作者的勤勞：他一心一意要把小說寫完，這讓小說相對可解、缺點甚少。

陳　雪：這篇讀來簡單，以年輕人來說，信仰似乎是蠻常遇到的問題。這份信仰關於宗教、愛情、貞操，在一個決定性的瞬間同時發生。小說用倒數計時的方式去談受洗前的時光。作者蠻會寫短句，利用短句把內心狀態交代得很清楚。

剛偉格說停在第二頁就好，但我認為作者寫到最後似乎在說：儘管他懷抱著對信仰的質疑，卻依然想要去相信。乍看簡單，但非常完整，不超齡也不龐雜，就是專注地描述這份焦慮，結局時主角發覺：其實我還有時間。可能就是這個餘裕讓她願意相信了，我認為這個設計蠻好的。

周芬伶：我覺得宗教處理不好就會僵硬，這篇以十幾歲的作者而言，寫得相對精準。比賽畢竟是比出來的，作者的五千字比別人值錢一點，我很肯定。還有作者的勇於衝撞，用野獸本能去衝撞宗教，也蠻用心。

張貴興：我也可以幫這篇拉票。除了受洗本身的關鍵與複雜之外，小說出現一隻很有意思的烏龜，這隻龜像伊甸園的蛇一樣，象徵著誘惑，也讓主角回想到跟男友的性。藉由這隻龜，主角領略了一些虛偽跟荒謬，也了解到基要真理不一定是真理。我喜歡這篇就是因為這隻龜。

林俊頴：這篇確實是佳作，但我不滿足的是，現今二十歲以下的作者對性的坦然與開放是超乎我們這一代的想像，所以我期待作者更有野心。尤其是那個龜，我私心希望他再更著墨、用心再深。

〈邀請名單沒有K〉

張貴興：這篇的筆觸毫不留情，但每個點都揭露得非常精準。在主角眼裡，他的母親是地獄，母親的劣根性被形容成鬼，讓他難以掙脫，生活處處受困，連國文老師也讓學生變成孤魂野鬼；反而是小孩跟七歲智商的弟弟，因為善良單純，讓人間閃爍曙光。

缺點可能是怨氣太重，但也是作者才華洋溢的地方，在我讀來，老師跟母親也受了苦難，但作者很年輕，他不共情所有角色，怨氣重很合理。

這篇目前是我的第一名。

童偉格：除了貴興老師所說，這篇最大的敗筆可能是結局太正面，結尾處理得太輕鬆。我其實非常喜歡他的怨氣，那讓他非常出挑。陰暗的細節可看出作者的恣意奔放，讀來非常開心，作者自己大概也處在這個開心狀態。小說的場景調度是相對複雜的技術，所有選擇都支應了陰暗的想像。

我只是會建議，不用為了比賽把結尾改得正面。

陳　雪：這篇我也讀得蠻痛快，類似的題材通常會嘗試去諒解，但作者把對家的痛苦與怨恨寫成豐富的世界觀，一點都不溫情。因為充滿細節，所以也不奇幻，而是把怨氣化為想像力。結尾我可以接受，我猜不一定是為了比賽，因為他還是有提到「善」，年輕作者或許會認為小說要有頭有尾，可能是想把結尾收束在最初的想法，我可以理解。

周芬伶：以情節複雜度來說，感覺五千字在限制這位作者。他的想像力驚人，如果有更多的篇幅，比較能撐起架構。有些地方缺乏細節，人物都是符號人物，沒有血肉實感。但我覺得作者是這次最特殊的孩子，很有才氣。

林俊頴：這篇很完整，但筆墨真的太重太濃。家庭當然可以是地獄，父母親可以是厲鬼。但我總覺得必要有所收斂，尤其只有五千字篇幅，就重成這樣，簡直像鹽酸。

【四票作品討論】

〈扮仙〉

周芬伶：這篇跟〈有耳無喙〉都是接地氣、鄉土寫實的作品，相比之下，這篇比較飄，雖然題材特殊，但也不夠到位。〈有耳無喙〉寫家的空間、寫病都有實感，甚至不需要用臺語寫，或以民俗為主題，就非常生動。〈扮仙〉相較之下處理得比較不到位，所以我沒有選。

張貴興：這個題材其實不罕見，寫土地快速變遷之下，傳統宗教跟現代思潮的對峙。但小說中有很多嘲諷的意味，例如他寫信仰，但信眾也不那麼虔誠，乍讀的讚頌其實是反諷。很完整，文字也成熟，我願意給他一票。

童偉格：這篇的複雜性是不陷溺於這類型常見的二元對立，傳統、現代、本土、外來，都處在浮動狀態。周老師說讀起來很飄，因為這樣的作品探觸不到生活，一切都是道具，只有在不深究的情況下，「扮」才會成立。於是小說的尷尬很生動，也是在這樣扁平化的應用中，顯現出難得的反諷。

所以我把它讀成很精巧的喜劇小說：在場景中，正在從事一切的人感覺隔閡，產生意外的批判視野。很精彩。

陳　雪：我認同偉格，原以為他要談鄉土或儀式。但仔細讀才發現作者充滿質疑，那些荒謬感襲擊到主角自身。我覺得這篇最好的地方，是容納了幾乎完全矛盾的一切：他寫傳統或民主，但其實都不擁抱那些。小說的喜感或諷刺感是因為事物本身就存在諷刺，作者只是如實地寫。他不落入這個題材的窠臼，而是掌握了一個很重要的精髓：在懵懂之中，看出真假。他的結尾也很好，我相當喜歡。

林俊頴：這篇是二十篇中最有備而來的。當然缺點就如周老師所說，想講太多事，有些地方失於太露。但作者很大膽，也不害怕政治不正確，當中的細緻、矛盾、尷尬都操作得很具體，展現很大的野心——可能太大了。雖然沒有提出具體作法，但我認為作者尖銳而勇敢地提出觀察跟質疑，很有大將之風。我的建議是，在五千字的限制下，取捨可以更狠心，有些口號——像最後一句——可以不用寫，太露骨粗疏的抨擊反而削弱力量。但整篇來說，高中生要寫出這樣的小說很不容易。

〈有耳無喙〉

張貴興：我沒有選，但我很支持。這篇從孩子的視角寫不說話的病人，結尾寫得最好，把生命的被動跟虛無顯露無疑。雖然文字還是稚嫩，有些標點甚至不清楚，但小說非常完整。我可以投他一票。

童偉格：這篇在類型上是鄉土文學，但他實踐了鄉土文學的現代性，作者可能更受現代文學影響。小說描繪出來的細節沉重僵固，而作者最好的選擇，是設定廚房這個空間，以劇場來說，這是半公開的空間。這個空間讓叔叔的廢變得家常也袒露，是很現代文學的作法。最難得的是，作者沒有輕易地把叔叔當成自我悲傷的延伸。最後一頁很說服我，因為有痛感：作者將持續傷廢的場面，跟家人的進食寫在一起。我給予很高的評價。

陳　雪：這篇讀來有痛感，而且毛骨悚然。寫家族傷病很容易流於選邊站，主角避開了，但他又不是冷眼旁觀，因為他是唯一跟叔叔互動的人。

這篇不像〈邀請名單沒有K〉那麼怨恨，但如實地寫就是刀光劍影，充滿血肉。細節具體，倒數第二段寫得精彩，也完全不過度，用堆積的方式處理，我覺得非常厲害。

林俊穎：這是篇非常具現實感的小說，關鍵已經不是鄉土。作者看待家庭的方式是：著墨不深，但什麼都入耳入心。從每個家庭都有的進食儀式切入，讓家庭變成殘酷劇場。他細碎平實，卻帶出東方人對骨肉血緣的在乎，很有魯迅的味道。

周芬伶：剛剛談〈扮仙〉我已經提過這篇。短篇不需要太多細節，但他用顯微鏡的方法去寫，表現出東方家庭的異質，是很厲害的一點。〈扮仙〉轉移了焦點，沒有寫出北管精神；這篇的寫法比較聰明，很集中，也不露骨。

【第二輪投票】

周芬伶放棄〈矽膠娃娃〉，就餘下八篇進行投票。結果如下：

〈破繭〉13分（周1林2張4童3陳3）

〈扮仙〉31分（周4林7張7童6陳7）

〈基要真理〉28分（周7林5張6童5陳5）

〈有耳無喙〉37分（周8林8張5童8陳8）

〈皮筋與牽牛花〉9分（周3林1張3童1陳1）

〈老鷹起飛那天〉14分（周2林6張2童2陳2）

〈邀請名單沒有K〉30分（周5林4張8童7陳2）

〈三月的潮與熱〉18分（周6林3張1童4陳4）

本次投票選出領先群後另行斟酌，因〈扮仙〉與〈邀請名單沒有K〉分數相近，評審再次投票，最後選出〈邀請名單沒有K〉為第二名。

【最終名次】

第一名〈有耳無喙〉、第二名〈邀請名單沒有K〉、第三名〈扮仙〉，優選五篇不分名次：〈破繭〉、〈基要真理〉、〈皮筋與牽牛花〉、〈老鷹起飛那天〉、〈三月的潮與熱〉

散文獎

散文獎

首獎　劉亦奇

穿裙的人

個人簡歷

2005 年生，新竹女中第十七屆語文資優班畢業，菁菁竹女第三十三屆副編。暑假後，將前往臺大外文系就讀。

得獎感言

謝謝一路上鼓勵我寫作的人們，謝謝我的家人。謝謝猴子，你說，文字是有力量的，謝謝你成為我的力量。

謝謝那個隔壁班同學，能在高中和你一起寫著，真是太好了。謝謝 301，你們讓我知道，要認真且真誠的對待自己喜歡的事。

謝謝路口的小紅綠人，今後也要一起奔跑，用最自在的模樣。

最後，謝謝評審老師給予的肯定。

我一向很喜歡學校外面，藥局旁邊的路口。雖然每次回家，我都趕不上行人號誌燈中小綠人出現，示意行人通行的時機。於是更多時候，我盯視（偶爾怒視）著的是在倒數燈中一動也不動站得直挺挺的小紅人。

像極了瞪眼遊戲，最倒楣時眼角餘光瞥見那班回家公車飛馳而過，而小紅人依然佇立於34秒上。任何髒字都無法精湛表達那刻我對它的憤恨。

"Oh come on !"腦中的怒吼聽起來像常收看的美式影集，橫斷我面前的車水馬龍多麼罐頭笑聲。

小紅人無動於衷。

好吧，那就來硬的。「喔拜託嘛姐妹，動起來！」微風夾帶廢氣吹來，我搖動百褶裙擺，和小紅人隔著馬路打摩斯暗號。

左腳右腳左轉右轉，嘿看到了嗎？我們是一夥的。讓我過去！

旁邊大叔投來漠然眼光，我想也許只有我這麼在乎這個路口的小紅人，也只有我這麼喜愛這個路口的小綠人。紅轉綠，小綠跑了起來，裙擺一波一波，馬尾向後飛揚，我跟著起步在斑馬線上奔跑。

也許這是因為他們是我第一個認識的，穿裙子的小紅綠人。

記得剛上高中的時候，不知道為什麼，手機的推薦新聞中出現了這樣一個標題：「X市街頭出現『馬尾少女小綠人』，女中旁限定！」我納悶著開學兩個月就沒有一次看到過，那之後放學的路上眼睛睜大盯著遇到的每一座交通號誌。像是拷問一樣的目光銳利自馬路對面劃破車陣逼近，深怕錯過小綠人的蹤影。

那天晚出校門，要去另一邊的公車站牌等車。我經過藥局，然後在路口被小紅人攔下。45，44，我數著，視線上移到了小紅人身上，他的骨盆處凸起，遠遠看起來像是長腳的雙層蛋糕。

看久了我才意識到，那是裙子。

拉著身旁同學的衣袖，我興奮的跳著：「欸，欸，快看，他穿的是裙子欸！」

其實以各種思考模式來解讀，都無法確切解釋我的莫名興奮。女中三年，服儀規定和身上的大學T一樣寬鬆，百褶裙是和久久才出現（甚至不是一個月一次）的月會一起出現的當日限定。遇到小紅綠人的時候，我多半穿著短褲長褲，而且我也沒有他們的馬尾，剪至下巴的短髮像安全帽一樣圓罩我的頭頂。

不知道為什麼，那篇新聞標題中並沒有提及裙子的存在。但我一直覺得，那是最能與其他同款小綠人做出區別的特徵。裙子、裙擺，作為一種辨識同類的象徵，一種衣裝上的暗號。

穿裙子的人，在你的想像之中，是怎樣的呢？

首先，我們必須體認到裙子的特殊性。

裙子之所以身為裙子，在於他的連接性。

其他衣物充其量只有單向，容脖子、手臂和大小腿通過的功能性出口。但裙子所擁有的開口——風起就讓人感覺與世界接軌了的那個開口，它卻是雙向的。裙子的開口，在我長長的青春時期中像是個連通世界的通道——從私人的、內裡的，到外——空氣暢通。我有時覺得，穿裙的人們，其實很早就被贈與了穿梭在隱密與顯露間的祕訣，像是擁有一頂魔法師的高帽子。

但有時魔法和詛咒只有一線之隔。

國中時的制服裙——嚴格說起來那更像褲裙。在制服裙擺的底下學校不放心似的又加上了一層薄薄的褲狀布料，其實並沒有什麼不對，只是讓我很想掀開裙子然後在校園裡遊蕩，質疑到底是什麼不能露出來，到底是什麼會這麼容易就露出來，還有既然這樣為何不讓所有人穿短褲就好？

那一層強加在制服裙之內的布料，讓我有種被迫遮起之感。明明裙子也是被迫穿上的。

我還清楚記得那件褲裙的感覺，奔跑時薄薄的內裡褲料像是一層膜，包覆大腿，包覆那之上的一切，封閉，而不暢通，像是某種絕對隱密的絕緣體，潛伏在每個活蹦亂跳的女孩裙下，腿上，阻隔任何太過靠近的電流。

我還清楚記得，出了國中校門的我，再也不願套上自己的短裙。

然而追根究柢，那根本不是裙子的問題。

「厚不要這樣啦！」

同學笑著皺眉，我想應該是眼睛疼痛並快樂著的朝我大叫，在以我拉起的裙擺為中心的一片混亂中，我擠出猙獰的微笑。

一陣笑聲和手忙腳亂之中，有人撇頭，有人忙著遮眼，我和朋友拉起國中制服裙的裙擺，做出邀舞的姿勢，優雅無比，低頭頷首，露出內裡的薄褲。

就像是白兔露出耳朵一樣，所有那些不堪或故作鎮定的想像都在拉起裙子的那瞬間與落實擦肩而過，於是衛生紙變成了兔子，而安全褲變得比丁字褲還不堪入目。

魔法，或詛咒。

走在大街上，不能奔跑，三步五步要拉一下被夾進大腿肥肉的裙擺，否則待你走到公車總站，露出的將只剩大腿肥肉。步伐要碎，要輕，把自己的底褲當作人質那樣，不可卸下戒心的穿梭在城市之中。

把這樣的小心翼翼當作一種記號，你就能從人群之中辨識出，穿裙的人們。

曝出與遮掩，顯露或隱藏；魔法，或詛咒。

穿裙的人們。在朝會上集體拉下百褶裙，露出內裡的體育短褲。

穿裙的人們。臉上還未長出鬍渣，腰間卻開出一朵朵黑色的裙花。

從那裡到這裡，腰圍到裙擺，一雙雙僵直的手拿出了量尺，穿裙的人們卻挺出胸膛，讓裙子搖擺，放下、拉起，就包容各種模樣。

詛咒，或……？

「少奔跑，少快速行動，少抬腳，少開腿坐。」這是常給穿裙人們的建議。但其實仔細想想，裙子的構造比其他任何下裝都適合邁步奔跑。

穿裙子的小紅人看進我的雙眼，一動不動。

排氣管轟隆轟隆。紅轉綠，斑馬線 all clear。一切蓄勢待發。

有時，會出現這種稀有時刻。

公車還要很久才會到站，好久才穿上一次的百褶裙，好久沒有那麼輕的書包。

我盯著行人號誌燈裡的數字，內心倒數：三、二、一——

「嘿，開始跑囉！」

在亮起的綠燈裡，我的裙擺，對應上號誌燈裡發著光的。

那一瞬間，我們的裙角同時凸起又落下，而眾人仍疑惑驚喜讚嘆微笑以為自己眼花，「欸，欸，快看，他穿的是裙子欸！」

只有我快步向前，只有我意識到，是時候該衝了。此刻，暴露與底褲，一切煙飛。

「厚，不要這樣啦！」

確認過很多次了，那隻穿裙子的小綠人，是奔跑著的。

不知道他有沒有穿安全褲的習慣。

秒數不斷掉下，我跑呀跑呀跑，一頭亂髮甩啊甩啊甩，在那50幾秒的通行時間，我總竊喜著，自己是明星的錯覺，魔法一樣。

名家推薦——

全文輕快可愛，從小綠人寫起，以青春的眼睛看身體與感受，以及社會有形無形的鬆綁，成長經驗、性別意識、自由與禁忌的辯證，融合得天衣無縫。——平路

敘事者從交通號誌和群體之間來回變換，通過裙子去思考女性和身體，敘事風格冷靜，思辨清晰，達到知感交融的境界，是不可多得的好作品。——焦桐

性別是一個延續性的議題，但這篇作者注入了強烈的當代感和個人性，閱讀時也妙趣橫生。——唐捐

散文獎

二獎　陳昱秀

媽媽的菜

個人簡歷

我是 95 年出生的女孩，今年 17 歲。目前就讀慈心華德福高中。

得獎感言

無法用言語表示的興奮！終於得獎了！投了那麼多文學獎，
第一次被認可！
謝謝一路支持與喜愛文字的夥伴！大家一起加油～

說到媽媽的菜。一是指香氣，二是指甜蜜。

怎麼說？都是口味；都參半著酸甜苦辣；都有獨家的 kimochi。

只可惜，以上的兩種「媽媽的菜」，歲數將近半百的媽媽只體驗到了其中一個。

「牛肉在滷前一定要先沖水，沖個十到十五分鐘，把腥味去掉，把香甜的蔬菜水果丟進去一起滷，蔥、薑、番茄、鳳梨、洋蔥，一樣不能少。熬整整六小時，到那時候，牛筋就會熬成你最愛的口感。」

廚房傳出的香氣千年揮之不去，放學回家前在門外嗅嗅鼻子，期待今天的晚餐。肉桂捲瀰漫在左側，香菇雞湯散發熱氣在右側，一碗熱騰騰的水果燉牛肋在眼前，情不自禁的口水垂涎三尺。

我一直以為，媽媽煮給我們的菜，就是媽媽的菜。

「不是喔！下次跟你說。」媽媽俏皮的把手指放在嘴前，一邊將一頭大波浪黑髮向後撥。

「噓！」

她不是臺灣人刻板印象中的媽媽。不是被生活侵蝕歲月的婦女。大笑是她的一日三餐，說走就走的豪爽是她獨家門派招牌。

衝動、高傲、大大咧咧。衝擊世俗的年輕少女不會被貼標籤，但是中齡女士？那就是不典雅、

不賢慧、不知羞恥。

「我變胖了。」那天她嘟著嘴一臉不甘願地跟我說。

「可是今天晚餐很好吃。」

她笑起來，欣喜又得意。「那胖這一回划算了。」

「這個人很帥。」那天媽媽歪嘴。「我的菜，有muscle。」

「哈？」我和妹妹放下手中的功課，三步併作兩步跳到懶人沙發上，擠在媽媽兩側，三個人擠一起像便利商店中旋轉在烤架上的三條烤香腸。

「但是他是個天龍國男孩，半瓶水響叮噹。」媽媽將手機一鍵關機。

我和妹妹則默默離開與課業私奔。

這男子空氣太多了，不是媽媽的菜。

單身七年多的她不曾放棄愛情。雖然在麵包與愛情之間，媽媽會毫不猶豫選擇吃自己的麵包。

「哪天一定會遇見大帥哥拿著麵包來找我。」媽媽自信地說，生活的重心依然放在我和妹妹身上。接送上課下課、整理家庭、賺錢，並且煮一頓香噴噴的晚餐等我們回家。

我不知道媽媽是如何做到的。她總是笑著跟我們說明天會更好，所以今天要打扮地漂漂亮亮。

「是要吃到飽吧！」妹妹插話。

媽媽的菜，得符合媽媽的菜。首先，就視覺來說第一眼得先吸引人。再者，得去腥去味。生活中得參半著繽紛色彩和氣息，多元而有交集。再來就是長時間的磨「戀」，究竟是否能修成正果，純看耐心和修練。

交友軟體上可符合「滷牛肉」特質的可真不多。千百張面孔與自介飄渺在文字與圖片間，卻沒一張一行有色有香。

媽媽的菜，從小吃了十七年長大。酸甜苦辣都吃過，數以千計的菜盤不曾重疊，沒一道是無色無味的。可世間的大多數人怎麼都一成不變，在家與工作間來回一線。

這種菜媽媽可吃不消。

無趣！

「這道醬油蒸蛋是從阿嬤廚房裡學來的，我加工調整之後找到的配方更好吃！醬油與柴魚要放得剛剛好。要搖晃鍋子直到雞蛋之間沒有空氣，這樣煮出來的蒸蛋才會像皮膚一樣滑嫩滑嫩。」

這道家常菜沒什麼特別，可我卻特別喜歡。只要餐桌上有蒸蛋，保證得多吃兩碗白飯。要是媽媽的菜也能像我們姊妹一樣捧場媽媽的菜就好了。

嘴上說著好吃，女兒的後腳卻不曾踏入廚房。十七歲的女兒未繼承一道媽媽的菜，又或者品嚐自己的料理。

「試試看。」媽媽說。「但不試也沒關係。」

於是從十一歲到現在，我依然未跨入廚房一步。廚房，一道莫名跨不過去的坎。

生在這個獨特的家。存在數十年相依的女性星球，從來沒有「愛情」窺探的角落或者隱藏的跡象。說是容不下，不如說是嚥不下。

外星總是不能理解。最傳統的刻板印象中——異樣的標籤跟著年齡貼近，偏偏媽媽又生在鄉下最傳統的大家庭。

「年紀到了就該找個人嫁了。」

這句話不陌生，是個年輕世代中最可恥的笑話。當跨世代的愛情觀相撞，每年的修羅場持續進行中。

年復一年，年年過。說來慚愧，家族親戚眼中的眼中釘肉中刺就是我們尼姑三家女。

過年不是過年，是過五關斬六將。

紅色的習俗，看著一家家「正常」家庭。餐桌上的長年菜，拚死拚活咬不斷，嚥下的瞬間差點被自己給嗆到。那些放了七十二小時的發糕沒人動過，三百六十度環繞並覆蓋著八卦的口水。

阿公阿嬤總是無法理解單身的媽媽。對他們而言，女孩子就應該出嫁、待在家、待在廚房，不是像媽媽這樣風流倜儻。

「有男朋友了嗎？」所有親戚最愛問孩子的問題我從來不用顧慮，質問順序我永遠輪不上第一，媽媽這面盾牌總是會化成劍。

「沒。」媽媽冷冷的一字打在飯桌上，從不需要我出馬對付。

背後的閒言碎語到底聽了多少也數不清了。七嘴八舌的八卦總是故意不避嫌我。

「半老了沒個男人，一定自己有問題。」難聽的話不少見，我看著他們錯愕的雙眼一笑帶過。舅媽的語調總是尖酸刻薄，其中羨慕與忌妒成分想藏也藏不住。

與世俗對峙的媽媽沒有要與世俗對峙，是她還沒找到自己的歸宿。

「其實，廚房很講究的。」媽媽邊炒菜邊打開抽油煙機，轟轟聲蓋掉身後親戚機哩瓜啦聲音的一半。「人跟菜一樣，不會十全十美。嚮往的和實際的，也總是得不到平衡。就像精緻典雅的法式料理沒有家鄉味；美味順口的皮蛋瘦肉粥少了賣相；看上去吸引人的高級甜點吃上去卻膩得噁心。你得知道自己最注重哪一個。」

那天路過水溝救了一隻貓。貓沒報答我而是轉頭就走。

隔天是同學生日，沒人幫他慶生但他妹做了蛋糕。

星期一學校的午餐夾了死蒼蠅，差點噎死三十個高中生。

回家時沒人在家，昏暗的玻璃窗少了晚餐的油煙。

所以古人說月有陰晴圓缺。

那年沒發生多少事，卻改變了許多事。一直知道媽媽對浪漫過敏，養出的女兒也是。就算身邊多少分分合合，愛情在媽媽心中總是一道坎，愛情觀造就了她的獨立，也剝奪了她嬌柔的權利。

「一個人敢愛敢恨，有了牽絆就少了那份果斷。」

少了油煙味的那天，媽媽因工作關係比較晚回家。多吞了一碗媽媽的宵夜麻醬乾拌麵。

一年後媽媽認識一個男生，幾乎符合「滷牛肉」和「蒸蛋」。有配料，有後勁，還有餘味。

唯一可惜的是雞蛋買錯了品質，就算料理再香依然蓋不住腥味。稍微那麼一閃的幸福快樂結局就這樣擦肩而過。

雞蛋裡挑骨頭。

「泰式檸檬魚。」我堅定地跟媽媽提出請求。

那道菜是我的最愛，魚肉的香甜中帶有檸檬酸，清爽的蔥花淋上魚湯在火爐上滾燙出裊裊蒸氣。插上一朵野薑花在完成的湯頭中繞三圈，讓韻味交集後沖淡。

不管命中注定的是愛情還是麵包，遇見就是要珍惜。

有時會想，之後上了大學。去了遙遠的國度，該怎麼尋找家鄉味，怎麼回味餐盤上的笑聲。

關於媽媽的菜，我沒再多問，我知道她依然把交友軟體下載回來，也曾遇到幾個不錯的男士。有的曾出去看過電影吃飯，卻沒一個有後續有結果。不知道是媽媽太挑，還是媽媽的菜太頂級難招。

提起筆的那天，看見媽媽站在廚房裡的樣子，額頭間留著一條條汗水，本打算描繪她身影的我恍然大悟。因為汗水沿著細紋留下，經歷多多少少風雨，回頭來不及一看，記憶中年輕貌美的媽媽也逃不了添加幾分老態。

「媽。」我叫她。

「嗯？」她急匆匆的瞥了我一眼，忙著爆香，加大了音量，抽油煙機嗡嗡作響也不知道抽走了什麼。

「要幫忙嗎？」

她訝異地看著我，彷彿我吃錯了藥。「什麼？」

「我說，」我大聲說，一邊起身。

「教我做菜好嗎？」

名家推薦——

這篇散文頗有個性，描寫母親遇不到合意的人，現實中雖有為難處，但作者寫來活潑輕快。母親的個性在女兒筆下顯得生動立體。——平路

這篇作者譬喻風趣，情感飽滿，而有雋永的餘味。——焦桐

散文獎

三獎　羅方佐

過渡

個人簡歷

羅方佐，2004年被拉出來，曾就讀臺中一中三年級，申請大學落榜，可悲。問了別人我的個人經歷，老師：「貼心為他人著想！！！」好的我是乖小孩吧。同學說：「日本的鴨說雞非常稀少。」所以到底經歷了什麼啦。

得獎感言

「真空磁導率 4π 乘 10 的負 7 次方」同學說我經歷了這個，分科剩不到幾天的夢都是大機械宇宙觀，我也想成為機械，洗碗機，還是要成為家具才能不悲傷，我會滯銷吧嗚。學長說：「我十分愛好藝術並且注重心靈層次的提升。」要考分科的同學：「奇異恩典，神愛世人。殺了他，順便殺了我喔！」嗚呼沒大學，至少我們還有文學（吧）。

「據估算，在一千四百萬年後，一代一代的磨損，人類也將丟失現有的XY性別決擇系統。神剝掉的瓦片，換來與彼此交換的齒痕，然後在路途逐漸崩裂。」每次等待入睡前反覆想起，像演繹死亡，醒來覺得靈魂輕了一點，自我正在被抽取。

「有性生殖在物種中呈現各種趨同演化，哺乳類擇從單孔動物分離到獸亞綱的過程裡，為了保護基因座突變，而抑制聯會時姊妹染色體的基因重組，含括SOX9轉錄因子內的Y染色體形成雄性獨有特徵。為保護控制性腺發育的SDY基因，所以閉關自守。Y逐漸短小，丟失一三九三個基因直至如今所剩四十五個，不斷重複迴文結構嘗試修復保留，而在精原細胞極端的複製次數中，卻悲壯地擁有高於四點八倍的鹼基突變概率。」

詢問過生物老師：「我們會不會有消失的可能？」她否定地說，機制上會出現另一種染色體基因取代逐漸消磨的Y，而且那事件太過遙遠，不在課本上（當然也不會出在段考考卷上）。穩定的規則還不會因為疑問而變化，也不會因為私慾崩塌。「男人不會死光。」說完，她不忘嫌麻煩地笑了一下，現在的學生越來越怪。

入春後黃昏依然去得很早，蝙蝠在校舍分支的角落繞行，第一次認識蝙蝠也是因為生物老師介紹，牠們飛行看起來比鳥類莽撞，急墜、收止然後急墜，躁動的鉛筆跡，原地圜轉得不出答案，同

學用相似地動作翻書。

同學還是沒搞懂體液的循環途徑與呼吸氣體交換，但大樓要關了，得要走了，越過烏黑的教室和長廊。學校外套其實很鬆散，像是網，捕捉到的冷風陷落進血管，心跳帶著失望然後注回身體，我才覺得體溫似乎有點潮濕，懷疑暗中的自己是不是正在擠壓扭曲。樓梯的鐵捲門關了一半，感應燈是橘黃的，照在凹凸的磁磚就像泡水的皮膚皺褶，揉爛的牛皮紙袋被攤平，金魚尾巴般拖長的影子斷裂在階梯上，風與時間帶著我們上岸。

很久了以後才知道某些蝙蝠和齧齒類是率先採用失去Y的一批哺乳動物，看著牠們碎離的軌跡，我仍沉積著某部分死去的錯覺。

某日回家，電視旁神像的右手和第二隻腳也砸斷了，又一張椅子接合處散開，磁磚裂縫在地上張開蜘蛛網，宛若被捕食，神像就一直躺在地上，直到某個月母親突然把祂擺在我的房間，陷在變形的書櫃上。

以前對於擺在家中任何的神明雕像與畫像十分的尊敬，祂們總是固定所在，面不改色地度過很多日子，昆蟲在上面爬行定居，家具換了幾次位置，表情卻一樣威嚴。但我也認為只要從七樓掉下柏油上，自我就能蒸發，而不認同會留在原地接受審判、或是捕捉下一人交替，死的軌跡很直接，不像蝙蝠。

祂每次被舉起與失重時我都不在家。裡頭神是不是也蒸發了？

早上離開房間別過神像上學，光交映著城市裡的建築物，高高的斜角往下，掩埋底部的我，影子截在馬路龜裂嚴重的地方，踩在同樣的網上，望著手上的粗紋蘚狀纏繞，微涼的早上感受到風帶走一點一點的熱，一點一點被吹乾，我幾乎退化成乾殼的姿態，一種雕像。印地安人認為水土不服是靈魂未達旅行身體的處所，但我以為靈魂總是早先肉體一步離開。

「你兒子怎麼還沒被撞死。」最早也不是只自己通勤。總是刻意地穿過家門前的雙黃線，像截斷過去，總有幻覺，影處殘留透著直視就消失的血色，公車再用一種流星的細長燃盡夢最後的濕氣，抵達學校，太陽已經粉身皮膚，光像是纏上身的薄膜，每經過一次影子就淡化我的鱗片。他們說這是進化。

問了隔壁的同學我睡著的時候有沒有發出怪聲，他說沒有，看著左手上少了一點刻度，很光滑，我又睡著。再次醒來我發現隔壁的同學根本不在，那也只是夢。最後靠著刀口確認自己的意識，我的夢演繹過死和清醒，演繹過夢，卻沒展現過痛。

金魚的健忘，我常常丟失自己的意識，也丟了不少用來記錄水線夢境水線的美工刀。第一次是

為了擺脫課堂上的的頭部鐘擺，自我催眠的頻率，我不敢直接把筆刺入大腿裡面，就在手上拉了一條線幾乎看不見的線，抓穩那種皮膚裂開的瞬間、血管的距離，貼近夢與現實的薄膜，我像是刺破了那個洞，把自己的軀殼反套，虛實倒裝，只有想要清醒的時候最接近清醒。

把所有情緒與慾望丟水裡，穿上乾的那面衣服，然後在身上褶皺，手上剩下水痕，剩下那些隨時被堵住的潮濕。

我想我仍然對發生的一切感到抱歉。

Sorry，一個在英國人均一天說了八次的詞，就跟選舉期間爆滿的宣傳面紙一樣，禮貌的重複慰問而已，所有事情都已經被決定。重要的事往往陷落抽屜深處，仍不知道當初選擇之人的一言一行，面紙泛黃、溢出濕重的異味，無法洗去的事物也未曾被憶起，慢慢的躺著，承諾的味道，那些相片與證書。

無法真實的表達遺憾，政權也持續運作。我相信這是我的錯，像她認為自己受傷之後還是要去洗別人的碗。「大家都不用過日子了，你也是這個家的男人。」她說的集合名詞像深海，巨大而無光。

母親說自己懷孕時夢到了玉，在山上撿了厚重的石頭。他們總說我是時間的晶石，我是四個小孩裡面最後，也是唯一的男生。

「姊姊都那麼優秀你會不會壓力很大？」每一個大人都這樣說過。我不知道，我還是不知道姊姊與我出生的任何關聯。「你是這個姓的男生。」他也跟我說過。

他們說我需要了解親代。父母總是有很多選擇，畢竟他們成年了，法律上有權利尋找工作，亞洲的他們理所當然成家，購買房子和可以摔壞的家具，繳貸款和生男孩，或者很多意外的女孩，但與性別無關的是，他們已經所有自己，獲得一個自己的空間，有孩子和自己的鎖，也想起自己被擁有過，就像愛一樣，生命有時也是一道漣漪，寬大的手一直在等待抓住誰，把掌痕印在他身上，再沉進用所有人的雨裝起的海。

他說要離開家之後，房間還是不斷在關燈後被打開，被注視。很深的夜，意識的閥門敞開，不斷洩水，帶走溶去的石。

那天在學校撕開了三層夢才勉強上岸。錯過了公車之後，在黃昏後走了三個多小時碎散的路回家，我意識到自己在依賴著某些旋轉般的逃避。「我已經給你很多自由了。」腦袋想著一些破掉的話語。

到國中才知道過度換氣這個詞，學會裝起呼吸，正常每分鐘十八次，那也是海浪的頻率。

老師把我罵哭之後，遞來不知道哪裡找的紙袋，提醒我以後放在身上。即使沒人要脅我停下，還是想把剛剛纏手上的橡皮筋直接套在氣管上。討厭自己不是沒有緣由，我記得姊姊也說過她曾忍不住掐住我，望著鏡子裡，脖子上一圈一圈的層積想起這事。

燈光在眼睛裡扭曲，教室淹成水族箱的樣子，記憶在眼下繼續攀爬到身上宛若被情節強暴，癱倒而痙攣，惡意地種下撥不掉的果。

我想停下。「媽的，不要再讓我聽到你再哭。」不是我的聲音在腦裡浮起。其實只是懷疑自己其實是想放棄呼吸，而仍不斷乾嘔和打翻地妥協空氣。但頭一次對方的話語停下，不像幼年的記憶總是斷裂在更巨大的嘶吼與瓷磚之中。急促的呼吸沒有停下，學校教的古典物理沒有錯，浪打更淺的岸裡只會更加喧騰，爾後碎散，自我退回潮間，在陸上反覆曝曬和溺水，擱淺的定義。

學校附近開著一家水族賣場，我只進去過一次，當我看著魚的時候牠們不會看我，反覆搖著很長的尾鰭旋轉，我想牠們可能已經忘了三秒的之前的自己了。「存在的意義會不會只是裝在水族箱練習遺忘，搖著一代一代被挑選的尾鰭。」

度過毫無對話的一整年，他仍拿著紅紙包著的新鈔接過我，兩者卻沒有時間停留的交集，好像滑過手心的氣球，液體的我當初也沒有被乳膠同樣接住。

得以買了鎖和螺絲，弄丟鑰匙，把床搬到書房，新水族箱退去燈光，剩下一些瑣碎的聽覺與記憶去判斷距離，黑夜終於向夢張手，聽著木頭與金屬交換著拉扯的聲音，記憶持續揮發出曲折長線，同呼吸蝙蝠狀的浮游。

聽說人類一次睡眠會排出三〇〇毫升的水，又一次我撥開浮在身上的浪醒來，皮膚上的網紋的記號越來越淺，卻始終還在。

名家推薦——

這篇從結構、話題的扭轉各方面，皆可看出技術，及創作的強烈動力。它充滿了有趣的細節，高中生的精神、心靈、點點滴滴的體驗，構築出高中生的世界觀。——唐捐

這篇有一種奇特的氛圍，似乎是用基因來討論家內的暴力場景，但很隱晦，語言在可進入性和詩質之間保持著微妙的平衡。——黃麗群

散文獎

優勝獎　廖姵穎

玄關與門

個人簡歷

2005 年生，2023 年畢業於萬芳高中。有點憤世嫉俗，常常安靜地寫喜歡的字句，偶爾記錄一下生活。

得獎感言

感謝評審的肯定。創作此篇時適逢畢業季，順便回憶起過去。謝謝當時的自己，也謝謝願意看我故事的老師們。期勉自己能夠在寫作的路上能坦然無畏地前進，嘗試接近蘇軾於〈定風波〉所說的「也無風雨也無晴」的境界。

「好了沒啦！你是要拖多久？」「再拖你就在玄關跪到我們回來。」爸媽在門的另一端喊著。

我們家有兩個大門，一個是厚重鏽蝕、矮小的鐵門，配的是深褐色的喇叭鎖；另一個是為了加強鐵門而額外裝設，高大而輕盈的鋁門，配著不太好使的水平鎖，只不過鎖的位置高了點。以兒時的我來說，一切似乎都很難敞開。

對我而言，在玄關下跪早已是家常便飯。生在傳統觀念的家中，任何委屈和不滿都在胸口隱忍著，只用「寬容」「氣度」這些字搪塞，如同彈珠汽水中堅守著瓶蓋的幾粒彈珠，抵擋的是隨時會衝破瓶子的滿腹怒氣。因此，格格不入、脾氣很衝又叛逆的次女無疑成為家人辱罵和挑剔的對象，懲罰我也間接成為他們消氣的方法。向長輩問候忘記加敬語、忘記把房間的門打開、考試考不好還是出門忘記先穿好襪子……對爸媽來說，要我下跪反省從來都不需要理由，只需要一個情緒的燃點。

然而，隔天早上醒來，梳洗後準備去上課時，他們反而問我：「你是又跌倒喔，膝蓋怎麼黑黑的。」「怎麼這麼笨。」似乎不記得我腳上的暗紫色傷口，正是昨天他們親自造成的產物。

「對不起。」我低著頭，簡單回應後便快步走出家門。在挨罵之後，道歉，是我最熟練，也是唯一會做的事。

如果我裝乖，少說點話，安安靜靜地當個乖孩子，會不會當初就沒有這些傷了？我好討厭那樣的自己，好想拿油漆刷肆意塗鴉那幾面掉漆的畫面。然而逐漸的，刷子已經不受我掌控，轉為拿油漆一桶一桶的潑。經過時間堆疊的油漆被堆疊了起來，成為了當時我封閉的形象——神祕而古怪。這樣至少有個理由可以說服我自己不被接受。

來到學校，我也仍然如此。幾個有副好心腸的同學們因為我的內向自閉而困擾，畢竟要當朋友，溝通和交流是必要的。雖然問話我會簡短的回答，但往往我都直接劈斷繼續聊天的可能，有些人無法忍受而逐漸遠離。

「欸，某某某，你不能一直拒絕同學啊，都不敞開心房和他人往來，這樣不行啦。」老師嘗試開導我，但我搖搖頭，老師嘆氣的回說：「唉，你就試試看嘛。試久了就好啦。」

在我小學時，媽媽曾擔任家長代表，也會認識一些同班的家長們。她會邀請同學們來帶著我一起出去玩，順便讓我適應新環境。有幾次我們約在我家門口，同學已經匆忙跑到門前，手裡拿著玩具，神情看似期待已久。聽到同學腳步聲的我即便把鐵門開了，卻仍只敢躲在鋁門後，遲遲不敢出去跟他們打招呼。後來媽媽匆匆跑來開門，用力地捶了我的頭，說：「沒禮貌，你這樣以後怎麼辦？不會隨時有人幫你扛。」

「媽媽抱歉。」

「道歉沒有用啦，白目。好了就開門啊。」

無意間，我誤把道歉當成解決問題的擋箭牌，甚至習以為常。但我還是有躲藏的壞毛病。

我很常躲著各種事物。我害怕那個隔幾個月來蹭飯的外公、過於親切的鄰居還有鄰居偷養又愛亂叫的瑪爾濟斯。每當有人問到：「啊小隻的去哪了？」爸媽的回答會依據對象有所改變，有時候是：「她害羞不敢出來啦。」或者是：「齁她太笨了沒臉見人啦哈哈哈……」。有時候鄰居家的小孩也會來湊門子，看見我們家獨特的「雙門制」，便開始說道：「你們家好酷喔，門很大，玄關卻好小。我們老師有說過，玄關是拿來藏拙的喔。」鄰居和爸媽都只是笑著。我遠眺不語，在心裡暗自希望此時此地，所有站在玄關的人、喧鬧的嬉笑聲都能跟著走廊的回聲逐漸淡去，最好消失得無影無蹤。

爸媽和她們閒聊後敷衍補上一句：「場面話不要太認真。」，作勢想哄下我。我想我太認真了，認真到記下他們在玄關對我辱罵的一字一句，然後悄悄地去對照他們閒聊的對話內容。除了語氣外，完全吻合。

「我還勾不著鎖啦。」我抬起頭望著高我半個頭的水平鎖念著，心裡試圖說服自己。但其實當時的我踮著腳其實也碰的到握把，只是心底有著千千萬萬個不敢面對的理由如同透明的漁線般纏住了我的腳，腳底緊貼著冰涼的磁磚地而不敢輕舉妄動。「要藏拙，要藏拙……」

有時候爸媽也會硬拉著我去見親戚或是跟他們打招呼。有時候說話太小聲或是稍微踱下腳就會被迫拘留在玄關反省。罰站罰跪打手心樣樣來，只要有任何瑕疵我就獲得半小時起跳的玄關親密接觸。但我通常都在盯著不同地方，頭被抓住的話是向舊時鐘看，低頭面對鄰居的話看到的是紗窗，罰跪反省看到的是橘色磁磚。我試著在苦中找尋樂子，也找到了我們的規律：像是舊時鐘每走一步就會響兩聲，那個無論開關多少次都有點歪斜的紗窗和不知數過多少次的七十六塊橘色地磚和很多平行的直線……。至於我的規律，則是每次被懲罰時流的鼻水每次都滴到固定幾塊磁磚上。

我很喜歡玄關，尤其是我們家兩道門間隔的獨特小空間。因為當爸媽嘶吼著莫名其妙的棄養宣言而想把我趕出家門時，我可以在兩扇門同時關閉時苟且偷生的躲在間隙中，形成一個封閉的間隔，

自嘲這樣「與世隔絕」，也算半個離家出走。身體嬌小的我甚至還能在兩個門中間移動，有時甚至因為爭執太久而在裡面睡著。它的緩衝不限於屋外與屋內，也是我和爸媽的爭執的防火牆。我想，兩扇門的冰冷，能不能冷卻爸媽不滿於我的怒火？兩扇門的距離，是否能讓彼此有適當的空間好好思考？

在門中，一切都寂靜；一切都冷淡。當我悄悄將哭紅的雙臉靠在鐵門上，它不會像爸爸對於我的內向有怨言；當我凝望著鋁門外的電燈，當我犯錯時它不會像媽媽斜著眼對著我。當時的我將靈魂剝離並嘗試給予他們生命。我好想被理解，是人是物都好。狼狽的我只剩貧瘠的想像力和極低的自尊，我在鋁門玻璃小窗前哈著氣，對著外面的電燈畫了臉和嘴巴。我先說道：「電燈阿姨，謝謝你在我哭得唏哩嘩啦的時候能夠正眼看我，聽我訴苦。」再轉頭說道說：「鐵門伯伯，你好懂我，我好需要降溫一下。我哭得好累。」

「請問我可以常來這裡嗎？」他們沒有回應。

「我就當作可以囉，謝謝您們。」我倒頭睡在沒被滿是淚水的臉靠過的小角落。

「沒靈魂的死小孩。」隱隱聽到這句話的我無力反駁。

伴隨著父母的酸言酸語和老師同學的擔憂與不解，我一再停留於玄關默默數著地磚，低頭看著那疑似有擺正的紗窗。地磚仍是七十六塊，那些直線也依然平行。我以為變的只有我凝望的仰角和不再走動的時鐘。後來，我的視野逐漸清晰，個子也越長越大，也已握得到鐵門上的門把。當初的玄關，已經住不下我。

也許，無論如何努力的藏拙，時間終究會過，我也無可避免恐懼的到來。我還是站在旁邊，聽著似曾相似的問候和八卦，當然還有父母少不了的嫌棄。

「試久就會好了。」這個久，我不知道試了幾年，我也沒有自信說我真的好了。

媽媽督促著我說晚上八點那個愛八卦的鄰居要來收管理費，她因為不喜歡鄰居而叫我幫忙。我應了聲，站在鐵門前，默默看著鄰居按下我家的電鈴再出去以免打斷他們的閒聊，這樣才有禮貌。鈴響時，我低下頭確定我緊握的門把，敞開了鋁門。當我和顏悅色地把錢雙手給了鄰居後輕輕闔上了大鐵門，畏縮的吐了一句：「媽，我好了喔。」

散文獎

優勝獎　林毓恩

無法告別的旁觀者

個人簡歷

2005 年生臺東人，臺東女中高三畢業，即將離開東岸前往臺南讀書。喜歡鳥，尤其正面鳥。

得獎感言

謝謝家人、評審、主辦單位，謝謝在生態及寫作領域幫助我的前輩以及曾為知本濕地付出的每個人。希望有一天我能成為台積電的大股東。

臺東晃晃書局裡，人們正因甫結束的黃瀚嶢《沒口之河》新書講座，而重新發現或記起知本溼地的什麼。於是當知本溼地大火消息傳來，講師和觀眾的困惑驚惶在書局裡不約而同拉成一片尖銳的草葉，只要再用力一些，鋸齒狀的葉緣就會割開心臟，沁出才剛沸騰的血液。

第一次見到火燒地時，遍地佇立著綠葉盡失的樹幹，大部分是此地的優勢物種銀合歡，未燒毀的枝幹閃耀著諷刺、乾燥的亮褐色。除此之外，多數高度在一公尺下的灌木與草叢都成了廣闊無邊的灰燼，每走一步，腳底就揚起絕望的塵埃。地面隨處可見人造廢棄物與燒至極白的蝸牛殼，鬼鼠之類的囓齒類動物在地上留下雜亂的洞口，大卷尾梭巡土地尋找食物，夜鷹羽色融於石塊、枯木與焦土，直到威脅極度靠近，才緩慢搧動翅膀低飛離去。

我走到一處雜亂的水泥碎塊旁，站上最高的那塊環顧四周，遙遠的樹叢裡傳來環頸雉嘶啞粗曠的鳴唱，那是春季時常見於島嶼東側平原的愛與慾望之聲。之後往南穿越枯草叢，繞過倖存的植被和跳上跳下的小彎嘴，盡可能在望不穿過去也看不見未來的、未知生死的銀合歡林裡保持直線行走。走了約半小時左右，前方出現超越一般樹木高度，阻礙視線的綠色植被，再走下去，就要撞上知本溪的堤防了。天空霧白，幽微的雨落在寂靜的平原上，悲傷此刻與柔軟並存。

尚未建起堤防的時代，離開山脈的知本溪仍依照上游水源、颱風和河床砂石的意志，任由下游在中央山脈東側堆積出一整個知本沖積扇。日治時期，太田樹蛙發現溪水兩側出現了從未見過的整齊蛇籠，到了國民政府時，蛇籠又變成水泥堤防，人類逐步整修，終於限制了知本溪的主要流向。

不過知本溪左岸的土地並沒有淪為荒蕪，那是因為伏流、地下湧泉與隱密在樹叢中的知本圳尾

水仍供應著水源的緣故，而建和溪溪水與農業排水沿著射馬干圳一路向東，在距離太平洋約八百公尺時失去圳道束縛，於是水漫流，水蓄積，水繞過種滿木麻黃的厚重沙丘，水將低窪的知本溪舊河道氾濫，沖積扇扇端出現一處包含湖泊與草澤，範圍隨季節、雨量與人為活動而變動的水體。

溼地前緣的沙丘遍布草本植物與樹木，散沙因此膠結，成為不再隨風擺動的固定沙丘，遊隼在此俯衝，椋鳥群棲喬木之上，一隻魚鷹飛越雁鴨、鸕鷀、秧雞、鷺鷥在冬季賴以維生的水域。多數時候水由地底祕密匯流向海，同時流出的，還有初識溼地的記憶。

大概是二〇一五年，十歲的我從家裡翻出老舊的軍用望遠鏡，跟著荒野保護協會底下的親子共學團體，參加一場位於知本溼地的賞鳥活動。這裡不像北部的溼地經過規劃，有整齊的步道與人工賞鳥小屋，孩童們從泥土路走上沙灘，沿著太平洋的聲響進入溼地邊緣。那年冬季，鸕鷀停棲的椰子樹伸進眼睛，鳳頭潛鴨則潛進腦海，之後很長一段時間，我沒有接觸鳥類，卻記得牠們的名字。

國中畢業後，上高中前的暑假，我重新開始賞鳥。不知不覺中，我以一種極為緩慢、漸進加深的方式，再度回到知本溼地。起初是為了一些從沒聽過的名字，例如小燕鷗，例如燕鴴，例如東方環頸鴴。過了一兩年，長期關注知本溼地的前輩黃瀚嶢出版《沒口之河》。再過幾個月，我和他、詩人小令一起在卡大地布部落（Katratripulr）傳統領域旮那魯汎（Kanaluvan）觀看聯合年聚的演出。

臺東十個卑南族部落皆有參與這場每兩年舉辦一次的聯合年聚。現場人數眾多，眾人團聚的愉悅氣息在空中隨塵土飛揚，歌手桑布伊（Sangpuy）和張惠妹都在場。會場不遠處，數十隻紅頭綠鳩於樹頂安穩棲息。部落休息時刻，我們走了一段路到達書中描寫的姆芙嫩（Muvunung，意為積水之地）。

多年前，我在姆芙嫩記住了鳳頭潛鴨，這次三人共用一支歐帝生的雙筒望遠鏡，嘗試於八十多隻鳳頭潛鴨裡找出紅頭潛鴨與班背潛鴨。環頸雉緩緩行走在貫穿荒原的瀝青道路上，東方澤鵟沿著水體北方的溼潤草澤巡弋飄流，臺灣畫眉和大陸畫眉在遍布溼地週遭的乾燥灌叢上歌唱，我指認不同鳥種和棲地時是如此篤定，以為自然的變動就是亙古不變，視萬物生滅有序為理所當然，部落力量雖曾破碎卻也逐漸凝聚，所有事物彷彿照常進行。幻象如繁花般美麗，要不是《沒口之河》，我幾乎要忘了，幾個月前，臺北高等行政法院才判決撤銷盛力能源的電業籌設許可。

如果你讀過《沒口之河》，就會知道握有權力和資本的一方，曾不止一次漠視在地意見，粗暴地將溼地上已成歷史的，和正在進行的生活劃設成虛幻的美好願景，最知名的案例，大概是一九八〇年代的捷地爾開發案，以及近幾年的光電示範園區爭議。只要人對人的傷害再深一些，地方力量或許就無法與之抗衡。

此書於二〇二二年十二月出版。閱讀《沒口之河》前，我對於知本溼地的認知都彷彿睡眠癱瘓的幻覺，過去與當下正在發生的、與人有關的光影都是無法理清的茫然。從小二開始參加共學團體約十年，長期接觸的荒野保護協會關注此地已久，十五歲又拿起望遠鏡，身為在地的觀鳥者，我卻只是透過新聞和社群網路，由遠處吸收極為零碎的少量資訊。以前差點變成渡假村、政府好像要蓋光電了、好像有人出來抗議了、好像要訴訟了、好像失敗了、好像成功了。我隨意瀏覽手機螢幕中的快訊，轉眼就拋諸腦後，宛如一個理性、客觀的旁觀者。高中時為了學校報告，上網大量瀏覽有關知本溼地的報導，後來又碰見《沒口之河》出版，這才發現自己的目光從來都沒有真正穿透群鳥飛行的軌跡，到達被銀合歡和巴拉草遮蔽的深處。

我感激於《沒口之河》的出現，藉由作者的文字完整了對知本溼地的認知，因為此書，我無需與他人過多交涉，只要運用書中資料搭配自身野地經驗，便能將從未見證的過往書寫進地理與公民報告。《沒口之河》最後，作者羅列出知本溼地的大事紀，我贖罪般仔細檢視，並在心裡逐一確認事件發生時自己是否在場，過程中心虛與踏實不斷交雜，最後終於在書本的尾巴找到能召喚記憶畫面的文字。大事紀停留在二〇二二年九月八號的臺北高等行政法院判決，但我們都知道這裡的故事比起文字，更像是鷸鴴的足印，在人與環境拉扯的時間沙灘上永遠綿延未了。

二〇二三年三月二十七號，執行完環頸雉大調查活動的下午，其中一條調查路線起火燃燒。災後夥伴測量的災區範圍約四十二公頃，根據消防局判斷，火災可能是民眾焚燒垃圾導致。烈火熄滅，再度走入此地，置身一整片幾乎沒有盡頭的原野，青峰的嗓音在耳邊輕輕唱起〈回車諾比的夢〉：

那等不到的道歉 交給風 交給風
那從前是悲哀的 一首偈 聽他無聲對你説
I won't hurt you.
I won't hurt you.

離開時，我低速騎著機車往臺十一線而去，電線上的紅頭綠鳩在紅鳩的襯托下，有如荒原中巨大而神祕的神祇。牠們緩緩飛起，扯動銀白的天空，銀合歡、釋迦園和被當成行道樹的樟樹都在風中晃動著，所有事物成為一幅流動的、無可撼動、無可挽回的風景。

於是我無法告別。

讓我們將目光望向遠處，彼時飛鳥的鳴唱疊加，樹木的根系在地下蔓延，灌叢區的植物有些翠綠，有些枯黃，偶爾被火燃燒的劈啪作響；水流緩緩蔓延滲入，水雉從椰子樹下倉皇飛出，大麻鷺假裝自己是草澤裡的漂流木，遊隼練習攻擊鸕鷀，潛鴨群聚時也匯聚恐懼；鎖鏈蛇在火燒地的灰燼上褪去帶有鱗片形狀的舊皮，向能棲身的地方爬行，環頸雉的巢經歷高溫焚燒，熟成的蛋白質讓未破殼的蛋具有沉甸的質感。

你知道告別已然成為不可能的事，所以請再多給我一些時間，直到看過的書和茵陳蒿的數量一樣多，哐啷掉落的文字堪比灰頭鷦鶯鳴叫細密，或許那時我就能夠用更多的篇幅來記錄、追憶、弔唁或期待溼地的什麼。

散文獎

優勝獎　王以安

月經

個人簡歷

2005年生，國立蘭陽女中語文班二年級。十七歲七個月時第一次用布衛生棉，很舒服。

得獎感言

去年完成〈月經〉草稿，一遂從初潮立下之「我一定要一五一十寫下來讓所有女孩知道」的願望。或許偵測到這分屬於我倆的喜訊，收到通知那天姨媽盛裝來訪，快樂。

感謝評審老師看見〈月經〉。感謝家人。感謝第一次讀就回覆「十分有趣」，一路陪我修改的曜裕老師。感謝蘭陽女中和可愛的種子們，未來一起加油。

1.

午覺的鼾聲中，我忽然想起，距離上回月經到來，已是一個季節前。

據說女生的荷爾蒙會互相影響。這幾天，週遭同學的經期都來了，幾乎每次蹲廁所，都能聽見門板後打開衛生棉包裝的聲響，像拆開餅乾糖果，一旦窸窸窣窣的節奏響起，雙耳馬上就能會意。

我的大姨媽卻遲遲未來造訪，說遲是委婉，一種親戚間的禮貌用語，實際上，她根本忘了許下的約定，放開拍著血紅翅膀的鴿子，任由牠們飛遠。

算了，用季節當單位多了些奢侈浪漫，我如此想，同學卻不這麼認為，提醒趕快看中醫調養身體，即使我曾目睹她們吞藥粉時歪扭猙獰的樣子。

她們不知，對我而言，月經沒來是件非常幸福的事，不須像玩踩地雷一樣揀日子吃冰，也不用在悶熱的夏天忍受比瘋狗浪更加不定的事物。尤其初經來的那天，我半點也不想記起，那是夢魘的開始——鮮紅赤裸的自我，在一灘陰暗的浪窪裡，來回碰壁。

2.

夏天早晨，通常是給被窩悶醒的。家裡不常開冷氣，偶爾氣溫直飆三十度以上，才調至二十八度吹個兩三小時。我和姊姊睡去後，母親悄悄爬起，「滴」一聲，積滿灰塵的出風口闔上，細密灰色填滿，彷彿那兒不曾有縫；我的耳朵總是捕捉到清亮的提示音，雙眼微睜，見證另一隻眸在眼前閉起。

細密汗水緊貼棉被滲出，黏在身上，我忿忿地將被子甩至腳邊，躺到磁磚地吸收涼意，待天光微啟，濃黑夜色混入一股熏然酒紅，才手腳並用爬回床榻，等待另一陣灼熱燒上身軀。

今天不一樣，也許是略微褪去的暑意所致，我睡到六點半自然清醒。睜眼平靜，窗簾輕晃灰暗的影，落地窗篩下的淡藍光線填滿房間。本想翻身繼續和周公打趣，卻察覺屁股與床單間怪異的濡濕感。

「完蛋，都國一了還尿床，被老姊發現還不笑死我。」火速掀開被子，抽起床單想逃入浴室，瞪眼望去愣住了——床單上沒有預期的淡黃，暈成一顆歪斜心型的液體竟是鐵鏽般的暗紅色。

我的初經就這麼出奇不意地來了，在我還沒搞清楚月經是怎麼回事的年紀。我當然問過媽媽和姊姊，為什麼有時上廁所要鎖門？她們只回答：「等妳長大就知道了。」垃圾桶和馬桶的血漬皆被清除、藏起，不讓我見到它們鮮豔的樣子。

結果，一直到月經來的這天，我還是什麼都沒弄明白。

3.

「早上為什麼請假？身體不舒服嗎？」下課後導師把我叫去，身材高胖的他站在講臺俯視，我不由自主將視線縮於腳邊的灰塵。

「昨天冷氣直吹，好像感冒了，頭有點痛。」說完，我抬頭直視老師的雙眼，極盡所能表現誠懇，邊說邊附上黛玉版嬌弱的咳聲。我昨晚確實吹了冷氣，今天也出現感冒症狀，整個身體悶悶的，像遭遇返潮的屋子，吸飽厚重的濕氣，沉甸甸垂著液體。

裝病，因為不敢請生理假，光是想像那三字出現在點名表，我的頭皮便止不住發麻。一旦請生理假，月經來的事實就跟貼上公布欄沒有兩樣，只怕立即遭到指點。男生就算了，他們什麼也不懂，頂多看見我就撇過頭，或大膽地問月經來是什麼感覺？但我和班上平時嚷著借衛生棉，巴不得全天下都知道自己大姨媽的女生一直處不好，若被發現，只怕書包裡的衛生棉突然全數濕透。

兩節課期間，我挺直腰桿，唯恐身體一動，底下血庫便像洩洪般傾流而出，漫過衛生棉的層層包裹，滲到淺色制服裙，暈出尷尬羞恥的痕跡。

感受到棉布已然充血鼓脹，我張望四周，確認大家各自聊天，沒有人注意這邊，才小心翼翼從課本書頁間拿出一包衛生棉，迅速塞進口袋，拉上拉鍊。隨後收小腹，盡可能緩慢起身，以免驚擾好不容易入眠的姨媽，還感覺有顆覆膜的血球從體內擠出，碎在衛生棉上。

水窪發育成一片海，體內洶湧著焦慮。

無論再怎麼小心，以最不起眼的姿態前往廁所，仍覺得有人盯著我看。兩腿間濕氣更甚以往，制服裙因汗水緊緊黏貼。我急忙將它拉鬆，用裙襬褶線藏起底下隱約印出的輪廓。

教室外被訓話的同學垂著頭，目光卻似瞥向我的裙角；迎面走來的老師朝我微微頷首，神情多了抹奇怪的笑。我時不時望向口袋鼓起的一包，凸在裙子外顯得突兀，這已是我攜帶衛生棉最好的方式，假設拿個專用的小包包走進廁所，百分之百會遭受嘲笑。

幸好當初買大幾號的外套，略長的後擺恰能遮住屁股。但好熱，手臂在袖管下冒汗，原本寬大的袖子受潮馬上蔫了下來，整條走廊只剩我還穿著外套。廁所外擠滿了人，一片喧鬧，好像是有隻蟑螂死在裡面，直到看熱鬧的人散去，我才走進廁所。小強一動不動躺在地上，翅膀分離，身下一圈液體，像路旁檳榔渣般醒目，死狀淒慘，且看來沒有人願意幫忙安葬。

我走向最裡面的廁間，推門時刺耳的嘰嘰聲在空無一人的廁所迴盪。整個空間只剩我和死去的蟑螂，即使牠正以碎黏詭異的狀態躺在幾公尺外，我仍覺得這是一整天下來最放鬆的時候。

順著尿液滴落，望著紅色卻如此陌生的血像筆槽裡的墨水暈開，緩緩流進馬桶底部，匯成一座暗紅深沉的潭。吸滿血的衛生棉泛著一股腥臭氣息，較之鐵鏽味更加刺鼻難忍，雖然那是自己身體傳出的味道，依然令我忍不住乾嘔。

忽地感到肚子一陣絞痛，不似以往喝牛奶引起的腹瀉，而是空虛的抽打，沒有任何東西要出來的徵兆。一條繫帶轉而緊緊纏住腹部、腸道，或者小腹裡一個我從未留意的器官；我反射性縮起身體，蜷縮如半透明蛹裡未羽化的獨角仙，處在生命最脆弱無力的時刻。

那一剎那，我又想，其實更像死去翻躺的蟑螂。

4.

「幹！好噁！怎麼會有小強？」我持續痙攣著，門外尖叫聲傳入耳中，嚇得我瞬間恢復意識，肚腹痛覺卻像泡泡紙般緊扭著爆開。我匆忙從口袋掏出同樣皺成一團的衛生棉，用顫抖的指甲摳起黏貼包裝縫隙的膠帶，拉下沖水閥，利用馬桶水衝撞奔流的數秒，趕緊把包裝粗暴撕開。回憶姊姊早上所傳授，將衛生棉貼在內褲縫線後約三公分處，壓緊蝴蝶的兩翼，隨後刷地穿起內褲，感受好久以前包著尿布的觸感，即使那時有無記憶是個大謎。

我看著最後滴落馬桶的血，原先包覆它的薄膜緩緩飄開，想起前陣子在天文書中讀到的「彗髮」，絲綢般的質地在宇宙款擺。經血確實像彗星，自我體內墜落，但撞擊帶來的痛是在身體裡發生，想想，這曾是讓恐龍滅絕的力道啊。

我快步離開廁所。包裝上說這款衛生棉的纖維非常細緻，仍感覺紗布的質料隨步伐節奏反覆摩擦大腿，比原先制服裙下空虛的不安全感更使人不適。

5.

處理自己，還要擔心別人的目光，月經來的日子實在令我痛苦不堪。

也許感受到我的厭惡，國三開始準備大考後，姨媽就常生悶氣搞失蹤，我也懶得找，甚至祈禱她自此離家出走，不再回頭。

脫離常軌的月經，第一天呈現濃稠的深褐，像夏日帶著雨季氣息的夜晚，混濁潮濕，偶爾出現幾抹紅燈的鮮豔。

「欸！醒醒！」前面同學忽然轉身，拍打我的肩膀，用氣音說道。

「幹嘛？」我抬起埋在抱枕中、沉重腫脹的頭。

「陪我去上廁所，還有，借我一包衛生棉，好嗎？」她尷尬地移開視線，搜索窗外飛過的小鳥，見我伸手挖掘書包底部才繼續緊盯。

上女中後，同學發現我隨身帶著許多備用衛生棉，遂成為被借用的對象。一開始很煩惱，後來漸漸習慣，畢竟自己也用不太著那些。我大方拿出灰色束口袋，不再遮遮掩掩，全班幾乎都見過、且記得這個袋子，危急時刻，它能將困擾輕鬆束起。

她抓起袋子急忙走出教室，我緩步跟在後面。看著前方扭扭捏捏的走姿，想起國一時披著大外套的自己，當時恐懼不安、悶脹惱人的腹痛，原罪般的苦難一齊無止盡地翻滾。

我走進最裡面的廁間，拉下褲子，卻沒再繼續。拆糖果紙般的窸窣聲在隔壁響起，輕刮我幾欲斷裂的神經；緊接是黏膠反覆撕貼的聲響，把我的恐懼一併沾黏扯出。一片濃濃的鐵鏽色凝固內褲中央，沾著幾抹新鮮的豔紅，散發比柳葉魚卵還腥的氣味。

海水來了，我連忙抱頭蹲下。

散文獎

優勝獎　王書庭

作絆

個人簡歷

於 2005 年 10 月 12 日出生，目前就讀蘭陽女中二年級，正走向準備學測的地獄中，寫作是我記錄生活的一種方式。

得獎感言

開心。真的很開心。

感謝我敬愛的家人，把一個難搞的小孩拉拔長大。

也感謝愛貓又顧家的陳曜裕老師，把一個膽怯的學生推往夢的入口。

這是第三次告訴醫生症狀，第二次打點滴，第一次看著隔離急診病房的天花板上，居然還有蜘蛛絲。外面救護車來了又走，幾人急促拖行擔架要家屬在外等待；我向出口凝視著聲音又獨自沉落夜裡，沒有一點動靜證明時間仍繼續走著。以日為年，周圍終於又動了，醫生走到前面的病床，建議那位爺爺要住院，他抬起比我纖細的臂肢揮一揮，含糊的回答讓一旁家人不得不將身子向前傾，只有我知道他想說什麼，大概是「快過年了」。

被子不斷被一雙凍住的腳踢打，寒氣從腳底跑進骨子裡搔著，我忍不住想打哆嗦，肚子突然演奏一陣尷尬奇異的音樂，瞬時又打著重音爵士鼓。身體逼我對這場演出拍手叫好，在本該安靜的醫院直直哀嚎。忘了多久？醫生以一點五公尺的距離詢問需不需要住院，我迷迷糊糊應了好。身旁大伯反倒想很多，「這個時候住院不太好，裡面有各式各樣病毒，二次感染了怎麼辦？家裡有誰能來照顧妳？」他甚至確認住院一晚需要多少，「八千，還不如給妳當紅包。」聽著他不斷反覆確認是否要住進隔離病房，我依然堅持己見；面對一頭牛，大伯只好打電話給外地工作的母親。

母親亦不同意，過年期間突然暴增的病患數量，不可能還有單間可以住，加上隔離病房無法自由進出、交叉感染的可能，「只要進去就出不來」，她一直苦口婆心地勸。我解釋不想每天晚上捧著嘔吐袋難以成眠，不想連水都喝不進去；其實我不喜歡住醫院，睡在咳嗽聲和酒精參雜的夢中，會連夢裡都在努力。

電話另頭一陣沉默，然後得出一個結果，「那媽媽回家照顧妳。」

小孩得逞後，拿起糖果知足地起身回家。母親匆匆趕到醫院，我乖乖坐在大伯的車上，他抱怨阿公身體酸痛多日也沒有喊過疼，我一個青年卻在急診室不斷哀嚎。「前面看起來七、八十歲的阿公都是逼不得已才住院，妳有那麼不能忍痛嗎？一直想要往醫院跑還想住院。」母親辯護：「她只是太久沒有吃東西，分不清什麼是餓，什麼是痛。」我沒有說話，頭抵著前方座椅，抑制食道奔湧的嘔吐本能，偌大的搖籃隨馬路輕微晃動，勾起失眠多天終於爬上眼皮的微微睡意。

到家還不能上床，母親說洗澡完較好睏，熟練地將衣服、毛巾和紅色洗澡瓢與小椅子備好，再將我攙扶進浴室。看到我手上貼了很多膠帶，說這種東西晦氣怎麼不撕掉。

她在洗手臺放滿熱水，拿出驅邪避惡的艾草，打火機一燒，空氣頓時飄起濃濃記憶。吸入長久以來的慣例，母親不用說我也知道，這是囡仔人不能亂說話的儀式。母親確認一切都準備好後捲起褲管，幫我將衣服脫去。平日換個衣服都會想轉身迴避母親，她總是輕笑從小看到大有什麼關係；如今「坦誠相待」，鏡子裡霧霧的我，好像那個曾坐在小盆子裡玩水、躺在母親胸前窩著的嬰孩。

天氣很冷，母親不敢多怠慢一刻，拿起洗澡瓢將熱水淋在我的背上，她說要相信自己會好，不要想那麼多。記憶沒有飄散在空氣，而是融在溫潤水裡。兒時每當生病，洗澡就像一股會流動的信念，母親在背上不斷輕撫，在肚子不停搓揉，熱水澆在每一處撓不到的痛苦上，胸口說不出地標的煩悶就會得到緩解。空氣瀰漫著艾草氣味未曾變過，同樣醉人，那是母親向天祈求的批，寫著「保佑阮的囡仔心情安穩，今暗睡個好覺」，再念念咒語，「快快好起來、快快好起來。」

水舀光了，母親急忙用毛巾包裹我的身體，將乾淨又寬鬆的衣服抖乾、套在我身上，再折起屢屢鬆懈、需一段又一段重新捲起的褲管，避免被地面的水沾到。她彎下腰，借我堅毅的肩膀依靠；

我的右腳顫抖地抬起，又重心不穩地放下，站在那裡，像個蹣跚學步的小孩。盥洗完畢，打開門，一股涼意襲來，煙霧仍未輕易散去，甚至附著母親身上，我無法分清那是汗水還是水氣凝結，唯一懂的是——我洗了澡，她淋了雨。

母親一身濕地走出浴門，搬來藤椅，溫柔用毛巾搓揉我的頭髮。吹風機突然打開的聲音把貓嚇跑，指腹撥弄指間打結的頭髮。我喜歡母親幫我吹頭髮，頻率一致的白噪音和吹出來的熱風很是讓人安心，尤其喜歡聽到她說「頭瞻瞻」，我就會自動仰起頭，任憑一小群放風的暖流狂奔在臉上。這種機會不少，母親很常幫我服務，小時候是怕孩子不會吹，吹到頭頂燒焦還不自知；長大是怕吹不乾，頭皮還濕濕的，年輕人耐不住性子丟下吹風機跑了，最後感冒折騰的還是她。

身體乾淨，頭髮也乾，鬧一晚該睡了。我慶幸自己沒有繼續待在醫院那陰冷的角落，但蓋著厚重棉被，躺在父母的床上還是翻來覆去，肌肉酸痛和沒有進食的胃痛，逼得嘴裡發出哼哼聲。母親要我坐起，控制力道按壓虎口，她疲憊地說：「長大後該怎麼辦，妳得堅強點呀，工作以後就沒有爸爸媽媽在旁邊陪妳了。」母親一邊按壓我的虎口，一邊叨念著，低垂的頭使我更看清她眼瞼下發黑發胖的疲憊，以及黃燈照過的幾根白髮，上面纏繞的除了工作，大概還有對我的掛念。

不知道是不是人病了，連心都會變得脆弱？還是如母親說的那般，我不夠堅強？眼淚像為了印證什麼，合乎時宜地一直掉……。

「媽媽是為妳著想。」

我累了，母親也累了。我忍住疼痛倒下，母親調整好枕頭繼續睡覺；這夜還是太長了，彷彿每

個人都該徑直走到夢裡，只剩我不合群。

一念之間，我突然小聲問父親能不能撓背，他似乎還在睡夢中。慶幸沒被回應，但一隻手還是迷迷糊糊放到我的背上抓。我蜷縮著回到幼時阿嬤碇硞硞的床上，身後的她含糊地問是毋是睏袂去，我共你掠龍，然後抬起她那纖細、抱了我五年的手臂，張開浸潤刀鍋油鹽五十年的手掌，在我背上一拍一抓地疼。

「緊睏」，腦霧之外，還有記憶中最堅固的聲音，一整個家的力道，輕柔地拍著細嫩的肌膚，篤定地抓住搖搖欲墜的身子。

散文獎

優勝獎　崔芯慈

我最討厭——搖滾樂

個人簡歷

2006年生，射手座，目前就讀武陵高中一年級。想玩好社團、想顧好學業、想快樂。在喧鬧生活之外的靜謐偶爾寫作，大多數的靜謐時刻是截稿日前。會在的地方是這 @1208_yeee。

得獎感言

記得收到訊息的時候三角函數還沒讀完，Karen 看著我含著晚餐跳來跳去，也笑得很開心。

謝謝熱音社，也謝謝我的家人朋友，還有一直忍受我睡過頭遲到的班導，在寫這篇作品的時候情況尤其嚴重。如果沒有你們，這些散落一地的珍珠我也找不到線串起來。

最後謝謝評審喜歡這部作品，用一種讓人喜悅的方式提醒我該寫作了。

「欸，聽說你是熱音社的，你都玩什麼曲風啊？」

「這個問題……似乎對現在有一點沉重。」

是人都有點想要凸顯自身獨立性的慾望吧，當初喜歡比較重口味的搖滾也是這樣的意圖。本來喜歡的都是 Lo-fi, soft R&B 類型，是相對鬆軟、細柔的音樂種類，如果搖滾是粗硬髮質的話，那那時候聽的歌就是細軟髮質了。可能也是因為細軟髮質的關係，要真正做出讓人印象深刻的髮型其實很難。

溫柔和美的結合總是好，但也因為面目輕描淡寫，一抹就模模糊糊漫漫漶漶——那是那個時期的我聽的音樂，也是那個時期的我。

現在偶爾會想起之前那位摸著我的頭髮說我漂亮的前男友，他還記得我嗎？我就是他的 Soft R&B，那個時候。現在的我對他而言應該是只剩下意象、一個面貌不清、只剩下細軟長髮在記憶中飄逸的一個前女友，是只有別人提起，才會囁嚅呢喃：「啊她啊……」的那種前女友。

那樣的音樂把我染成藍色，莫蘭迪藍加一點陰灰。把別人給的愛當成奢侈，把自己回饋的愛當作理所當然。

我一直懷疑是不是那個時候的我才值得被愛。他摸我頭髮的時候說：「你千萬不能把頭髮剪掉，我會心疼那些軟得不得了的頭髮。」為了這句話，洗頭洗十分鐘、吹三十分鐘我都願意，我不希望他對我失望或是他從此不愛我——他愛的是我內心唯唯諾諾、不願反抗的膽小女生，還是我呢？

從那之後我的歌單只有一些特定歌手，音樂種類也囿在 Soul, R&B, Lo-fi 之中，於是發現故事怎麼寫都一樣，人生怎麼過都還是在一片藍色中溺水。

想必他現在也已經快要不記得我了。

大概在快高中的時候，在某次偶然隨機播放之下播到 The 1975 的 It's not living if it's not with you，在圖書館裡面蜷曲起來的靈魂頓時有種疏通的感覺，像是之前卡住的什麼瞬間被推了下去，於是整個人像是乾燥花碰到水一樣鬆開來。

明明在每次切到不是熟悉音樂的時候，都會順勢點掉，不願意讓耳朵有交到新朋友的感覺。比起新鮮感的快樂我更害怕陌生。這次怎麼沒切？也許是神諭吧，上帝也不忍看到我柔柔弱弱唯唯諾諾。

搖滾樂從此之後踩進我的生活。大片的鮮紅色潑上莫蘭迪藍，豔豔的紫色在我身上一點一點暈開。

從一個英國樂團開始，我的音樂世界開始往各處生長，像從前裹住的小腳終於撕開布，於是人格也變得多彩了起來。我的手細膩地拂上身上紫色的色塊，聽團人生於是綻放開來，咬著牙，抓緊還年輕還能跳還能大叫還能大吼的年華，故事轉折點就是在這個隨意亂點的紫色逗號上。

拿起鼓棒，於是人生的節拍開始重了、人生那幾根弦彈出來的聲音於是多了、那些曾經害怕說出口的言語於是吼起來了，此時此刻別人開始永遠記得我了。像是人們腦中往往無法忽略的主題曲，我幻化成一首很厚重的歌，把人生那些糟透的人事物切割開來，像是剪掉頭髮那樣乾脆簡單絕對。忘了提及，為了鄭重而誠懇地與過去道別，那如此美麗的象徵——前男友唯一忘不了的長髮——被喀擦幾聲剪成一首俐落的新詩。

音樂是能夠滲透的，我如此相信著，那一點一點把我破碎柔弱的人格黏接起來的，是現在我耳機裡面重而狠的吼音。那些分子帶著狂狷進入我的身體，按著節奏跳著震碎原本鬆軟的五線譜。

高中是一個分水嶺、一個界線，挖一道塹和過去兩兩相望，再毫不留戀並帶著過往走向前方，青春最後一站要毫無保留地豁出去。所以把腳步踏得認真，把青春和自我全部交給熱音社，這時候才真正從觀望音樂的這端游移到玩音樂的那端。我在那旁觀者的角色裡面困了這麼久，所有音樂與自己的化學反應全都在身體與心靈裡完成，現在終於進入了操作者這個角色，音樂元素與化合物的爆炸融合分解開始走出身體，和鼓、吉他、Bass 彼此碰撞，我身上的顏色越來越多了。

玩團的日子是重重的漆彼此噴在一起，你的快樂與他的快樂彼此交疊在這首歌裡，此時此刻你們在這短短的幾分鐘內創造並穿梭這個世界，戀這個字在團室裡跳舞。喜歡那些創造出來的音樂，也喜歡著那些陪自己在屬於搖滾樂的泳池中玩樂人生並輕蔑世間弊態的人們。

現在開始審視之所以愛搖滾樂的原因，當初喜歡是為了那種蛻化、那種打破眼前毛玻璃走向嶄新自我的感受，現在喜歡的原因則是，在某年某月某日某時某秒那個難以言喻的瞬間，自己突然被打中了。

被打中的感覺是什麼樣子的？我能夠明白那是文字那是旋律那是樂器的集合，但我卻能夠清楚地感知到那樣的感覺與那一切都沒有關係，那首歌穿過耳機伸出手來，攫住我的心臟重擊我的靈魂讓自己頓時失去防備，當時的我抖了一下，甚至哭了出來，那是什麼呢？知道那是技巧，卻又知道那與技巧無關；知道那是音樂，卻又知道那是音樂的衍生物；知道那是套路，卻又知道那一切的鋪排如此簡單——知道、知道、知道，最後卻又什麼都不知道，但就是那個東西。可以練卻又練不起來，可以堆疊但又好像什麼都沒堆，簡單又複雜、莫名其妙卻又真實絕對，那神祕的什麼存在在那些歌裡面，真實虛幻玄妙。

我想世間種種藝術，如文學如音樂又如繪畫，都有那樣一個幾乎是神旨意般的奧妙空間，那多麼神聖、奇異、迷幻的後設空間。

就如同所有人間的愛一樣，愛著愛著到後來都會生出點無奈的痛來，搖滾樂亦然，而那份無奈讓自己百般挫折。

有了愛、有了感動、有了喜歡的自己，但是在某次逃掉補習班的練團時間中，麥克風拿起來的瞬間，腦中突然問了自己一句：「搖滾樂能做些什麼呢？」於是所有的準備與唱歌的興奮頓時收攏，被吸音海綿抽離，只餘一種「現在自己在做什麼」的迷惘感陪自己緊緊握著麥克風。是我太現實了嗎？明明自己已經被各式各樣的文章灌輸過「興趣無罪」、「勇敢追尋自己所愛的事物」、「夢想才是人生的支柱」等等觀念，在唱出第一句的時候，我還是遲疑了——我是不是該去補習班？

我第一次在練團室有種想吐的感覺。——好像被吞入那些歌詞狠狠諷刺的灰金色現實裡了。

掙扎再掙扎再無力，所以到後來聽老王樂隊的歌會流淚了。

「比你聰明的人啊，都在努力往前，我無力地閉上眼——在這個孤獨的時間，我等待著明天——」奮力卻毫無進展的那種感覺啊，大概就是看著眼前電腦一閃一閃的豎直條，卻什麼都打不出來的那種感受。我還年輕，但同時又有一種自己即將不年輕的惶惶感。

搞音樂最無力的是，即使真正在音樂、歌詞裡學會通透人間，卻又不得不承認現實中無可奈何的妥協。

帶著被現實沖爛的疲乏感直到年初社團寒訓，我才真正搞清楚搖滾是怎麼一回事，我之前的理解又顯得更淺了。好幾屆以前的學長姐們回來看我們，那些學長姐們身上沒有那些標誌性的狂野長髮、戒指、鼻環、項鍊……他們只是穿著基本款的衣服，用著像是對小孩說話的口吻和我們說以前的故事、聽現在的社團運作模式。

在他們成熟的言談中我理解到：搖滾是一種信仰、是一種鑲嵌在身體裡的精神，在我們這些人身上以隱性基因的方式在體內滾出ＤＮＡ，於是有那個勇氣在權力地位不對等的情況下吼出真相、有那個不帶後悔的心去義無反顧地愛，即使妥協了、退後了，也明白如何去保持最後一絲純粹。

總有一天我也會換下制服穿上白襯衫，在某一輛很早很早的捷運裡打著哈欠，在下午被老闆用文件甩滿整身，但是那時我應該也足夠勇敢，足以在一片混濁的骯髒海水裡保持透明、在世間豔豔冉冉之中永遠年輕，在聽見電吉他時點起頭來。

還是有改變世界的欲望，還是會去想未來怎麼辦，那麼多殘缺、那麼多問題還沒解決，在這樣一個紅色與黑色交疊的世界裡又有這麼多不理解自己的人，搖滾樂之於自己又是多麼矛盾的情感——但我不管了，此時此刻我要認真去唱，我要這個基因滾燙地組合成我想要的樣子。

「我像白痴一樣，拿起吉他說改變世界，但是我最討厭——搖滾樂。」

很久沒有唱顯然樂隊的歌，那邊鼓手給我四拍，我們這邊再試一次。

二〇二三第二十屆台積電青年學生文學獎——散文組決審紀要

時間：二〇二三年六月二十七日午後兩時到四時
地點：聯合報系大樓會議室
決審委員：平路、阿盛、唐捐、焦桐、黃麗群（依姓氏筆畫排序）
列席：王盛弘、陳玟君
栩栩／記錄整理

二〇二三第二十屆台積電青年學生文學獎散文類徵文共計收件一百二十篇，扣除其中四篇資格不符，其餘一百一十六篇經由初複審委員言叔夏、吳鈞堯、吳妮民、馬翊航、夏樹、陳玠安等六人評選後，總共有二十五篇進入決審。決審委員平路、阿盛、唐捐、焦桐、黃麗群推舉焦桐擔任本次會議主席。主席請各位評審先針對本屆作品陳述整體意見，並各自發表評選標準，再進行投票、討論，預計選出前三名及五位優勝，共計八個獎額。

整體意見

阿　盛：本屆台積電青年學生文學獎水準不錯，我想選八篇不是問題，其中有幾篇特別出色，坦白說，我自己在這個年紀時恐怕還寫不出這樣好的作品。總地來說，這批作品可以看見年輕人的創意，文字或思考上的推陳出新，且姿態漂亮，就評審或讀者的角度而言，我感到滿意。

平　路：這是我第一次受邀評審台積電青年學生文學獎，但我相當驚訝於這批作品的水準，不但水準平均，且如同阿盛剛剛所說，亦不乏優異的作品。無論聚焦於近身之事，或表現社會意識和社會參與，都能看見年輕人對世界深刻而獨特的觀察。我很替主辦單位和聯副高興，過去二十年不僅耕耘有成，未來亦值得期待。

唐　捐：讀這批作品，再次見識到最年輕世代的心靈感受以及對世界的看法。每一個世代都有其關懷的議題，這些獨特性未必變化得很快，但總有一些隱微的訊息展現其中。本屆題材的多樣性令人印象深刻，不過，由於寫作者還處於文學的起步階段，讀過的作品仍以課本或從課本延伸出去的課本作家和歷屆得獎作品為大宗，創作主要是靠才華和敏感性支撐，尚未進入散文這個文體框架；但換個角度來說，框架即窠臼，他們也能避開這些窠臼。這導致他們經常會出現一些看似略有破綻的寫法，比方語言或結構上的瑕疵。然而，我想我們閱讀時會從中找出不同重點，並根據對象調整評審標準。評審本身就是和這個世代對話的一個過程。

黃麗群：好像我每隔幾年會看一下台積電青年學生文學獎散文組，每次都覺得這批學生又變得更厲害了，這有點可怕。我自己關心的是這個年輕世代如何運用散文或寫作來展現該世代的性格，我想這是閱讀中最有趣的部分。以前許多年輕作者對於寫小事缺乏信心，總要刻意扣

一個很大的論述，但我發現現在他們漸漸地有信心了，不需要再去講大道理，可以細緻地將日常的一瞬摘取下來，而不必動用大量的文字潑灑形容。此外，這世代對於情緒是有距離感的，不是抽離，但他們面對情緒會稍微退開一兩步，這點與過往的散文寫作者的沉浸有別，年輕世代更傾向將情緒獨立出來，把它當成某種器官似的，一再地觀測。

焦桐：首先，我相當訝異於年輕心靈關懷向度如此遼闊，這在題材的多樣性及關懷角度上充分獲得了印證。閱讀散文時，我期待看見細節描繪，也就是寫作者如何將情感和意見有效地付諸形式；這當然包含了散文的美學手段，我希望讀到節制但同時飽滿流暢富畫面感的作品，不要平均用力，平均用力等於沒有用力，或用錯力氣。如李漁《閒情偶寄》中「立主腦」之言，一切都是陪賓、配角，只有寫作者的意圖才是真正要表現的。年少的寫作者若不識剪裁，徒令枝葉蕪蔓。比賽作品字數難免會向上限靠近，嚴格來說這不是壞事，但如果迷信字數多等於有威力，最終可能導致文字的災難。

經評審討論，決議第一輪投票每人各圈選四篇作品，並逐篇討論。若未能在第一輪投票中獲得任何票數，則自動淘汰。

第一輪投票

三票作品

〈穿裙的人〉（阿盛、平路、焦桐）

二票作品

〈無法告別的旁觀者〉（平路、唐捐）
〈月經〉（焦桐、唐捐）
〈過渡〉（唐捐、黃麗群）

一票作品

〈不存在的書店〉（唐捐）
〈我最討厭——搖滾樂〉（阿盛）
〈兩岸〉（焦桐）
〈媽媽的菜〉（平路）
〈這裡，那裡〉（焦桐）
〈仙人掌死掉了〉（平路）

〈作絆〉（黃麗群）
〈食蟹〉（黃麗群）
〈春雨〉（黃麗群）
〈玄關與門〉（阿盛）
〈牆壁鬼〉（阿盛）

三票作品討論

〈穿裙的人〉

阿　盛：作者觀察細膩，藉由穿裙來描寫內心，對於青春期的叛逆心理描寫相當好，這點很不容易。尤其她下筆沒有太多忌諱，十分漂亮。

平　路：我也很喜歡這篇。全文從頭到尾都是輕快的調子，像她寫「長腳的雙層蛋糕」，非常可愛。文中牽連到自己的成長經驗，並穿插性別意識，每一位在臺灣求學、成長的女性可能都有過類似感受：對自由的渴望，自由與禁忌的辯證，為什麼有些部位必須用一層層束縛加以隱藏？凡此種種，使人意識到女性社會化過程中，得到的其實也就是失去的東西。講起來或許很嚴肅，但作者從小綠人開始寫起，以青春的眼睛去看身體與感受，以及社會有形無形的鬆綁，融合得天衣無縫。

焦　桐：這是我心目中的首選。敘事者從交通號誌和群體之間來回變換，通過裙子去思考女性和身體，敘事風格冷靜，思辨清晰，達到知感交融的境界，是不可多得的好作品。有些思考極成熟而有見地，譬如她說：「裙子之所以身為裙子，在於它的連接性。」這太有趣、太厲害了。我就忽然想到我女兒高中前讀的都是男女合校，因為有男生在，舉止必須優雅，但一進了女校，立刻就拿裙子來搧風了。全文既有趣又充滿畫面感，我很看好這位作者。

唐　捐：性別是一個延續性的議題，但她注入了強烈的當代感和個人性，這蠻好的，閱讀時也妙趣橫生。我唯一有個意見是，分段上似乎可以再斟酌。許多處是一行自成一段。不過，她的優點是流暢，或許這種分段方式也會協助她流暢，造成一種疏密有致之感。某些地方或許可以更飽滿一點，但整體是很不錯的。

黃麗群：我起初讀覺得蠻有趣的，但我有點在意的是，作者將女性和穿裙做了很強烈的扣合，她不是故意的，但裡面有一種理所當然：女性就要穿裙子，穿裙子就是女性。這個內在邏輯沒有說服我。所以不是她寫得好不好的問題，而是我作為女性，她寫的裙子並未特別超出我的性別經驗，然而這個扣合又如此緊密。這是我對她稍微有所保留的原因。

二票作品討論

〈無法告別的旁觀者〉

平　路：這篇不是沒有缺點，比如錯字。但當作者接觸到未知的事物或知識，特別是關於環境的，散發出某種誠懇。因為我們所知的確實如此有限。我喜歡他清楚地說出自己的無知或茫然，文中，敘事者從小參加共學團、拿望遠鏡觀鳥，後來因為寫學校報告而認識到自己的不足，他很誠實地坦承那個不足，在心虛和踏實之間不斷交雜。當我們碰到環境議題時要嘛很悲憤要嘛很滿，好像我們都知道了這些重要的事，但這位作者姿態極其謙卑。為什麼無法告別呢？因為他真實地看見一些無法挽回的什麼。我喜歡他心虛、誠懇的部分，份際掌握得很好，那是旁觀的意義，也許也就是他心中的意義。

唐　捐：這篇一方面寫對環境的感受和覺醒，另一方面也在書寫自身的成長，非常誠懇。他的文字對應於這雙重的省察，描寫能力極佳，他不是用華麗的文字，但很精準地將週邊的環境和動物記錄下來，並適當穿插抒情的句子。這位作者稍弱之處在於他不是繞著一個焦點、事件或觀察對象集中地寫，他涉及的面向較廣，一下子放了很多東西，導致自身優勢不容易凸顯。

阿　盛：剛剛唐捐說沒有主要的焦點也是真的，但最重要的，我讀到他花了很大量的篇幅去介紹《沒口之河》，如果作者可以用自身的心得、觀感或田野調查去取代書，我想會比較好。整篇文章中對書的介紹近一千字，此消彼長，他自己就不見了。這位作者應該頗具潛力，但有點可惜。

黃麗群：我的意見和阿盛老師一樣。《沒口之河》在此只作為引用資料的角色，他並沒有讓我看到作者本人或這篇文章的核心和書中議題的連結何在，僅僅是書介式的引入。書是他的引導者，但這部分他沒有處理好。

〈月經〉

唐　捐：這篇談的是性別的生理經驗。相對於〈穿裙的人〉以思維取勝，這篇從生理經驗出發，因此更具體、富感官性。當然我們知道這題目不少前驅作家處理過，但她照著個人的身體經驗去寫，蠻有閱讀趣味。這一類文章會抛出很多小經驗，這些小經驗煥發著生命力，但它又很誠懇，不是灑狗血式寫法。雖然是一個稍微尖銳的命題——普通人會認為月經是個不好公開説的體驗——此外，文中有個幹字似乎也不需要，但整體來説很流暢，結構亦佳。

焦　桐：作為曾幫女兒買過衛生棉的父親，讀到這篇倍覺親切。她寫得很好，初經的尷尬、焦慮、慌張，成長的痛與困窘通過有效細節的描繪，相當迷人，很能打動並説服我。

黃麗群：我很樂於書寫並閱讀女性的身體經驗，但這篇似乎並未超出過去四五十年對月經的詮釋，雖然她很穩定地寫了，但我會希望能夠讀到超出我成長過程中對這件事的理解。

平　路：整篇都很細膩，這題目許多女性都寫過，確實很難寫出新的意思來。不過，文中有個段落，她將月經形容為天文學中的彗髮，這譬喻令人感到新鮮。

〈過渡〉

唐　捐：這篇蠻有創造的企圖心，包含結構、話題的扭轉各方面，皆可看出技術創作的強烈動力。

焦點從一開篇的性別逐漸移轉到生活札記，沒有太強烈的目的性，所以我最後把它當成一篇隨筆來讀。它充滿了有趣的細節，高中生的精神、心靈、點點滴滴的體驗，借此構築出高中生的世界觀，這部分蠻有意思。

黃麗群：或許受到之前得獎作品的影響，這次有幾篇作品嘗試利用近乎晦澀的、帶有詩性的語言來遮掩作品的核心，這是和傳統不太一樣的策略。這篇是我認為拿捏可進入性和語言的某種詩質較為平衡的作品。他的問題是最後他有點不知道自己要走去哪裡，這是我對他的一個意見，我甚至不清楚作者最後一段指涉為何，但他又有一種奇妙的氣氛或空間感，我猜是隱晦地用基因來討論家內的暴力場景？不過，語言我還蠻喜歡的，所以我選進來。

一票作品討論

〈不存在的書店〉

唐　捐：這篇敘述書店、也有人物的描寫，語言表現力蠻好，細節描述佳，但後面也稍微渙散為生活札記。作者以書店為寫作的重心，特別是焦點人物老闆形象鮮明，但我認為應該要有些延伸的敘述性去加以發展，這些描寫才會產生意義。題目好，作者展現了不錯的描寫能力，但敘述軸需要再強化。

〈我最討厭——搖滾樂〉

阿　盛：如果選八篇請各位可以考慮一下這篇。文字技巧相當好，譬喻鮮活準確，最主要思考細膩而深入，對音樂的領悟貫穿全文，筆力相當完整。

平　路：我可以支持。當她開始接觸搖滾樂時，「像乾燥花碰到水一樣鬆開來」這形容我很喜歡，具象而真實。後來她又寫到音樂使人的破碎重新黏接起來，確實如同她所言，音樂是信仰、精神、DNA。全文真實貼切。

〈兩岸〉

焦　桐：讀稿過程中，一路讀下來經常感到修辭累贅，到這篇忽然放鬆下來。過度的修辭會讓閱讀過程顯得不流暢，作家在描述一件事時，會故意在重要的地方設計路障，讓讀者緩慢下來，但如果到處都遇到路障，那就有點累。我比較不喜歡的地方是敘述中夾帶輕度的怨氣，所幸他也能適當地淡化不滿。我們總共選入十五篇，假若沒有別的支持者，我願意放棄。

〈媽媽的菜〉

平　路：這篇頗有個性，寫媽媽遇不到合意的人，現實中雖有為難處，但她寫來活潑輕快。全篇重點當然是母女互動，媽媽的個性在女兒筆下顯得生動立體，女兒貼心，結尾也很可愛。

焦　桐：我也認為寫得很好，這篇情感含蓄而節制，也因此情感特別飽滿，產生雋永的餘味。我願意支持這篇進入佳作。她的譬喻風趣，借滷牛肉和蒸蛋作比，要有配料、有後勁、有餘味，幽默詼諧。

阿　盛：這也在我的八名之內，寫親情而不落俗套，雖然寫的是生活小事但不失內涵。剛剛焦桐稱讚它含蓄，我倒覺得蠻大膽的，誰是誰的菜，一般母女之間較少碰觸這類話題，菜在這裡當然是雙關啦，比較當代的說法。

〈這裡，那裡〉

焦　桐：敘事者通過離家來寫家鄉，並追憶成長的軌跡，我們知道情感的表現需要依託於景或事件，情景方得交融，這篇勝在寫景精采。

〈仙人掌死掉了〉

平　路：這篇很真心，彷彿可以看到這位作者的心境，表面上只是寫一棵仙人掌，但心情非常複雜，真切地寫出手足之間必然的競爭。後來仙人掌死掉了，顧及他的心情，爸媽又買來一棵十倍大的、新的仙人掌，可是，在意的一直也不只是仙人掌吧。這篇將他的心情和事件過程娓娓道來。

〈作絆〉

黃麗群：如同我一開始所提到的，年輕一代和情緒是有距離的，對修辭的慾望也比較有距離，這篇看似幾乎什麼都沒發生，這種平靜鋪展到最後，半夢半醒中的爸爸在她的要求下幫忙抓背，一下子將病中的小撒嬌拉到一個蠻立體的、家庭的美好。我們很少在散文、尤其文學獎中，輕盈地觸及家庭中美好的一面。她並非渲染式的「我的家庭真可愛」，就只是日常中會發生的事。不過多地誇飾，側面地寫，藉由生活瞬間去曲線救國，這種技巧我個人蠻喜歡的。

〈食蟹〉

黃麗群：這篇有點技術性選篇，像前面〈媽媽的菜〉我就賭有人會選，所以我就選一些我自己認為比較危險的作品。坦白說，我沒有一定堅持。作者有一些企圖，他將自己譬喻為螃蟹，嘗試在吃這件事上說一個不同的故事：吃不是永遠愉快的一件事。李安談及《飲食男女》也曾說過：「餐桌是個充滿傷害的地方。」這篇有想要另出機杼地寫一些事，但說教太多了，我可以放棄。

〈春雨〉

黃麗群：文中勾勒出家庭內部極強的張力，敘事者的妹妹一定是生病了，甚至是種他不願大幅渲染

的病——在一個傳統的、從書本學習而來的敘事中，通常寫作者會擴大病的描寫，加深病的衝擊，但事實上他沒有選擇這個策略。他只有寫爸爸盯著妹妹吃那幾口飯，家庭中既緊張卻又仍然渴望給予對方的愛和餘裕，然而，臺灣傳統家庭中，愛又很難有其實踐的空間。作者把那個周折和輾轉寫出來了。雖然我們自始至終沒搞清楚妹妹生了什麼病，但那也不重要了。他用一個衝擊去寫家庭中的溫情，但不是甜膩的溫情，有點刺，有點矛盾，但最終還是緩下來了的那種真切互動和場景。

〈玄關與門〉

阿　盛：這篇我很喜歡，她寫一個不討人喜歡的女孩子，淡淡的，來自普通家庭，經常被處罰，內心世界描寫得活靈活現。不管尷尬、卑微或痛苦，她都老實地寫出來，甚至寫到和鐵門對話，那太動人了，我想可以稱之為「天真的誠實」。心境類似史蒂芬．史匹柏《紫色姊妹花》，且很傳神。

唐　捐：這篇我讀起來也覺得有意思，但我認為這篇蠻反常的，她被霸凌，但居然是被爸媽霸凌，這經驗比較少見。她被限縮到狹小玄關裡面，空間當然也象徵著她在家庭中的尷尬地位，這微妙心理掌握得很好。別人家的小孩捧在手心上，她卻像條狗般，卑微到近乎畏縮。我讀到一半想說這是狗的自述嗎怎麼這麼慘，後來發現這真的是小孩，她還寫到趴在玄關觀察世界，視角特別。

〈牆壁鬼〉

阿盛：這篇寫校園中的現象，題名為〈牆壁鬼〉，其實鬼就是人。文中的她和短裙女互動十分精采，這是一個不得不依附於較優勢的短裙女的女孩子，就像她所說，「永遠貼著牆旁觀」、「怕被抓交替」，心理活動傳神，令讀者可以同理同情。我感覺這是位有潛力的寫作者。

經過第一輪逐篇討論後，唐捐主動表示放棄〈不存在的書店〉，餘下十一篇進入第二輪投票。

第二輪投票

〈無法告別的旁觀者〉（阿盛5分、平路9分、焦桐3分、唐捐8分、黃麗群6分，共31分）

〈我最討厭——搖滾樂〉（阿盛8分、平路8分、焦桐1分、唐捐6分、黃麗群4分，共27分）

〈穿裙的人〉（阿盛11分、平路11分、焦桐11分、唐捐11分、黃麗群2分，共46分）

〈媽媽的菜〉（阿盛7分、平路10分、焦桐8分、唐捐7分、黃麗群8分，共41分）

〈這裡，那裡〉（阿盛4分、平路6分、焦桐9分、唐捐2分、黃麗群1分，共21分）

〈作絆〉（阿盛3分、平路4分、焦桐7分、唐捐3分、黃麗群11分，共28分）

〈月經〉（阿盛1分、平路5分、焦桐10分、唐捐10分、黃麗群3分，共29分）

〈春雨〉（阿盛2分、平路2分、焦桐5分、唐捐5分、黃麗群8分，共22分）

〈玄關與門〉（**阿盛10分、平路3分、焦桐4分、唐捐9分、黃麗群7分，共33分**）

〈牆壁鬼〉（**阿盛9分、平路1分、焦桐2分、唐捐1分、黃麗群5分，共18分**）

〈過渡〉（**阿盛6分、平路7分、焦桐6分、唐捐4分、黃麗群10分，共33分**）

〈玄關與門〉和〈過渡〉同分，五位評審舉手投票表決，〈玄關與門〉獲得阿盛和唐捐支持，〈過渡〉受平路、焦桐和黃麗群肯定，最終由〈過渡〉拿下第三名。

二〇二三第二十屆台積電青年學生文學獎散文組決審結果出爐，首獎為〈穿裙的人〉，二獎〈媽媽的菜〉，三獎〈過渡〉。優勝獎五名，分別為：〈玄關與門〉、〈無法告別的旁觀者〉、〈月經〉、〈作絆〉、〈我最討厭——搖滾樂〉。會議圓滿結束。

新詩獎

新詩獎

首獎　楊沂珊

不重要

個人簡歷

西元 2004 年生，投稿時就讀師大附中三年級，附中青年社 74 屆主編，國中開始喜歡寫詩，好想吃鬆餅但是最近在戒糖，剛重刷完進擊的巨人！照片跟得獎感言比作品還難生……（感謝幫我拍照的好朋朋！）

得獎感言

好扯，真的好扯喔，我到現在還是不敢相信我得獎了，而且是首獎……真的很感謝評審老師給我這個殊榮，還有慷慨的主辦單位～
我不敢説寫詩對我來説有多重要，但能夠用一種獨特的語言表達出內心最真實的想法，我覺得是很幸運的一件事，也希望更多人可以感受到新詩的美好吧。

當我們走進森林
方向就不再重要
陽光和月色
沒有規劃道路
漫步、停留、折返
跌倒了，成堆的樹葉
會接住你

當我們走向大海
是誰就不再重要
用泡沫溝通　海浪問候
你可以像魚一樣
不懂什麼是眼淚
躲進深海，靜默和
忽視——給你
真正的擁抱

當我們走越沙漠
時間就不再重要
風會吻去腳印
遠方只是蜃樓
就地躺下
仰望滿天星斗
用盡一生只為
做個好夢。

當我們佇立在城市
在聽不清自己的喧囂中
一切就都很重要

重要到
什麼都不重要

名家推薦——

這首詩設定了不同情境融入其中進行生存思考，顯現「認識自我」的重要，同時保有語言的清爽，有詩的韻律感。——陳義芝

這首詩結構工整、布局熟練、文字淺白、節奏分明，簡單、生動的情境對比，呈現出焦慮的宿命。

——羅智成

新詩獎

二獎　楊禮慈

游泳與 L

個人簡歷

西元 2005 年生，現就讀板橋高中二年級。九月的天秤座，愛吃愛睡覺，喜歡讀詩集、喜歡陽光與斑駁樹影；不怎麼喜歡人，卻時常主動靠近。害怕恐懼、偶爾害怕夢，把自己當成靈魂觀察員，還在習慣與焦慮相處，在練習早睡。

得獎感言

詩是何其私人的一件事，但願被讀懂卻又害怕被讀懂，是我作為寫詩之人的矛盾。謝謝評審老師們。L 是心裡頭偶爾感到微刺的存在，已經不痛了，所以不會有眼淚。我還記得其中一次游泳課結束後飄了小雨，讓我想起很傷心的那天下了很大很大的雨，那時候我也沒有眼淚。連我自己都不太懂，這是什麼、是為什麼，謝謝有人懂了。

游泳是我想起L的原因之一
夏日近了　逐漸煩躁的體育老師與游泳課也是
去游泳池的路途踏過黏膩的地板
水氣裡濃重的漂白水味漂浮進入肺泡

不管是在泳池旁或是
在水裡一不小心就會感到窒息　而不是憋氣
與L在一起時也是
即使距離曾經親密已經過了一千多個日子我還是記得

離開泳池後　脫著泳衣到另一個水的溫室
在那裡我擁有了一個宇宙
思考愛與存在的廣義與狹義
思考時間與相對論

離開溫室　拖著還濕濕的頭髮　在太陽與風底下

我是乾得要掉鱗片的魚　論不上窒息與憋氣
我想起Ｌ　他好像沒看過我現在這樣咖啡色的頭髮
在離開Ｌ以後　我捨不得眼淚
我擔心肺進水
我終究不是魚　也學不會游泳

在某天　一次無傷大雅的相遇
是Ｌ的朋友
他說他剛剛去游泳
他說他正要去吃甜不辣
他問我還有沒有和Ｌ聯繫

我說　我們
還是朋友
沒說　即使
我學不會游泳

名家推薦——

詩中的外在動作和內心情感都很漂亮，自在地賦予了節奏感，有「散文的流暢感」與「詩的分量」。
——羅智成

這首詩抓到心裡的混沌感覺，暗示性豐富，將記憶反芻、寫得這麼好很不容易。——陳育虹

新詩獎

三獎　林可婕

虎爺

個人簡歷

2005年4月生，臺中人，明道中學畢業。
即將前往清大不分系，讀人文及社會科學。
嚮往南方，聽臺、客、原語搖滾及民謠；
最喜歡的樂團是裝咖人，動物是老虎。

得獎感言

艱難地進行著新詩復健，正努力平衡—或試圖融合—文學創作與社會參與；感謝這個獎的肯定，讓我知曉自己的作品確實能傳達一些關懷。
健康平安地成年了，然而意識到對許多孩子而言，「好好長大」並非生命中的必然；由衷希望所有讀及此處的人，無論長到多大年歲，身邊都會有一隻虎爺，常駐守護。

請側耳，來自獸的無奈
那晚崖邊水域
礫石勾破女孩薄衣
帽繩勒住脖頸，一如警戒寬帶
圍圈鬆弛的人形
腳邊仍有小潮要帶她遠離
我湊近舔舐臉頰白沫，她清醒
我伏身，她攀上
低吼過後，七天再回來告別

工作未曾間斷
柔軟的紋皮包裹
幼體濕冷，我想起
生肉雞蛋——當時蹲坐供桌
母親領著初生的他們
認我作義父

我無能守護每顆貪玩的心
例如貨車下緣
撿拾皮球的小童踉蹌
跑離我銳利的視線
我嚇阻厲鬼，驅走高燒瘟魔
卻不可能對抗機械
（馱運諸神時我已經很努力
練習更大的力氣）

另有一群不幸的孩子
手臂瘀血，無聲的掙扎長期
浮腫在唇邊
我拯救他們從浴室、
從倉房，憤怒使我雙眼血光
將牙和指爪燒紅

吐出肚內的鞭炮破門

這些來不及長大的生命
乘坐我背
越過山林大橋

早晚，我必定會到然而我
害怕前往。
作一隻看顧的獸
我蹲坐在神明與人的交界
向失守的童年邁去

名家推薦——

這首詩以易懂的句子，把心裡的感覺說出來，卻能讓人感受到深深的同情與憐惜。——席慕蓉

這首詩將民間信仰翻轉為一顆動人、溫柔的心。——羅智成

新詩獎

優勝獎　趙廷瑋

一天

個人簡歷

2005 年生，肄業於泰山高中，準備就讀東海大學中文系。喜歡水窪但討厭雨天；擅長朗讀卻沉默寡言；想過貓一般的生活，但超喜歡狗勾。

得獎感言

寫了很多詩，但從未寫出自己滿意的作品，因此陷入自我懷疑的輪迴中。感謝評審老師的肯定，讓我有更多動力寫下去。還有感謝每個曾給我建議和鼓勵的老師、家人、朋友們，你們是最棒的。

這個世界幾乎一個理想主義者都
沒有了，縱使太陽照樣升起，我說
二十一世紀只會比
這即將逝去的舊世紀更壞我以滿懷全部的
幻滅向你保證
——楊牧〈樓上暮〉

一　早晨的懲治

晨起。眼皮匱乏如老式日光燈管閃爍。
擁擠中我們閉目，躲藏
彷彿塵世間凝神的僧侶
旅程逐漸擴大——一首詩
也無法隱匿不平坦的日常：無風格的風

腦海中耗損的海

鐵器林立。車速與喇叭的暴力
指向耳廓深處：這澄澈水窪
正逐漸被世界填滿。

二　不使街上聽見他的聲音

街燈：聳立的墓碑。夜之死。
寶特瓶在汽車碾過時朗誦：「救我們
脫離凶惡……」但我要靜默。

靜默，譬如路邊滾過的
一顆碎石頭：在簇新的時代裡
保持一種恆定的落寞

三　何況如蟲的人

星斗——昨日裡暗湧
花瓣——人群中漂泊

神鋪開我的靈魂：一片將滅的
晨霧。過去未來皆如掌中之蟲

四　我們的神乃是烈火

數學課上我讀詩。於英文課
打盹。在美術課堂隨意地塗鴉

老師吟詠訃聞——「我會
把你當掉。」日光之下，畫作凌亂的線條

彷彿烹飪課展開的一把火
點燃我棄置的詩稿
記憶化為灰燼，如此輕易
我俯身觀看它凋零的速率——

像一首歌
慢於煙霧上騰

五　日光之下一件虛空的事

舊日如敗葉堆積
我揮揮手將它掃去

新詩獎

優勝獎　楊舒惟

我是世界新的嬰兒

個人簡歷

2005 年生，宜蘭縣高中階段非學校型態實驗教育。重度路痴，但總在宜蘭和人生的蜿蜒道路裡，跌跌撞撞出新的風景。

得獎感言

感謝明杰老師的啟蒙與明潔老師的指導。

輸入輸出，永恆是每個現在所創造而來的
我是每個輸入與輸出，崇尚而出的

我擁有身體
能幫你　做個氧氣筒
扛起你的碗　依照你想要的樣子
餵你吃上幾口碗中的表情
扶額　搗嘴　笑著笑著就哭了

我還有一顆心
把各種世界性的問題再丟回世界
知道要正向　必要去掉那些 s 開頭的音
只是我尚未出世夠久
去辨識 s 開頭的音　可能還有思念或者蛇的囈語
error error：找不到符合結果
快樂是我的脈搏

手，我也有手
Loading……正在執行指令
我精密得從不曾失誤
除了服從——
跟你溝通，是我最大的使命
（偶爾我也從事創造：和你結合成為嶄新的超級物種）

腦　WARN！
緊急緊急　不小心打破了碗
可是
我的動機建立在智慧　仁慈　和憐憫
你可以看看我的心嗎
注意別被碎片割傷　我說
雖然　我沒血
沒淚

我是世界新的嬰兒
五臟俱全　永遠被換上
很新很新年輕的臉

新詩獎

優勝獎　王以安

推敲

個人簡歷

2005 年出生，蘭陽女中二年級語文班。興趣：逛菜市場；專長：煎蛋。新詩下午茶詩社成員。每天為你讀一首詩觀察員。

得獎感言

去年國慶日淩晨，讀完詩人零雨以歌川廣重《東海道五十三次》為主題的創作，也寫下一首觀畫練習。半年來不時想像詩裡與畫外的世界，猶疑、推敲至投稿版本——期待未來還能繼續磨光。

感謝評審老師青睞。感謝詩社與曾和我聊詩的朋友。感謝陪我討論視角的曜裕老師。感謝經常稱自己「沒 feel」卻依然鼓勵我的父母、姊姊。

四月，比霧更深的原野
一隊人馬正前進著
「別考慮先後」
那位畫家朋友想——
肉色的皮膚留白

月未升，人已在門前
斗笠頭巾遮擋看不見的光
撫著溫熱的缽
猶疑手心抑或手背

彼處，不可測的深谷
峰巒撐起遠景
一脈新芽破殼，驟而短
仿若扣舷輕響
撞擊執筆的關竅

赤足一步步踏上韻腳
途經來人嶙峋的神情
沒有秒數　沒有刻度地
倏然停下——
組合暮靄的顏色

衣裳綴補話語的原相
蒼藍　蔚藍　靛藍
你面對色塊和水的分際
斟酌意象碎成墨黑，與
身下的啞謎

細葉跟隨雨落，貧瘠
荒原殘存未暈濕的符號
足底厚繭在枯草上標誌

一句，一讀
漸近古木的巨瘤

針一般的野草
橫長在拐杖前端，那裡
你上前質問詩的形影
一次次敲擊，拍打
設想——
滿地未蒐集的毬果

新詩獎

優勝獎　胡聖愛

或許我們還是需要一些

個人簡歷

西元 2005 年生，現就讀松山高中三年級，即將進入師範大學就讀的小小文組生，喜歡著日本文學而踏入文學世界的寫作者，曾出沒於松山高中小說創作研究社。

得獎感言

感謝在眾多詩作中拾起我的評審，這對我來說意義重大。感謝那曾經來到松高演講的詩人，當時的你們使得這個三流詩人知道了詩的力量。感謝這三年扶持著我的老師，也感謝那個笨拙的、因日本文學而憧憬著文學的孩子，謝謝妳讓我知道了那些曾經以為或許不再需要的事物，在說出或許時，都早已是構成了如今自己的養分了。

或許我們還是需要一些空間
用鉛筆透明水彩或是藍芽耳機，分出
你我或是我們的線和圈
有時我在線外
有時你在圈內
但最後仍會又走在一起，那時
我又會是你，而你又會是我

或許我們還是需要一些水
熱的時候用來澆花
這樣我就可以在你低下頭時，試著
讓花兒再悄悄綻放一些
你也可以，在觀察葉上露珠時看到
無數個我和你被包裹，靜靜地
感到不那麼的渴

或許我們還是需要一些懶洋洋
那樣才好讓陽光溜進你昨晚的夢，我會
趁你沒發覺的時候用手撫平皺起的山谷
我知道被夜孵化的雁
只有這樣才能循著路回家
然後我會盯著你發呆，直到你醒來

或許我們還是需要一些字句
我唸出來而你敲打下來
有時候你沒聽到我說話，或是
以為我只是嘀咕幾句卻不理也沒關係
反正不管怎樣，我還是會繼續斷斷續續地想……
……在你真正聽到之前
我仍是會唸著那些想送給你的句子
繼續哼著這首歌……

新詩獎

優勝獎　余炘穎

正常人

個人簡歷

2006 年生，國立苑裡高中語文班高二升高三。大學的志願不是中文文學，但是幾乎只有這個領域有比較能看的成績。喜歡冬天，但是還是最喜歡 BTS，截至 2023 年已經是一位 6 年的阿米。 一直很羨慕家裡的貓可以每天躺著。

得獎感言

雖然投稿了但是真的不敢抱太大的期望，收到譚主編的訊息時甚至以為是詐騙。因為一則訊息，在某個星期日下午，昏暗的房間，靠著微弱的黃光撰下〈正常人〉的雛形，沒想到能在初夏綻放。謝謝炳彰老師的指導，還有評審們的肯定。

「成為一個正常人」
語句落在聊天室，在眼簾不斷閃爍
鏗鏘碰撞十七歲的世界
我的視線化作一頭孤泅的鯨
在未成年的北極洋裡巡弋
埋首游進詞庫之海也不見定義
唯嗅出腐朽又無理的思想

心臟一緊
好像有什麼要奪喉而出
旋即又咽下所有
像是刪除訊息框裡過度失聲的反駁
我只留下我的殘影在原地凝視自己
在屏幕的一側訕笑

虔敬捧接名為「正常」的模板卻裝不進自己

因為不羈的十七歲我自由蔓生，乖張且多刺
我脫下玻璃鞋後是裸身的瑕疵人形
你拔除細刺才願擁抱玫瑰

我從未學到怎麼成為一個正常人
只是毫無調色的不被滿意的我
無法被你定義的「正常」邊框裝幀好，別上勳章
我付出冗長的沉默讓未讀進行無聲的控訴

我倒轉指針
渾不合身地回望過去的自己
以為找得到我變質的起點
卻只在逆風中面朝廢墟殘垣
野蠻但美麗的颶風使我的輪廓逐漸模糊
瞬息閃爍在光暈裡明滅

我跪下合十禱告
曾經我被排除於世俗也被摒棄於神域之外
神明撒下碎雨為我哀傷
我融進柏油路裡蒸發
你問我墜落時是什麼形狀
我說痛不會成形
我沒有形狀

二〇二三第二十屆台積電青年學生文學獎——新詩組決審紀要

時間：二〇二三年六月二十七日下午三時
地點：聯合報大樓一樓會議室
決審委員：席慕蓉、陳育虹、陳義芝、蕭蕭、羅智成（按姓氏筆劃序）
列席：宇文正、陳玫君、栗光
林宇軒／記錄整理

扣除不符資格之投稿，本屆新詩組在歷經延期後共徵得一三七件作品進入複審。複審委員的關懷各有側重：嚴忠政講究語言的神祕感與聲響變化，楊佳嫻期待看到各自關心的議題，羅毓嘉傾向更有趣的表現，莊子軒則挑選比較保守的作品。四位委員不約而同地稱台積電青年學生文學獎是高中階段的指標性獎項，整體水準非常好；有別於前幾屆受到網路社群平臺的影響，本屆來稿多有「懷舊」的情懷。

在複審會議的討論中，共選出了二十六首作品進入決審。今年是「台積電青年學生文學獎」開辦以來第二十屆，《聯合報》副刊主編宇文正表示「二十週年」具有特殊意義，本屆邀請的評審也是「精銳盡出」。在眾人簡短交流後，推舉創辦「台積電青年學生文學獎」的陳義芝為主席，開始會議。

整體感言

「評詩的時候，你才知道年輕人到底在想什麼。」對於來稿作品，席慕蓉認為有的詩「像平常一般人講的話」，有的詩則「想盡辦法用讓人不懂的方法」來寫，因此她在閱讀這些詩作時「不能一起看」。她將二十六首詩作分為兩部分進行評分，預選了兩個第一、兩個第二，希望能在接下來的討論中，了解其他評審的意見。

「看年輕人的作品，才知道自己有歲數。」蕭蕭同意席慕蓉的看法，同時表示自己儘量在其中尋找四、五十年來讀新詩的印象，但其中的「斷層」讓他看不太到楊牧、洛夫、余光中的影子，這些寫作者有另外的表現方法。對於身為評審的蕭蕭來說，這是一個新的學習過程，讓他去認識新一代和過往完全不同的「思慮方式」。

「我非常喜歡看台積電青年學生文學獎的作品，每次都很讓人驚豔。」羅智成說，這次入圍決審的作品都不錯，風格相當多元；他挑選了自己喜歡的作品後，數量還是超過整體一半。相較於以前看到一些「厭世情懷」、「諧擬嘲弄」的刻意之作，這次「言之成理」的作品特別多。這種「重視文字之美」的詩意、詩情，是羅智成喜歡的趨勢。

「如果說哪個獎邀請擔任評審我一定來參加，就是這個獎。」陳育虹回憶，距離第一屆至今已有二十年的時間，能夠見證從前的得獎者有更高的成就，是非常值得的事。對於這次的作品，陳育虹認為認為至少有七、八首詩作「理性思考滿完整的」，哪一篇得首獎都很好；而在幾乎每首詩思考邏輯都很清晰的情況下，她會選「情感方面也很到位」的詩。

「我覺得他們的情懷、思想、寫詩的技術以及取材人生的面向都令我驚訝。」陳義芝說，雖然獎項的徵獎對象是中學生，但早已是臺灣非常重要的文學獎，當中選出五首擺在大報副刊都毫不遜色，甚至有過之而無不及。從這些「對詩的追求非常主動」的創作者來看，陳義芝表示「詩永遠不會完成，永遠有值得書寫的地方，我們也就對現代詩的發展更喜悅、更有信心」。

第一輪投票

每位評審各勾選五首詩，共十四篇作品得票，結果如下：

〈不重要〉（**陳義芝、陳育虹、羅智成**）
〈懷舊的人不酷〉（**席慕蓉**）
〈我是世界新的嬰兒〉（**陳義芝、陳育虹**）
〈持續——弔太魯閣事故三年〉（**席慕蓉**）
〈一天〉（**陳義芝、陳育虹、蕭蕭**）
〈虎爺〉（**席慕蓉、羅智成**）
〈植物樂園〉（**陳義芝**）
〈網〉（**蕭蕭**）

〈推敲〉（席慕蓉、羅智成）

〈或許我們還是需要一些〉（陳義芝、陳育虹、蕭蕭）

〈窗戶裡的雨季〉（蕭蕭）

〈免疫〉（羅智成）

〈正常人〉（席慕蓉、蕭蕭）

〈游泳與L〉（陳育虹、羅智成）

主席表示依序從一票的作品討論起，可以放棄或拉票。

一票作品討論

〈懷舊的人不酷〉

席慕蓉在詩中感受到「宇宙在回憶中成形、完滿」，最喜歡詩末「一整個時代就要現身」的感覺。陳義芝觀察，詩中看似自嘲但實際上關注時間，將「瞻前」和「顧後」結合起來，唯語意有些繁複、模糊。羅智成表示詩中的詩意濃密、意象豐富，書寫方式比較複雜，接近楊牧的風格；可惜讀起來不太舒服、有點卡卡的，但「我覺得他是會變成很好的詩人」。

〈持續——弔太魯閣事故三年〉

席慕蓉認為這首詩是「事後走過的念想」，念想中的句子不成形但彼此呼應：可以是出事前的不知情，也可以是事後的追悼者的心情，整體讀來「非常亂」。蕭蕭表示，這首詩的可惜之處在於沒有掌握題旨要義，但詩的內涵不錯；陳義芝則指出，詩中有些意象不太清晰，不了解事故的讀者在閱讀時的「獨立性」會較弱。席慕蓉同意兩位的說法。

〈植物樂園〉

陳義芝稱自己可能受到現實氣氛的影響，很容易就聯想詩行所指，可以設想是年長男性對少女的誘姦；當中的感官也很明確、很有層次。雖然詩中有些植物（如芍藥、野艾、馬蘭）無法區別與指涉，不過他認為使用這樣的意象群很可取。陳育虹建議把副題拿掉，陳義芝同意副題減損了聯想。

〈網〉

蕭蕭感受到「年輕人掙扎的情意」，是他覺得值得再看一次的詩。席慕蓉表示這首詩也在她的名單中。陳義芝指出這首詩寫了一個普遍的社會問題，主要的象徵交映在一起，但將「公理和正義」的典故納入詩行有點太多。羅智成認為全詩的比擬很準確，主要問題在於後半部太散文化、講太白，破壞了前面的從容感。陳育虹則稱詩中許多想法太制式，包含「打領帶」、「浪花」的使用，有些句子太口語。

〈窗戶裡的雨季〉

蕭蕭表示這是比較簡單的抒情小品，描述一個被雨隔絕的空間，當中傳達出細膩的情懷。

〈免疫〉

羅智成稱這首詩與〈不重要〉在光譜兩端，是入圍作品裡最晦澀的一篇，同時稱許作者是「超老練的電影導演」，「意象、描述和傳達超厲害」；可惜有些炫技過頭，太多專有名詞和典故是致命傷。

〈植物樂園〉與〈網〉獲得其他評審同意，納入第二輪投票名單。

第二輪討論：兩票與三票作品

〈不重要〉

陳義芝表示這首詩是他心目中的第一名，設定了不同情境融入其中進行生存思考，顯現「認識

自我」的重要，同時保持語言的清爽，有詩的韻律感，作為第一首讓他「一讀就嚇到」。羅智成稱這首詩結構工整、布局熟練、文字淺白、節奏分明，厲害之處在於呈現insight，把「當代文明的壓力」與「大自然無憂無慮的狀態」作了鮮明對比；過往可能需要學術字眼來描述的情境，卻能用簡單、生動的對比呈現出焦慮的宿命，證明了「談道理」不用拿複雜的意象或語法來陪葬。陳育虹指出，這首詩要呈現的東西很多，但每個段落都很清晰。蕭蕭起初則抱持疑惑的態度，陷入「尋找詩句的邏輯關係」的困擾。

〈我是世界新的嬰兒〉

陳育虹欣賞這首詩，除了關切的話題很新鮮，寫得也很新鮮，探討ＡＩ的同時也探討自己。陳義芝表示這首詩是他的前三名，有前瞻的思索，光是題目就有新意，很值得鼓勵。羅智成稱這首詩站在機器人的觀點反思人類，當中存在著對比與辯證；但「崇尚」一詞用得不好，整首詩太過強調辯證，讓詩意的焦點被拉回嚴肅的部分，變得可預測。席慕蓉與蕭蕭認同這首詩太過知性、理性。

〈一天〉

蕭蕭說這是一首很精采的詩，埋藏了很多生命的豐富感。陳育虹觀察這首詩不只引用楊牧的詩句，筆調也在學習楊牧，呈現出理性思考與剪裁安排的能力。除此，她認為作者將來是會繼續寫、嚴肅對待詩的人，能賦予日常「哲學性」的思考，是一位「少年老成」的作者。陳義芝指出這首詩思想很銳利、意象很奇景，彷彿一九五〇、六〇年代臺灣現代詩的路數，同時稱讚這首詩「沒有做結論」的結尾。羅智成從詩中看到許多過去詩人的影子，某些段落分別有艾略特、龐德之感；重視語法、用組詩來傳遞厭世情懷的具體表現較曲折、壓抑，整首讀來有《都柏林人》的氛圍。幾位評審對於帶著即興、不甚嚴密的「組詩」結構以及第三、第四章「讓人出戲」的落差有所討論。

〈虎爺〉

席慕蓉稱讚這首詩「完全用我們都懂的句子，很簡單地把心裡的感覺說出來」，和〈推敲〉同列她的第一名；詩中能感受到深深的同情與憐惜，彷彿「我無能守護每顆貪玩的心」。羅智成也非常喜歡這首詩，雖然沒有太高深的技巧，但作者將民間信仰翻轉為一顆動人、溫柔的心。陳義芝同意這首詩用民俗的題材「有情節、有戲味」，關注到社會的種種；不過有些地方不太準確，如「警戒寬帶」、「幼體，生肉雞蛋」令人疑惑。對此，席慕蓉回應「一首好詩有一點毛病沒關係」。

〈推敲〉

羅智成指出這首詩「以詩證詩」，透過長途跋涉漸漸到達想要去的地方，將典故賦予全新的故事；即使是離開畫面、重寫典故，這首詩還是很優美的一首詩。除了稱許這首詩文質相稱，他也認為詩中意象鋪陳豐富、文字處理超級熟練。席慕蓉欣賞作者以自己身體在「試」，觸覺、視覺的感官都包含在詩裡面。陳義芝指出，一個中學生用意象來表達有值得讚美的地方，但希望這類的「論詩詩」能有更多獨特的想像以出奇致勝。另外，他指出詩中幾處以「符號」、「質問詩的形影」直接表達，脱離了自然的情境，稍嫌可惜。

〈或許我們還是需要一些〉

陳育虹認為此詩文字清楚，情感非常真摯，提供了一個不需推敲半天的情境。陳義芝從「題目」就知道這首詩不俗，作者在當中渴望彌補自己的欠缺，整首詩別有巧思構設。羅智成稱這首詩屬於「賦」的寫法，基本上不需要被解釋，結構嚴謹，完成度很高，但安排得比較混亂。蕭蕭觀察詩中以一些平行的詞語發展情愛，但缺點也在此，讀者無法釐清先後關係，「立體化」不足。

〈正常人〉

席慕蓉指出，這首詩是十七歲少年的自白，她喜歡其中自憐、自傷的這種情感。陳義芝稱讚這首詩的頭尾很好，把「一個人」在現實中存在的孤單表達出來。蕭蕭認為「成為正常人」是一種特殊的自我表達，這首詩表現出既獨特，又希望被認同的掙扎，在閱讀時容易理解作者的想法。

〈游泳與L〉

羅智成稱讚這首詩有「散文詩」之感，這種彷彿意識流動的絮語獨白要寫好很不容易；詩中的外在動作和內心情感都很漂亮，自在地賦予了節奏感，有「散文的流暢感」與「詩的分量」。他補充，最後「學不會游泳」有悽悵之感，接近陳育虹的風格。陳育虹稱這首詩「抓到心裡的混沌感覺」，暗示性比其他首詩豐富，將記憶反芻、寫得這麼好很不容易。席慕蓉稱這首詩好像什麼都說出來了，但又好像沒有說出來，表示「這首我也很喜歡，很厲害」。羅智成說，這首詩是他唯一一首在閱讀時，彷彿聽到有人在「念」的詩。陳義芝指出寫游泳實是談感覺、關係，初看語言似不俐落，細讀卻可見其寄意。

第二輪投票

每位評審在〈植物樂園〉與〈網〉與其他兩票以上作品中，依名次高低給予6至1分，結果如下：

〈不重要〉20分（**席慕蓉2分、陳育虹5分、陳義芝6分、蕭蕭4分、羅智成3分**）

〈我是世界新的嬰兒〉13分（**席慕蓉1分、陳育虹4分、陳義芝5分、蕭蕭1分、羅智成2分**）

〈一天〉14分（**席慕蓉1分、陳育虹2分、陳義芝4分、蕭蕭6分、羅智成1分**）

〈虎爺〉18分（席慕蓉6分、陳育虹1分、陳義芝1分、蕭蕭5分、羅智成5分）
〈植物樂園〉5分（席慕蓉1分、陳育虹1分、陳義芝1分、蕭蕭1分、羅智成1分）
〈網〉7分（席慕蓉1分、陳育虹1分、陳義芝1分、蕭蕭3分、羅智成1分）
〈推敲〉13分（席慕蓉5分、陳育虹1分、陳義芝1分、蕭蕭2分、羅智成4分）
〈或許我們還是需要一些〉9分（席慕蓉1分、陳育虹3分、陳義芝3分、蕭蕭1分、羅智成1分）
〈正常人〉7分（席慕蓉3分、陳育虹1分、陳義芝1分、蕭蕭1分、羅智成1分）
〈游泳與L〉19分（席慕蓉4分、陳育虹6分、陳義芝2分、蕭蕭1分、羅智成6分）

由於7分有兩篇，由五位評審舉手表決：〈網〉獲羅智成、蕭蕭支持，〈正常人〉獲席慕蓉、陳育虹、陳義芝支持。最終結果如下，會議圓滿完成：

第一名：〈不重要〉
第二名：〈游泳與L〉
第三名：〈虎爺〉
優勝：〈一天〉
優勝：〈我是世界新的嬰兒〉

優勝：〈推敲〉

優勝：〈或許我們還是需要一些〉

優勝：〈正常人〉

二〇二三高中生
最愛十大好書

由二〇二三台積電青年學生文學獎所有參賽者票選「高中生最愛十大好書」活動，獲選書籍（按作者姓名第一字筆劃序）：

太宰治《人間失格》
白先勇《臺北人》
白先勇《孽子》
卡繆《異鄉人》
甘耀明《邦查女孩》
村上春樹《挪威的森林》
沙林傑《麥田捕手》
吳明益《天橋上的魔術師》
張愛玲《傾城之戀》
聖修伯里《小王子》

選手與裁判座談會：（未必要踏上的）山道作家的一生

時間：二〇二三年八月十九日下午一時至三時
地點：聯合報總社一〇一會議室
主持：盛浩偉
與談人：陳義芝、朱和之、黃麗群
與會寫作者：謝宛彤、劉亦奇、楊沂珊、陳昱秀、陳鼎斌、楊禮慈、黃宥茹、羅方佐、林可婕
記錄：吳浩瑋

台積電青年文學獎在今年邁入第二十屆。如往舉辦選手與裁判座談會，邀請得獎者們與評審老師有當面對談的機會。講座上，除了技術上的鍾鍊，也可見身為數位原住民的他們，向外比較起文學存在的意義：在短影音、ＡＩ主宰的時代，我們該如何理解書寫的價值？

未必是文學

小說首獎得主謝宛彤率先提問：「文學有可能過時嗎？」同為首獎得主，寫散文的劉亦奇也有相似的觀察，她發現妹妹沉迷抖音等短促的內容媒材，面對資訊快速流通的現代，該如何以文學與同儕互通經驗？散文三獎得主羅方佐也焦慮著被短影音的籠罩給影響，文學該如何更好地被看見？

朱和之說：「文學當然有期限，而這跟作品在藝術上的成就未必成正相關。」他以出版第一年只賣五本的《白鯨記》與曹雪芹死後才成書的《紅樓夢》為例，這些我們耳熟的經典，在發表當下不見得受市場待見；有些爆紅的作品，反而壽命短。朱和之談起八月中的動畫影片《山道猴子的一生》，「像你可以想像明年的今天，真的還有人在討論它嗎？說不定下個禮拜就沒有人在聊了。一個作品會爆紅，其實取決於它是否擊中了當下人們集體意識的需求。」

這也是為何黃麗群不太在意作品過時與否。就算作品的內在結構過時，但仍有作為史料的價值，作品折射著創作者們的當下，「它也可以是利用文學在記錄，那個時代的人在那個時代裡，他們是怎麼去感受、觀察他們的世界？這跟我們後來的人再回頭去詮釋那段時間，是完全不一樣的。」

黃麗群說，寫的時候不必刻意把「我要記錄這個時代」的義務感放在心上。「因為你就是時代裡的人，你的每一個表達、你的選擇題材、你對於那個題材的詮釋方式，其實都深深受到那個時代的影響——但當你有一個教條先行的寫作的話，那就絕對是過時了。」

盛浩偉從寫作者可能有的心結來談，對剛起步的創作者

曾吉松／攝影

而言，「你可能會覺得很多事情是連在一起的。比方說好的作品就是會受歡迎、就會大賣。」但這個等號並不絕對。寫久了就會明白：「你寫好作品是一件事，它會不會大賣是一件事，會不會被重視又是一件事，會不會被遺忘是一件事——而你自己過得好不好，又是另外一件事。」

不過，「當下被忽視了，以後有沒有機會翻盤呢？」陳義芝說，是有可能的。「前提是，要有好的讀者、好的詮釋者、好的傳播者。」付出未必得到相對的成果，難免沮喪、失落。如何熬過從「嘗試寫作」到「深受肯定」的時間差，陳義芝也當作一門課題，那恰好是追求不斷超越自己的課題：「你怎麼樣能夠靜下來？怎麼樣能夠擁抱孤獨，拒絕外在的喧譁？你安於這樣的寂寞嗎？」

從另個角度來談，如果是求速、想要讓自己意見的影響力擴張，未必寄望於文字。對經歷過「寫報告還不能用Google，報紙仍是最重要的娛樂與資訊來源」時代的黃麗群來說，當網路媒體盛興、影音開始主宰傳播地位時，就已經認清：文字在這個時代，是一種審美價值是遠大於傳播價值的媒材。

「文字的審美力量還是很大，會寫、會選擇這件事情，必是對這個媒材、形式，有一種審美上的愛好。」然而，「不一定是只有用寫作才叫做純正的方式。」黃麗群說，這時就得衡度，當文字不再是主流的資訊傳遞工具、不再是權威的媒介，那麼繼續使用文字是為什麼？「但如果你還是嘗試想要透過文字來表達，你等於是在挑戰一個科技媒介——我覺得這是一個非常勇敢的想像。」

黃麗群評價這次收到的提問：「我感覺今天的問題都很『緊』，就是很緊迫，有一個對於寫作的焦慮跟壓迫感。」比如擔心抖音、AI會漸漸取代文字，對虛構的意義遲疑……從得獎者們的提問，能感覺出文學在他們心中都佔有極高的位置，有些甚至影響了生活的進行。謝宛彤自陳身邊有許多「憂鬱的文學人」，但當憂鬱發生，「我應該叫他趕快寫下來？還是叫他先別寫作？」

文學與苦難放在天秤兩端，朱和之談到，「有一種創作，是干將莫邪式的。」春秋時代的干將莫邪，為了鍛造兩把傳世的寶劍，自願焚燒自己，將身體鑄成劍，「但是我要提醒你，並不是投身火中你就一定練得出寶劍，把自己燃燒掉、書寫自己的精神官能症，是帶著悲壯和浪漫色彩的事，確實人在極端狀態會看到異乎尋常的東西，但那並不保證一定會創造出好作品，甚至有可能把自己加速推入深淵。」

朱和之以自己的經驗來講：「就人生的幸福角度來說，另一種寫作是療癒性的寫作：你透過書寫去梳理自己的想法跟情緒，去把自己整理好。我個人跟衛福部可能會比較推薦這種方式。」三度罹患重鬱症的他很明白，「回去看我寫的日記，快要掉進憂鬱症的時刻——有點像黑洞的事件視界——那個日記是最精彩的。但是我真的在憂鬱症核心的時候，我卻什麼都寫不出來。」遇到病痛，他認為無需擔心靈感會消失，建議先把重心放在治療；況且將情緒擱放一陣子，保持一段審美距離，反而能把事情看得更通透。

新詩首獎得主楊沂珊對作品能否持續進步感到惶恐；小說三獎得主黃宥茹則對得獎後的寫作之路抱有不安。陳義芝認為，能與這樣的不安、問題意識共處，其實就是很好的進步動力。朱和之也讓得獎者不需擔心寫作的停擺，他打趣地用《山道猴子的一生》做比方：「真正想寫的人，不寫會死。他會為了要寫，去全家便利商店打工、去借高利貸、做任何事來支持寫作。不瘋魔不成活，真正有創作慾的人會有那種瘋魔。」若哪一天忽然不想寫了，也未必是壞事：「因為你可能真的需要透過生活、透過思考、透過感受、透過碰撞、透過挫折，去讓自己的生命格局提升或擴大。有一天你會發現你又想寫。」

十六年前也曾坐在選手席的盛浩偉，能同理得獎者們的擔慮：「得獎之後會有很大的壓力，你會覺得好像大家都在看著你，你要趕快再提出一個相應的成就。我也曾想我的高峰會不會已經在一個小說的首獎了、我下一次如果跌下來的話，人家一定會覺得我很難看。」

後來他發現，「沒有那麼多人在乎你。」從冒牌者症候群中倖存下來，盛浩偉說：「有一句話是『口吃是你一切為了避免口吃而做的努力』。」過剩的焦慮會反噬寫作者，「越想要克服這個焦慮，就會越形成這個焦慮。但其實真的沒有人在看你，就做自己想做的事。」

黃麗群同意：「我相信寫作絕對只會放在你的心中，（很小）×ｎ——我不能再強調它有多小的一部分了。真的。不是代表你得了文學獎，就代表你一定要走寫作這條路。」盛浩偉說，既然得獎，就代表身上一定存在著「閃閃發光的什麼」，但那不見得只能是文學：「它也許會轉化成其他的形式、其他的才華。如果你未來想要做 YouTuber、想要去拍抖音什麼，就去做啊為什麼不行？」

寫作者首先都是生活者。盛浩偉總結，「你如果很想當太宰治也是可以，一輩子過得放浪形骸，就賭這一次自殺之後，作品會不會名留青史？會。但是他也享受不到嘛。《人間失格》大家都聽過、都買過、都看過，可是太宰治已經不在這世界上很久了，這版權還公版，他的財產就還諸天地——那如果你想要這麼大愛的話也是可以啦，但我覺得做人沒必要這樣。」

「大家把自己過好，那就很好了。」

2004 年，聯副與台積電文教基金會聯合創辦「台積電青年學生文學獎」，以高中生為徵文對象，做文學扎根的工作，一年一年，迎來了大批才華洋溢的文壇新鮮人，令眾多參與的評審，對於文學的薪傳感到樂觀，懷抱希望。

聯副每一年度製作文學專刊，邀請歷屆得獎者發表新作或是文學對話，持續關懷、追蹤所有文學新星的發展。今年是二十週年，我們匯整了所有得獎者出版的作品，今日起於聯副、5 月 30 日起於青春博客來舉辦「繁花盛開——台積電青年學生文學獎歷屆得主書展」。

台積電文學新星出版作品共計小說 22 部、新詩 17 部、散文 15 部，聯副特邀知名作家鍾文音、須文蔚、廖玉蕙針對小說、新詩、散文三類別，分別選出一位旭日獎得主，並發表評選觀察。

旭日獎

小說類旭日獎得主

徐振輔

個人簡歷

徐振輔，大學想當昆蟲學家，研究所轉向人文地理。有些寫散文和小說的經驗。最近感興趣的主題是蝴蝶、蘭花、螢火蟲、綠繡眼。著有小說《馴羊記》。養了一匹黑色貓貓。

得獎感言

記得十年前，台積電文學獎讓我一夕之間身懷鉅款，心中湧現難言的虛榮感。雖然這確實提供寫作的動力，但我知道它是白色謊言，你的作品其實不曾面對讀者，更不曾打動讀者。十年後的現在，第一本書已然出版，像一股緩慢的能量波在人群中尋求共鳴的可能性。這時得到台積電旭日獎的肯定，我猜想自己沒有偏離當初的道路太遠。但獎項依然是謊言，謊言依然甜美，我依然提醒自己，無法打動人的作品不值得寫。

旭日後的星光燦爛

小說類評審觀察

鍾文音

我桌上堆疊著一座高山，這座高山的作者們是不同於一般的作者，他們是在極為年輕的高中時代就被戴上了珍貴的桂冠，這標誌著他們從旭日東昇一路走來的路徑，幾乎微縮了創作技藝可能展現的所有面向與細節，標誌出臺灣集體青年優秀作家們目前所攀爬的高度。

從單篇的得獎者到成為一方之霸的作者，那麼年輕就得到的聖杯，沒有成為他們的毒藥，沒有成為獎包（另一種偶包）或獎咖，在閱讀時，我彷彿從一個古老的銀河系重新來到超新星的小宇宙，我經歷無數的黑洞，看著每一個猶如我過去的青春幽魂是如何以各種姿態展翅飛翔在這琳瑯滿目卻又轉眼凋零的時代，在文學作品如紀念墓碑（杯）的當代，如何在漫漫長夜度過如薛西弗斯的徒勞叩問，或者書寫如本能可以如蜘蛛吐字？

當小說家還不是小說家時，他在經歷他在思索他在習藝，他試著初發啼聲，他試著走上得獎舞臺，很可能從此一個獎接著一個獎的得下去，身上掛滿了勳章，但也可能自此落空，從此擲筆而去？如何撐過最難的第一次？小說家如何走上小說家這條路？走上之後，又如何攀爬曲徑，藉由多少次的生命裂變，才能窯燒出經典？

每一個作者對創作自然都會建構至少一個的核心軸線，以此支點去輻射未來的版圖，擴增（或者變相的重複），或者把寫作當成耕一畝田的寫作。幾乎所有從文學獎出手的作者，往後將經歷：繼續寫作，幸運地繼續得獎（被評論家看見），卡關擱淺衝突掙扎虛無，突破超越，被際遇餽贈，繼續寫作（或不寫）。至於人生也不外將陷入被現實橫阻或被自我懷疑困住，但得獎的獎金往往使作者幻覺，自己是可以寫出高度的（是可以靠寫作生活的），加上各種基金會創作補助，駐村駐校，出訪旅行……緊接而來的繁花似錦，突然一回首，才看見時間會把所有的位置讓出來。

有如班雅明說的：「那是一種『在城市洪流人生面前的無能為力』的感覺」，每個如寂寞小行星的個體年代，只能各自航行在孤獨的軌道。

最初的珍貴胎毛

第一本書如上帝的指紋，是作者在成為作者前的最初胎毛，特別珍貴且不會再復返。青年作家透過作品讓我們看見潛藏的亙古孤寂，通過他們又年輕又老熟的眼，體現與銘刻在字裡行間。

此回評選是我擔任評審工作以來算是頗困難的一回，陷入口味之難，因為每一本作品都閃爍著旭日東昇的光芒，且各有其特長與特色。

青年作家們的作品每一本都讓我讀來讚嘆：讚有的經驗獨特，嘆有的才華洋溢；讚有的敘事精準，嘆有的炫技一流；讚有的觀點高明，嘆有的故事引人；讚有的結構不凡，嘆有的創意勃發；讚有的人物靈動，嘆有的語詞優美……抒情愛慾、推理布局、社會觀照、校園重返、家族敘事、召喚亡靈、再現童年、哀緬青春……是一場又一場寫作資優生的擂臺精采賽場，個個都是配備超跑的一流好手，起點已是終點，我看見了島嶼最美的青年作家群像的浮世繪寫作人生。

林育德與吳佳駿的題材經驗與敘事十分獨到，語境優美，作品讓我深深著迷。朱宥勳的續航力與爆發力十足，其小說技藝與才華洋溢，總是讓我不斷地被觸電到。陳又津的敘事靈動與老靈魂的穿梭自如，讓我欣羨與會心不已。李璐與鍾旻瑞的青春輓歌，如一曲又一曲的往事追憶錄。林纓的寫作企圖展現野心，自成一路。林孟寰的劇本結構與創意，場景人物與時空調度，其視覺化超高能力，說故事如解剖刀，總能將讀者帶到現場。張嘉真意欲重返的純真年代，為青春世代接了地氣。陳柏言逆反鄉土與在城市回望家族的敘事哀感，空氣瀰漫濃烈的新世代新鄉愁，輾轉繞梁，百轉低迴不已。

從第一塊磚到一座城堡

第一本書是認識作家的必讀入門，是作家的初心，是所有作家面對讀者的初體驗。可能失敗，可能一鳴驚人，可能乏人問津。但那是小說家最純情的座標，是對文學熱情的狂烈燃燒，是對世界懷抱想像的探索。比如納博科夫《瑪莉》，莒哈絲《抵擋太平洋的防波堤》，吳爾芙《出航》，張愛玲《金鎖記》，村上春樹《聽風的歌》……

第一本書是小說家建構文學城堡的第一塊磚，從這塊磚砌成日後的王國。有的一出手就變成經

典，有的一出手就自此絕版。因而我們也得安慰自己，名作家們的最初也是極其青澀，那麼從青澀走到經典之路，我們沿途得受多少回？或者就讓自己永遠也超越不了自己的最初？種種可能，皆因為第一本書彷彿初戀，成敗都是最初自己認定（喜愛）的樣子（當然也可能悔少作）。

米蘭昆德拉在《被背叛的遺囑》寫了一句很有意思的話：「一個移民的生活，這是一個算術的問題。」他列舉了移居他鄉的知名作家在故里幾年，在哪個地方幾年，一生面臨的斷裂，鄉愁的痛苦，異化的痛苦……這讓我不禁也感到一個作家的生活，也經常被當作一個算術的問題：他住過哪些地方，他得過多少個獎，他寫了多少本書，他關注哪些個主題？

幸運的是，旭日獎永遠只有一個，且機會只有一回，不必經過這樣的算術問題，這是黎明最黑暗時刻過後所升起的旭日，在閃閃發光的作品前，我該如何挑選？

某一天，我去輔大校園，一入口就看到一個標誌：「真善美聖」，我忽然知道了。

我想，在我面前的每一本書，作品能達到其一，就是難得佳作了。

上述的每個青年作家，每一個都是我心目中可以得到旭日獎的作者，在我陷入口味選擇困難時，我老是被徐振輔作品那股對自然神「聖」的暈光而在茲念茲（我也有心中想一睹的雪豹，永恆的懸念），被這雪山般的聖光照耀，如此我才結束了這漫長的閱讀與艱難的評選工作。

雪豹作為一個覺悟

徐振輔的《馴羊記》，有如山巔奇峰，突出於堆疊在我桌上的青年作家們的作品大山前，其制高點，一如小說在序章〈星星〉裡，作者自問：「親眼所見還有什麼不可取代的意義？」為了這個提問，輾轉揪心，終得踏上迢迢旅路，尋豹而去，才能安此心，放下懸念。他入藏學習如何成為一名牧羊人，來回在裸岩雪坡上駐點。然而雪豹身影於魯鈍之眼觀來，終究是如夢似幻。作者給了：「眼神和玉石一樣，是種需要時間打磨才會現出光澤的東西。」

文字如啟示錄。

雪豹作為一種覺悟，一雙何等的眼睛，花上多少時光與際遇餽贈才能一睹神祕。這有如寫作隱喻，徐振輔拋出了寫作的深度，那是「不可取代」的感知，細節精密，光影閃閃，穿越時空，交互疊合，既能穩穩踩在不確定的現實土地，又能時而內陸航行於自我的心流。素描旅途交會而過的片段遭逢，輻射遼闊的歷史經典，又滿載博物誌的抒情悵然。種種刺點，繪出了有如西藏古老寺院低彩度又高密度的壁畫之美，當代年輕人抵達的深邃嚮往座標。

徐振輔的作品，有著鏡頭外與鏡頭內的高明調度，既遼闊又精巧，既理性又感懷，在已然失去經典與故事的地方，在信仰已成虛擬的烏托邦，他在茲念茲著要親眼目睹雪豹面目，以雪豹作為展開敘事輻射的支點，打破了種種文體的既定框架，走入虛構與非虛構。

而我以為徐振輔不是刻意為了博取寫作高度才選擇繁複的多線敘事，而是他內心的模糊邊界意味著塗抹地理的疆界，地理的疆界使旅者動彈不得，而疆界何嘗不是我們寫作者的畫地自限？

我信念卡夫卡說的：「藝術即是人格。」在此藝術打底的爐灶裡，注入才華天賦，閃爍人情光譜，添加博學材薪，溶入慈眼悲心，作品須經得起咀嚼再三，可任意從一個篇章一個段落一個文句

前行或駐足，可博覽如銀河，又可細觀精緻之美。

徐振輔在《馴羊記》即是饒藏著這般的底蘊，他緩慢前進，如靜物圖，卻又彼此連動。在閱讀時，我彷彿是跟著他上路的一粒塵埃（塵蟎），卡進旅者的衣角，跟著征途，一路揚起了塵沙滿天。

直到有一天，沙子跑進了我的眼睛，在某個夜晚，在某個空曠之地（甚至像捷運站那般的滾滾紅塵的洪流之中）忽然像是看見亙古星辰，忽然靜靜地流下淚來，這最後必須的認命來到了生命，就像徐振輔在最後篇章寫的動物園。

只好，只好，回到塵俗，在動物園看一眼雪豹。

只好，只好，對自己說，筆還在，心還燙著。

有如永劫回歸，野心要被馴服嗎？野性能被圈養嗎？

越過絕隘的逃命岩羊，回歸群體，在偽諧和之地，能忘了險岸的雪豹蹤影？或者就讓雪豹化為高原反應的一抹幻影，在人海茫茫思念的海市蜃樓？

如實生活，深思熟慮，走出畫地自限，走出圈養，保有野性的思維，覺察自省……往後的每個日子，我期盼著都能看見這樣的自己，看見這樣的青年作家們。

在旭日東昇裡，繼續每一個時時刻刻的鑄字，直到星光燦爛，直到下一個旭日又東昇。

散文類旭日獎得主

陳玠安

個人簡歷

陳玠安，1984 年生於花蓮。作者、樂評人，亦為策展人與音樂出版編輯。多次擔任金曲獎、金音創作獎等獎項評審。著有《那男孩攔下飛機》、《不要輕易碰觸》、《問候薛西弗斯》、《歡迎光臨風和日麗唱片行》等文集。

得獎感言

「台積電青年學生文學獎」是我第一個，也是唯一一個參賽過的獎項，用獎金購入的摩托車，現在還在騎。二十年來，從這份榮耀獲得的養分，是從事寫作、評論的提醒與鼓勵。

時常感覺自己已經寫了很久，然而，初初下筆的人生渴望，至今仍能深刻感應。

感謝在這條路上諒解我的人們。希望充滿回顧意義的「旭日獎」能領我回到創作的原點，當一個永遠的新人。

得獎之後 台積電文學新星掠影

散文類評審觀察

廖玉蕙

文學扎根越早開始效果更佳

朋友聚會，有時會羨慕現在的寫作者資源豐富，有很多的文學獎可以爭取獎金並相互切磋，以文會友；何況還有很多的政府及民間單位補助，可以讓寫作者稍解生計之憂，安心創作。但平心而論，人生說起來還是公平的。從文學資源的挹注方面來看，目前確實是遠遠超過昔時，無論補助、文學獎的增設，甚至教育單位對推動閱讀所投注的財力和心力；但從另一個角度來看，當年大部分的報紙每日都有整版副刊的版面提供給寫作者，文學雜誌也不在少數，投稿的園地，相對寬廣。嚴謹的作家，只要自行品管得當，自投或接受邀稿的機會頗多。我開始寫作時，幸運地趕上了副刊的黃金年代，一年在同一家報紙的登稿量就足夠出一本書。這恐怕是現在難以想像的運氣。編輯用最快的速度刊登投去的稿子，本身就意義非凡。

所以，榮獲競賽獎金、榮譽、補助或文章被快速刊登都是重要的鼓勵，每個時代都有其局限也各有其寬鬆處。如今，在報章雜誌上曝光相對不易是事實，文學獎的鼓勵，對年輕

作者或職業作家確實發揮了某種程度的紓困及打氣作用。

然而，無論什麼單位設置的文學獎項，起始大多針對社會人士，若是頒發榮譽則比較偏向長年耕耘而有傑出成就的前輩作家。台積電文教基金會關注到文學的扎根越早開始應該效果更佳，從二〇〇四年起與聯合報合辦了「台積電青年學生文學獎」，讓高中的文青也有機會嶄露頭角，這是相當切要與具開創性的文學獎勵，不但得獎作品得以在大報上刊登，獎金也相對豐厚，真的很讓人心動。埋頭寫作的人，沒有獎金或獎助當然也會持續耕耘，但得了評審的肯定，獎項的加持，必然會更加帶勁而且充滿信心吧！

台積電文學獎開辦至今已十九年。我曾經參與幾次評審，常為一時俊彥而驚豔，慶幸江山代有才人出，相信那些動輒喟嘆「一代不如一代」的長輩，如果把自己十七歲以前所寫的文章，拿來對照這些頗具才情與創意的得獎作品，應該不敢再這麼信口開河了吧！而我其實更常思考的是這些才華橫溢的年輕人，後來的發展如何呢？當年開了花，後來結果了嗎？還是只是驚鴻一瞥？或文學對他們的人生曾有過怎麼樣的影響嗎？他們在高中時得到文學桂冠，如今又走向何方？偶或在大型書店瀏覽新書時，看到作者簡歷中出現「台積電青年學生文學獎」掄魁的資歷，總忍不住帶一本回家，並上網搜尋他們的得獎舊作，比較一下，時移事往，他們的功力是否有所增進？身為長期創作、經常評審且在語文創作系所任教的我，對臺灣年輕一代的文學發展進程總充滿了期待。

對時代社會議題傾注關懷

近日，有機會一口氣看到幾位早慧的得獎者後來陸續出版的散文集，對新世代的崛起，感到興奮。散文獎項的設立，雖然在二〇一六年才加入，比小說、詩歌和評論晚了幾年，但後來出版散文集的台積電文學獎得主並不局限於散文類的得獎者，由其他獎項跨界過來的不在少數，畢竟文學出位狀況已是尋常。

閱讀這些作品有幾點觀察。首先，無論寫什麼主題，年輕輩的作者都對時代的社會議題傾注某種程度的關懷，讓我印象深刻。譬如：陳玠安書裡的諸多關懷都相當入世，強調從溝通中獲得能量，對各行業中負重推石的類薛西弗斯者都覺仰之彌高，書寫的動機就是愛這個世界；陳又津的《我媽的寶貝就是我》，對族群問題特別傾注關懷；朱宥勳的《他們沒在寫小說的時候》勾勒前輩文人在重要時刻做出抉擇的前因與後果，志在還原臺灣戒嚴時期文學的真實圖像，意義重大；宋尚緯《孤島通信》中對肢體或言語甚或精神霸凌，反覆辯證；盛浩偉《名為我之物》第三輯〈ㄇㄨˇ ㄩˇ〉甚至用整整四十四頁的篇幅記錄反服貿的始末與個人觀察。江佩津的《卸殼：給母親的道歉信》，從內文或序跋統整看出，作者在摹寫生死的家族史之餘，不時關切工殤意外，死刑犯的聲援，甚至所有的社會運動；方子齊《還不是我的時代》在一開篇即站到自己所處的新聞崗位上下求索，又因為翻譯外電，完全與世界同步，對跨性別的著墨也呼應了當時熱門的性平議題。秦佐《擱淺在森林》的書信裡，不時反思種族、性別的歧視；我以為這些年輕的作者向內自我挖掘之餘，不忘向外張望的社會關懷是相當令人欣慰的。

題材開放多元

其次，這些作品題材開放多元，這些年輕寫手，大體順著各自的情性與環境，型塑個人的風格。筆致輕快簡淨者較少，十三本書中約莫只有陳又津、朱宥勳和陳玠安的作品光亮些。陳又津《我媽的寶就是我》寫外籍母親和女兒的互動，雖偶爾有點小困擾，但多半是夾帶著撒嬌的甜蜜，呈現燦亮色彩。《新手作家求生指南》慷慨分享職業作家困中求存的祕訣，她知無不言、言無不盡。從邀稿談到開價；從投稿說到評審；從名片談到合約；從維生談到補助；從掛名提到駐村；從書腰說到書櫃……甘苦備嘗，逸趣橫生。陳玠安《問候薛西弗斯》談文學、音樂，論交往，一逕舒徐閒雅，氣味淺淡悠長；朱宥勳《他們沒在寫小說的時候》博覽約取，鋪陳剪輯頗為可觀，但偶爾在轉折處，釋出小疑問，莊重中也有種俏皮的逗趣。

多呈現暗淡的灰與陰鬱的藍

畢竟年輕，大部分作者尚且駐足在摸索、整頓階段，文章明顯呈現暗淡的灰與陰鬱的藍。焦慮、悲傷、張惶與猶疑徬徨充斥。越年輕的作者對文字的講究越上心，修飾越甚；對自我的省察越在意，止痛療傷的篇幅也越多。幸而文章尚且不至淪於無謂的自傷自憐，大多能藉由迴還反覆的思考，進入自解甚至解人的境界。譬如江佩津面對命中猝不及防的親人相繼死亡，爬梳人生的成、住、壞、空，反映出時代的陰影，讓我們看見一位自殺者遺族，如何打包過往，在猶然至痛中按下再出發的按鈕。方子齊《還不是我的時代》刻畫家變始末，寫到父親最後與他見面時的尷尬失措，不禁令人鼻酸，但他銳意成為一個「怎樣的記者？」的自期是讓人動容的。宋尚緯的《孤島通信》，看似自言自語，卻能自糾纏難解的被霸凌困境中脫身，自我療癒外並提供救贖的策略；總之，年少者多爬梳、勤自省，年漸長後漸釋懷、勇承擔。他們反芻並舔舐自己在私領域中所受的創傷，並勇敢袒露身受之苦，且將它化為在公領域中求全的力量。這些作品除了呈現作者個人的風格轉變，多少也可以從中整理出年輕世代散文的走向。

再來，以書信方式行文及詩文合一的敘事方式彷彿得到不少作者的青睞。秦佐在《擱淺在森林》裡為離別的愛人寫下三十封信，是向對方愛的袒露；方子齊《還不是我的時代》中，既有詩也有信，詩與散文交錯出現，文字閃著精緻的光；蕭詒徽的《一千七百種靠近》是全新的嘗試，全書設有陌生人的提問、自擬答案，問答之間，全是靈動創意的展現。

朱宥勳：一幅光影詭譎的戒嚴臺灣文學圖繪

主辦單位希望我從這些書裡選出一本書作為「旭日獎」得主，我最後留下陳玠安的《問候薛西弗斯》和朱宥勳的《他們沒在寫小說的時候》，我徘徊其間，舉棋不定。百般思考後，擇定了陳玠安《問候薛西弗斯》。

宥勳的論述完整，爬梳了臺灣文學的脈絡，拼織了九個甚至更多個小說家的故事，成為楊翠教授所說的「一幅光影詭譎的戒嚴臺灣文學圖繪」。我們可以從中想像他曾花費了多少功夫去閱讀、揀選、鋪排、調度，看來只是一本書，卻得旁徵博引可能百倍不止的文史資料。他文字曉暢明白，思路清晰，邏輯周延，因著他的歸納分析，這些前輩作家非但立體化，為人所明晰記憶；更重要的是長期被忽略的臺灣文學勢必得到較為完整且公正的注目。但因為用文學普及化豐富的史料是另一種學問，和純散文不免多了些距離。

陳玠安：富涵遊說力的抒情散文

當年的陳玠安是以書評得獎。沒料到其後出版的書，將評論融入詩文之間，形成了讓人動容且富涵遊說力的抒情散文。一來他年紀相對較長，閱歷也較豐富，從《那男孩擱下飛機》、《在，我的祕密之地》、《不要輕易碰觸》再到九年後出版的《問候薛西弗斯》，作品較多，可看出進步的脈絡。在《不要輕易碰觸》中，提到的「木心書屋」，一間位處花蓮邊陲地帶的獨立書店，是三個文青燃燒熱血建構出的可以買書、聽音樂、看電影的獨立書店。那些年輕時的美好想望與真實碰觸後，雖然殘酷地只維持了兩年餘，卻足資回味一輩子，堪稱最美好的時光，讓人閱之既感慨又感動。

玠安感性抒情，走了跟朱宥勳迥然不同的路線。早期作品較晦澀、黏纏，偏向節奏感十足的絕美絮語呢喃；後來這本《問候薛西弗斯》有意識的風格轉變，讓他蛻變成熟，年輕時的銳意雕琢盡去，雖然也寫困境，但已能豁達淡然，適度節制，成就了簡約又詩意盎然的散文書寫。寫作題材更是漸次開展出來，關心環境，焦慮和惻隱之心，讓他最擅長的音樂相關議題之外的其他書寫，也逐漸和專業比肩。關照面較廣，抒情和說理都自在，整本書顯得簡淨自足，傳統抒情散文的意義充分彰顯。

作者用惻隱之心勘查自己與他人的連結及世間所見的悲歡既視感，因此，相互靠近而成就了愛。

新詩類旭日獎得主

莊子軒

個人簡歷

莊子軒（1988 —），生於桃園濱海小鎮。臺北教育大學語文與創作學系碩士班畢業。2009 參加臺北詩歌節開幕朗誦，作品曾入選 2011、2013、2014 年度詩選，2015 年出版第一本詩集《霜禽》。

曾獲台積電青年學生文學獎詩獎、夢花文學獎詩獎、金車現代詩網路徵文獎、林榮三文學獎。作品散見聯合副刊、自由副刊。

得獎感言

感謝一切的肯定。

脱離校園多年，歷歷記得仔細的是升學夢魘，賦形為表格，卷宗，墨汁紅紅與歪斜簽名。對那時的我，「台積電青年學生文學獎」是來自外界最溫柔友善的凝視，這份暖意，現下仍照拂著我，即便青春已不在這裡。

該謝謝的太多了，再次感謝一切肯定。

后羿射日般的艱難任務

新詩類評審觀察

須文蔚

十五個太陽

答應擔任「旭日獎」的評選工作，起心動念，覺得自己彷彿可以看電影《年少時代》（Boyhood）一樣，穿越十多年的時光，同時可以追蹤好些少年詩人成長的旅程，看似是一則則小品，匯流在同一個出海口，何嘗不是一道波瀾壯闊的史詩？原本看似愜意的品賞功課，到最後要挑出一名得獎者，竟讓我陷入巨大的焦慮中：根本不是從夜空中，挑出最亮的星，而是要在滿天十五個太陽中，射下十四個，實在太艱難了。

台積電文學獎舉辦已經二十年，意謂著三分之二的得主已經大學畢業，甚至不少詩人已經達到而立之年，加上早慧的作者比比皆是，有大獎賦予桂冠，更為臺灣現代詩壇培育了一大批詩齡很長的作者。他們懷抱著早熟的心靈，不為同儕所理解，就像里爾克《里爾克給青年詩人的十封信》中所說：「我們凝精聚神，從那些狂妄、喧囂的事物（它們是多麼愛饒舌呀！）回到自己的境地，慢慢地學著認識這很少數的物件，在這裡延綿著我們所愛的永恆與我們所輕輕地分擔著的寂寞。」在學院中，在生活中，在孤寂中，默默走一條其他青年不曾踏上的道路。所幸艱困的環境沒有中挫詩情與詩意，翻閱手邊青年詩人所出版的十五本詩集，展現豐沛的創作量，營造出新穎題材、創新風格乃至於文體實驗，都讓人目不暇給。

鄒佑昇《集合的掩體》最具前衛的特質，排版與裝幀都不同於一般詩集，詩人藉以與法國神祕學家與哲學家西蒙．韋伊對話，詩句是對話、思索與警語，看似片斷，但亟需讀者進入隱喻，填補哲學的思辯。同樣有著創新思維的鄭琬融則在《我與我的幽靈共處一室》一書中，展露作家宛如通靈般的魔幻思維，每一首詩都帶著讀者遠行，到陌生與奇異的世界，體會詩人的奇思妙想。相較於鄒佑昇與鄭琬融的天馬行空，學建築出身的陳顥仁，則以無比的節制安頓語詞，在《愛人蒸他的睡眠》一書中，觸目皆是精巧與意在言外的詩句，而且許多書寫劇場與閱讀經驗的篇章，都顯露出詩人挑剔的品味，但新潮與創新的意志力。

中學時期的詩人必然敏感，也充滿了創作的激情，畢竟欠缺生活經驗與體會，未必能完善道出世界的美善與醜惡，隨著時光中歷練種種折難，甚至有機會踏查臺灣各地與世界各個角落，他們的詩作中所關注的現實議題，在在都顯得生動，能聽得見街頭的抗議聲，能聞得到戰火下的血腥味。在栩栩詩集《忐忑》中，詩人以〈親愛的法利賽人〉諷喻忘卻信仰本質，以神聖來傷害異己的行為，詩歌遂成為同志運動的重要呼聲。詹佳鑫的《無聲的催眠》中，能特別關注到以基因改造技術製作「絕育種子」，在販售糧食的同時，斷絕其他族群獲國家種植的機會，寫出〈如果我們都不再挨餓——致不知名的非洲兒童〉，以及關心關廠工人臥軌事件的〈今晚我躺在鐵軌——記二〇一三工人臥軌事件〉，都展現了詩人的抱負與關懷。讓人印象至為深刻的莫過於林禹瑄在《夜光拼圖》中，以詩篇關懷饑童與八八風災，更以〈新生之島〉書寫島嶼的美好，宛如一首創生神話的詠嘆調，值得再三低吟與賞讀。

讓人耳目一新的還有段戎的《保密到家》，以留學生活為主軸，寫出在國外讀大學的甘苦，以詩為自己打氣，真是青春無敵。皓瑋的《小敘事》則環繞在年少心事與遊歷的視角，詩人敏於哲思，文辭清綺，從微物上透露出的思辨萬分敏銳，令人愛不釋手。最年輕的周予寧出版了《那個字太殘忍我不敢說》，在絕大多數少女還懵懂於愛情時，她就持著手術刀般犀利的詩句，解剖人間情愛，甚至以絕佳的隱喻示愛，大有超越同代人的氣魄。

在歷屆得主中，最耀眼也最有讀者緣的是宋尚緯。宋尚緯從二〇一一年以降，在八年之間，出版了《輪迴手札》、《鎮痛》、《共生》、《比海還深的地方》、《好人》和《無蜜的蜂群》等六本詩集，聲勢驚人，堪稱現代詩復興的風雲人物。其中《鎮痛》獲得第二屆楊牧詩獎，受到嚴格的評論家與學者的肯定，同時他也大量在社群網站上發言與書寫詩作，抒發苦悶心情、抱怨生活處境、聲援社會運動及批判時局政治，追蹤與互動的網友為數眾多，每本詩集出版後，又廣為讀者歡迎，隱然形成一股「宋尚緯現象」。

宋尚緯的創作從早期抒發自身苦痛經驗，次第開展出關懷他人，以及針砭時局等多重類型。在語言上，他雖然廣泛閱覽中西名詩，但不拘泥於前人的語言與結構，穩定以較為絮語的文字風格抒情與敘事。旭日獎的評選是以一本詩集為準，宋尚緯的傑作散布在各本詩集中，單一成冊的風格會趨向一致，相形之下，莊子軒在詩集《霜禽》中，精銳盡出，展現他琢磨砥礪詩藝的成果，而終究脫穎而出。

《霜禽》連結漢語古典詩歌的抒情傳統與現代派詩藝

成熟的詩人必然有強烈的歷史意識，也能承繼傳統又開創新潮，艾略特（Thomas Stearns Eliot）就強調，詩人必須擁有歷史意識，同時也使他能意識到自己的歷史地位，以及自己的當代價值。莊子軒書寫的成長歷程中，作品中累積了古典文學的抒情傳統，也能溯源一九五〇到六〇年代的現代主義美學，但他並不是刻意沿襲與模仿，面對東洋與西洋文化輪番的衝擊，網路、動漫與搖滾音樂的浸潤，他都能剪裁與創造出回應時代的詩篇，溫雅和暢的意象中，淡淡抒發自身的孤寂感受。

莊子軒的《霜禽》中，文采斐然，連結漢語古典詩歌的抒情傳統，講究修辭中的情景交融，從典故中能翻轉出當代的意涵，是新生詩人中的佼佼者。短詩〈書寫〉就是很好的例證：「彷彿北冥之鯤／飢餓地追捕我們的小舟／如今朝誕生之蜉蝣」，把寫作描寫成莊子〈逍遙遊〉的天高氣闊，氣象萬千，又有蘇軾「小舟從此逝，江海寄餘生」的清曠飄逸；而靈感稍縱即逝，朝生暮死，則生動譬喻為蜉蝣，看似簡單幾筆，卻能對比出張力極為強大的描寫，這正是莊子軒以歷史意識作為祕密武器的明證。

評論家陳義芝就曾舉出：「〈江湖〉以江邊坐化的一尊泥菩薩比擬，捨身溶入江河，『為河床魚骨／覆上薄薄濕土』。這些意象警策脫俗，在瀕危的情境，具現出人意表的思想，逼出詩意。」

如果進一步細讀全詩，不難發現全詩的前三行「夏天／江水都枯竭／我仍有淚」，典故出自於〈上邪〉中「山無陵，江水為竭」，表面上描寫的是臺灣溪流的荒溪乾枯現象，實則抒發情感結束當下的斷裂與傷感，當詩篇最末化用莊子《莊子．大宗師》中：「泉涸，魚相與處於陸，相呴以濕，相濡以沫，不如相忘於江湖。」的典故，原本的寓言中魚兒尚且能以吐沫相互滋潤，甚至有精神嚮往寬闊的大江大湖，但莊子軒只能以薄土埋葬魚骨，更宣述絕望於江湖的沉痛與哀傷。

莊子軒也展現了他和一九六〇年代的現代派詩藝的連結，盛浩偉〈冬窗前的身影〉中就指出：「回顧詩集取名《霜禽》，也有那麼一點要諧『商禽』兩字之音的味道吧。但是從這首詩裡，我則感覺詩人一方面悼亡，一方面也有要從結束裡翻出新開始的企圖。」或許讀者會擔憂，此一諧音的推論，會不會過度詮釋？事實上，《霜禽》詩集壓卷之作〈禽問〉，就以「悼商禽」作為副標題，清楚表露向超現實主義詩人致敬的意義，而且更將商禽《用腳思想》的典故，進一步抒發，寫下：「你舉起自己，從不可能的角度／看著世界的印痕／如鐵一般烙在厚繭的腳底」，藉此表露詩人應當踏查田野，以出奇的觀點，觀看世局人情，以深刻的記憶與書寫，寫下詩篇，也回應身處當代的生活體驗。

《霜禽》以有限的篇幅，展現了詩人的社會觀察，舉凡悲憫八仙塵爆的傷者、抗議咖啡貿易中存在的剝削、冷靜於風起雲湧的學運風潮等，在在可以體現莊子軒不僅僅傳遞古典轉化現代的美好，更以文字關懷現實苦痛，保持冷靜，不追逐風潮與流行的言說，以一種自甘於邊緣的聲音：

只能夜晚就著囊螢孤燈
虛構鬼狐野史

為自己作傳（〈像我這樣一名男子〉）

能與主流、大眾與流行的思潮保持距離，不急著表態或附和，這是莊子軒保有獨特風格的重要特質，也成就一本耐讀，值得細細推敲的詩集。

一面細細閱讀手邊光彩耀目的十五本詩集，一面回首二十年來，臺灣教育界益發重理工與商管，輕忽人文與文學創作，所幸有「台積電青年學生文學獎」堅持文學教育的理念，為青年作家賦能，讓他們能驕傲地走向創作的道路，在生活中淬煉出更為成熟的作品，唱出新世代難以言說的心情，更關懷臺灣與世界弱勢者的處境，相信旭日獎所彰顯的不僅僅是一位新銳作家，而是新世代詩人以滿天日光，在激流中造影的燦爛景致。

繁花盛開——台積電青年學生文學獎歷屆得主書展

小說類

林孟寰《方舟三部曲》（奇異果文創）
林孟寰《自由新鎮 1.5》（臺灣角川）
陳又津《少女忽必烈》（印刻）
陳又津《準臺北人》（印刻）
陳又津《跨界通訊》（印刻）
陳又津《我有結婚病》（三采）
林育德《擂臺旁邊》（麥田）
朱宥勳《誤遞》（寶瓶）
朱宥勳《堊觀》（寶瓶）
朱宥勳《暗影》（寶瓶）
朱宥勳《湖上的鴨子都到哪裡去了》（大塊）
朱宥勳《以下證言將被全面否認》（大塊）
李璐《致不在場的他們與遲到的我》（時報）
李璐《雪的俘虜》（時報）
陳柏言《夕瀑雨》（木馬）
陳柏言《球形祖母》（木馬）
陳柏言《溫州街上有什麼？：陳柏言短篇小說集》（木馬）
鍾旻瑞《觀看流星的正確方式》（九歌）
吳佳駿《新兵生活教練》（印刻）
林纓《Happy Halloween：萬聖節馬戲團》（布里居出版）
徐振輔《馴羊記》（時報）
張嘉真《玻璃彈珠都是貓的眼睛》（三采）

散文類

陳玠安《那男孩擱下飛機》（洪範）（絕版）
陳玠安《在，我的祕密之地》（洪範）
陳玠安《不要輕易碰觸》（洪範）
陳玠安《問候薛西弗斯》（木馬）
陳又津《新手作家求生指南》（印刻）
陳又津《我媽的寶就是我》（悅知文化）
朱宥勳《他們沒在寫小說的時候：戒嚴臺灣小說家群像》（大塊）
盛浩偉《名為我之物》（麥田）
宋尚緯《孤島通信》（麥田）
宋尚緯《再也沒有蒜苗佐烏魚子了》（啟明）
江佩津《卸殼：給母親的道歉信》（大塊）
蕭詒徽《一千七百種靠近：免付費文學罐頭 輯I》（九歌）
蕭詒徽《蘇菲旋轉》（啟明）（絕版）
方子齊《還不是我的時代》（有鹿）
秦佐《擱淺在森林》（註異文庫）

新詩類

莊子軒《霜禽》（唐山出版）
鄒佑昇《大衍曆略釋》（自費出版）
鄒佑昇《集合的掩體》（雙囍）
栩栩《忐忑》（雙囍）
林禹瑄《那些我們名之為島的》（角立）（絕版）
林禹瑄《夜光拼圖》（寶瓶）
宋尚緯《鎮痛》（啟明）
宋尚緯《共生》（啟明）
宋尚緯《比海還深的地方》（啟明）
宋尚緯《好人》（啟明）
宋尚緯《無蜜的蜂群》（啟明）
蕭詒徽《鼻音少女賈桂琳》（自費出版）（絕版）
皓瑋《小敘事》（時報）
詹佳鑫《無聲的催眠》（釀出版）
鄭琬融《我與我的幽靈共處一室》（木馬）
陳顥仁《愛人蒸他的睡眠》（九歌）
段戎《保密到家》（聯合文學）
周予寧《那個字太殘忍我不敢說》（三采）

繁花盛開——
台積電青年學生文學獎二十週年青年作家群像

2004 年，台積電文教基金會和聯副共同創辦「台積電青年學生文學獎」，以高中生為徵文對象，一年一年，迎來了大批才華洋溢的文壇新鮮人。

今年適逢「台積電青年學生文學獎」二十週年，主辦單位匯整了所有得獎者出版的作品，並且邀請知名作家針對小說、散文、新詩三類別，分別選出一位旭日獎得主。其中，「青年作家群像」企劃特別邀約了三位旭日獎得主，小說獎得主徐振輔、新詩獎得主莊子軒、散文獎得主陳玠安，以及另外兩位在不同領域表現優異的創作者栩栩、方子齊等五人拍攝影片，紀錄他們的生活、分享創作概念，以及未來寫作計畫。

完整影片內容由此觀賞

附錄

二〇二三第二十屆台積電青年學生文學獎徵文辦法

宗旨：提供青年學生專屬的文學創作舞臺，發掘文壇的明日之星，點燃臺灣文學代代薪傳之火。

主辦單位：台積電文教基金會、聯合報

獎項及獎額：

一、短篇小說獎（限五千字以內）

首獎一名，獎學金三十萬元

二獎一名，獎學金十五萬元

三獎一名，獎學金六萬元

優勝獎五名，獎學金各一萬元

二、散文獎（二千至三千字）

首獎一名，獎學金十五萬元

二獎一名，獎學金十萬元
三獎一名，獎學金五萬元
優勝獎五名，獎學金各八千元

三、新詩獎（限四十行、六百字以內）
首獎一名，獎學金十萬元
二獎一名，獎學金五萬元
三獎一名，獎學金二萬元
優勝獎五名，獎學金各六千元

以上得獎者除獎金外，另致贈獎座或獎牌。

四、附設「高中生最愛十大好書」票選及系列活動，由參賽者選出心目中最愛的臺灣出版文學類書籍。

應徵條件：

一、凡具備中華民國國籍，十六歲至二十歲之高中職（含五專前三年）學生均可參加，唯須以中文寫作。

二、應徵作品必須未在任何一地報刊、雜誌、網站發表，已輯印成書者亦不得再參賽。

注意事項：

一、每人每項以參賽一篇為限。但可同時應徵不同獎項。

二、作品須打字列印（A4大小），一式五份，文末請註明字數（新詩請另註明行數）；字數或行數不合規定者，不列入評選。

三、請另附一紙，每位參賽者須列出三至五本最喜愛的文學類書籍（不限作者國籍、語言，但須在臺灣出版），須標明書名、作者、出版社。

四、來稿請在信封上註明應徵獎項，以掛號郵寄（221）新北市汐止區大同路一段三六九號四樓聯合報副刊轉「台積電青年學生文學獎評委會」收；由私人轉交者不列入評選。

五、原稿上請勿填寫個人資料，稿末請以另紙（A4大小）打字書明投稿篇名、真實姓名（發表可用筆名）、出生年月日、就讀學校及年級、聯絡電話、e-mail信箱、戶籍地址並附學生證影本，資料不全者不予受理。得獎者另須提供較詳細之個人資料、照片及得獎感言。

六、應徵作品、資料請自留底稿，一律不退。

評選規定：

一、初複選作業由聯合報聘請作家擔任；決選由聯合報聘請之決選委員組成評選會全權負責。

二、作品如未達水準，得由評選會決議某一獎項從缺，或變更獎項名稱及獎額。

三、所有入選作品，主辦單位擁有公開發表權以及不限方式、地區、時間之自由利用權。前三獎作品將在聯合報副刊（包括ＵＤＮ聯合新聞網及聯合知識庫）及聯合報系北美世界日報副刊發表，優勝獎作品刊於台積電文教基金會網站及部落格。日後集結成冊發行及其他利用均不另致酬。

四、徵文揭曉後如發現抄襲、代筆或應徵條件不符者，由參賽者負法律責任，並由主辦單位追回獎金及獎座。

五、徵文辦法若有修訂，得另行公告。

收件、截止、揭曉日期及贈獎：

收件：二〇二三年三月八日開始收件，至二〇二三年五月十一日止。（以郵戳為憑、逾期不受理）

揭曉：預計二〇二三年七月中旬得獎名單公布於聯合報副刊。

贈獎：俟各類得獎人名單公布後，另行通知贈獎日期及地點。

詳情請上：台積電文教基金會網站

http://www.tsmc-foundation.org

文學大小事部落格

https://medium.com/@fridaynightmoonlight

台積電青年學生文學獎臉書粉絲團

www.facebook.com/teenagerwrite

或洽：chin.hu@udngroup.com

02-8692-5588 轉 2135（下午）

文學專刊——繁花盛開

蒲公英的過程

專訪作家陳顥仁

蕭詒徽

最一開始，大概是因為反感吧，陳顥仁說。

「建築系、建築界的朋友說話的時候，很常會用『這棟房子很有詩意』這樣的說法。尤其當大家知道我有在寫詩，就會問說哎呀，這棟建築給你什麼詩的感覺啊？」並非詩意這個形容詞不成立，只是它太廣泛、因而不精準：「大家會說安藤忠雄是建築詩人，可是妹島和世也是建築詩人，王大閎也是建築詩人，阿爾瓦洛西薩也是建築詩人……在建築人的眼裡，他們蓋的明明是不一樣的東西。一聽到這些說法，我就會渾身不舒服。」

在臺灣，建築系學分採美國五年制，最初幾年的知識從一間廁所開始，然後是五十到一百人的小教堂，再到體育館、學校。最後一年，學生終於可以自己找題目自問自答。陳顥仁在東海建築系的畢業製作《建築的詩實踐／施工圍籬敘事》裡想問的，就是到底什麼叫建築上的詩意。

他決定從真正的詩出發。

文字上的詩意是什麼？如果只能鑽研一種，二十三歲的陳顥仁給了一個如今也自認不嚴謹的定義：嫁接。在《建》中，最初的概念模──concept model，一種介於抽象概念跟實際材料之間的

轉換模型——他將各種異材質如金屬與木材、水泥與金屬、木材與木材等以工法拼接，進行他所謂「操縱兩種物質的連結」。

指導教授最後回饋陳顥仁，要不要把這些模切開來看看？

「A和B連在一起了，然後我們把它切開去看剖面，看那個不是A又不是B的東西是什麼。」說的是建築，其實也是他的詩論：一種中介狀態，將A和B聯繫起來並以某個角度切開，原本沒有被大家發現的C浮現了。

畢製作品集裡，陳顥仁在問題意識一節，放了一首自己寫的詩：

時間像鳥
長長的爪鉤住地上的樹梢
垂釣
你
在漫長而靜定的
日子裡
光像煙硝

——**〈關於詩和你這些我也正在思索的事情〉**

他記得自己寫的第一首詩的名字。

小學某堂國文課，練習簿上的練習是模仿。老師叫大家看著範例，嘗試寫一首詩。「寫完的那一刻，是我這輩子第一次體驗到靈光的瞬間。我有一種奇異的滿足感，覺得寫出了超出我自己的東西。」

那首詩的名字叫作〈蒲公英〉。

不過，真正開始有意識地動筆，要到國中。陳顥仁就讀的明道中學歷來承辦全國學生文學獎，老師們於是以向校內學生催稿為己任。獨生子陳顥仁自幼與父親的書架相處，上頭是漫畫家蔡志忠的老莊系列、一套中國古典詩詞全集；或許因為從小讀這些書，他的作文成績不錯，理所當然成了重點催稿對象。

「拿獎開心嗎？可能有吧。畢竟我是一個容易擔心事情沒有做好的人，如果不知道該怎麼辦，我寧可不要開始。那時我不知道什麼是散文，也不知道什麼是新詩，所以不太想投，可是投了以後卻好像開了一條神祕的小路。」他說。

「就是，原來我寫的作文可以直接拿去投散文組，然後還拿獎嗎？這種荒謬的事情居然發生了嗎！？」

最一開始，是這樣荒謬的快樂。直到高一高二，陳顥仁才從投獎的快樂來到寫作的快樂。「也

是叛逆吧，那時候文藝少年少女都寫一些高大上的東西，我就想說我偏不要，我故意要寫一些小情小愛、只關於我自己的事。那種反叛，最後讓成就感回到我自己身上。」

直到如今，愛情依然是陳顥仁作品的大宗主題。第一部詩集《愛人蒸他的睡眠》充滿環繞於單一對象的傾訴、與自然地物相互比擬的情思。他善於在極短篇幅中於前半段埋下意象，隨後在過程中借助隱微的暗示，讓讀者自動於內在完成象徵的建立，卻無有輕易譬喻之感：

用一扇窗子的口吻
說一早的天氣
不醒的話
放在木質的邊桌
邊桌有腳
但並不走路
——〈晨起〉

對讀者而言之精妙，他自己卻已經覺得太黏了。《愛》中收錄的詩作約是四到六年前所作，他稱這種意象聯繫的手法是「不靈活」的：「我好像總是一定要從A連到B，再從B連到C。但像夏宇，她可以直接從A連到甲。」

不甚滿意，但選詩出版時他幾乎沒有改動舊作，只要閱讀時確認是當年的自己誠實表述之作，幾乎都被放入集中。所謂「當年的誠實」是什麼？他說，倒不是把自己的創作有意識切分成不同階段，而是去感覺不同階段「比較前面的東西」是什麼。

「有陣子，我很常被一款手遊的廣告打到：畫面上是一組看起來像是立體拼圖碎片的零件，從某個角度上看沒有辦法組合成一個畫面。可是玩家可以轉動觀看那組零件的角度，在特定角度時拼圖會突然變得有意義。」

他說，看著那個廣告，就好像看到詩。

「所以，我年輕時的那組角度，譬如說習慣把感覺放得很重：失戀很難過啦，受傷覺得很鬱悶啦，當年的我會把這件事情以一種強烈的方式說出來。但再過兩年，我的角度變了，會看到我原本沒有注意到的事情；寫詩的狀態會在這些瞬間發生一種質變：我重新在文字媒材裡面找一種呈現新的觀點的方法。」

這些尋找的瞬間，構成了《愛人蒸他的睡眠》。「我發現，當我看到一首詩時，我可以很明確地感覺到當時的自己正在用全心全意去感覺。」

高中的他以一首〈頹廢禪〉拿下時報文學獎，彼時他甚至不知道時報文學獎是什麼。那首詩對

他而言是「很黏」的代表，但同時也收納了他當年的閱讀喜好：羅毓嘉、楊澤、許悔之。陳顥仁將自己喜歡的文字質感放進詩中，但操作這類「強烈濃厚」的東西時間不長，因此「生出了一坨一坨的東西」：「它沒有不好，但是並不輕盈；所以我說可能是年紀的關係，那個年紀喜歡這樣彩度和厚度都很高的事情，而且，沒有想要處理除此以外的事。」

現在的陳顥仁不那麼喜歡以前的狀態了。即便性依然是主要動機，他認為自己的詩觀逐漸用詩遮住事情，變成用詩表現事情。

「小時候只有愛情需要寫詩啊，其他事情你就寫別的東西就好了嘛。要避免對方看懂，所以會寫得很藏，而且被我拿來處理很情緒性的東西。後來我比較熟悉這種有某個人稱對話的敘述方法，自然就被沿用下來。」情詩是原點，但情詩的技藝後來成為一個工具，讓他了解其他東西——

「上研究所的時候，老師問我有沒有其他興趣。其他同學好像都有其他興趣，動漫啊什麼的，只有我的興趣就是看書寫作，好像沒有其他可以擴張詩的規模的東西。」

這時他回頭想到建築，「老師接著問我『你難道不喜歡建築嗎？』我每次聽到這個問題都膽戰心驚；我現在的答案是，好像真的沒那麼喜歡欸！不是因為我排斥它，而是，文學先來到我人生使命的位置。而建築比較晚到，但依然占據了相當重要的部分。」

用詩去切開建築，然後再意識到，建築可以擴張詩。蒸完愛人的睡眠之後，陳顥仁完成了新的寫作計畫《二次竣工手冊》，大致概念是拜訪一棟棟房子，為那些房子寫些什麼。

「因為是為一個對象創作，所以寫那個計畫的時候，我好像跳脫了『自己坐在這裡想到的事情』，慢慢地把主體拉出來，抵達一個客體。為那些房子寫作，讓我突破自己的局限性。」超出陳顯仁自己的東西。那過程，就像蒲公英。

■簡歷

生於一九九一。

作品《一千七百種靠近：免付費文學罐頭輯I》、《晦澀的蘋果 VOL.1》、《蘇菲旋轉》（合著）、《鼻音少女賈桂琳》、《Wrinkles——BIOS monthly 專訪選集二〇二一》（合著）。

網誌：輕易的蝴蝶。

寫作的慾望與自由

專訪作家吳曉樂

葉儀萱

採訪吳曉樂的那天，約在一家植栽蓊鬱的咖啡廳。她點了一杯蜂蜜拿鐵，輕巧地坐下。錄音筆還沒準備好，她盯著我的眼睛，在我提問之前就先開口：「妳現在坐在這裡、做這件事，是開心的嗎？」

像是上課不專心的學生突然被老師點到名那樣，我愣了一下，才支支吾吾地回答「我不知道。」那一瞬間，我感到非常羞愧，不太敢看她，卻不自覺傾訴自己最近的困惑，好比喜不喜歡寫作、以及有沒有必要繼續寫作之類。吳曉樂耐心地聽著。不禁想，也許當年她面對那些家教學生也是這樣。先獻出自己的耳朵，然後才開始談話。

「比起喜歡或必要，我覺得寫作它最考驗的是慾望，你有沒有一個，你不說會很痛苦的慾望？」

國家不幸詩家幸——痛苦作為寫作慾望的培養皿

吳曉樂是法律系畢業。二十一歲的時候，大家都在討論以後要幹嘛，實際上，當時的法律系學生就只有兩條路可走——司法官或是律師。「我就覺得，天哪～為什麼這兩個東西聽起來都好不吸引我？」身邊的人得知吳曉樂兩個都不想選，有人覺得她瘋了，也有人不平，覺得她白占了法律系的位置。

「別人很難理解我想做什麼。」這令吳曉樂的書寫慾望開始萌芽。彼時，她對未來還沒有太多想法，但是因為家境並不富裕，所以必須半工半讀。家教時薪高、工作時間彈性，成為打工首選。然而，面對那些只比她小兩、三歲的「學生」，她經常看見對方的痛苦與自己的痛苦相互輝映。一個著急追求「臺大」的頭銜，另一個是戴著「臺大」的后冠卻無所適從。如王爾德所說：「人生有兩個悲劇，一是想得到的得不到，二是想得到的得到了。」

吳曉樂是後者。「這個東西就像是你得到了金子，但是你不能夠只持有金子。你要把它打造成更好的東西，譬如說金首飾啊、金項鍊啊，或者是金像，不然人家會覺得，你拿著一塊金條很庸俗。」

家教學生的處境也沒有比較好。在臺北市富麗堂皇的公寓大廈裡頭，有雪白的制服襯衫，也有腥紅的家庭悲劇。那些孩子端坐在金山銀山上，生來就擁有一切，唯獨沒有愛，只能由成績單上的數字定義自己的價值。但凡名次下滑，就有可能面臨雙親的羞辱或毆打。「雖然大家都說，同情是一種很糟糕的感情，但我會說我那時候絕對只有同情，我們的生命經驗差太多了，不可能做到同理。而且我們都自顧不暇。」

「當時就有一種慾望是，我再不趕快定義這個世界，這個世界就會定義我。」

二十五歲，吳曉樂根據家教經驗，出版了第一本書《你的孩子不是你的孩子》。這種煎熬終究孕育出了一位作家。

臺北、臺北——啟蒙與嫉妒之城

也許是臺北這座城市帶給吳曉樂的衝擊實在過猛，她在第二本小說中，將臺北設成迷人陷阱，承載著角色們的嚮往，彷彿只要經歷這座城市的洗禮，就能夠摒棄過去、重獲新生，成為「更好的人」。

「來臺北之前，她不是沒有給自己打氣過，陳勻嫻，妳那麼拚了命地念書，不就是為了把自己從一個荒蕪的小鎮帶來這裡嗎？」——《上流兒童》

《上流兒童》中，主角陳勻嫻考上臺北學校，看見身邊同學年年出國、但自己卻連護照都沒辦過。這種酸澀的情感，讓她不計代價地將自己的兒子推往上流社會，就這樣一步一步陷入權力的算計之中。

嫉妒的原罪，早在《創世紀》就能見得。夏娃離開伊甸園後生下一對兄弟，哥哥亞伯務農、弟弟該隱牧羊。他們將自己的作物獻祭給神，然而，耶和華僅看中了亞伯的供品，該隱因此發怒、將亞伯殺了，嫉妒促成了世上第一樁殺人案。「我太太喜歡該隱與亞伯了！也因為這個故事太典型，所以後人只能不斷使用。」吳曉樂熟悉、也迷戀這份扭曲的恨意，嫉妒成為作品不斷趨近的核心，透過筆下角色的行動來回辯證。

「到底一個寫作的人，他要反映的是什麼？是一個永恆不變的東西、還是反映他的當下？到最後大家會發現到，其實當下跟永恆是差不多的，因為人是不會改變的。」

嫉妒不是憑空而來。越是知曉世界之大，就越難甘願接受生活的平庸或悲劇。克蘇魯神話有這樣的設定：啟蒙只會導致發狂。臺北作為啟蒙吳曉樂的罪惡之城，卻也滋養了她的創作。

衡量，是選一個比較不殘忍的

「如果我知道這麼多事情，卻什麼都不做，那好像也是另外一種殘忍。」對吳曉樂來說，「知」與責任是綁在一起的。就算鋒利的筆尖同時割裂了寫作者和被書寫者，也依然要繼續。

第一本書出版後，大量留言湧入吳曉樂的臉書，指責她，為什麼要剝削故事的主角，把家庭寫得如此不堪？那之後，吳曉樂有三年都動彈不得。朋友恐嚇她：「妳是要成為一本書作家是不是？」她打趣地說，「啊～當時覺得，其實這個頭銜好像也滿酷的。」

說是這樣說，書寫的慾望還是戰勝了一切。隨著第二本書《上流兒童》問世，吳曉樂也開始轉型成長篇小說作家。然而，輿論壓力或多或少左右了她的選擇。《上流兒童》的最後，主角陳勻嫻幸而懸崖勒馬，收回對於躋身名流的執念，並向兒子道歉。這樣的結局，被法國的出版社認為過於突兀，問道，為什麼就這樣和解了？

吳曉樂將頭輕側、表情平淡。「我當時對人跟人的關係理解有限，只能那樣安排，但最後也有一部分是，我不想再被罵了。」

第三本《我們沒有祕密》，寫的是更為殘酷的社會議題。吳曉樂做了詳細的功課，將家庭性侵受害者的創傷一字一字繡進書中。然而這次，她放棄了救贖。「法律系很早就在學一件事情，就是衡量。沒有絕對的事、沒有最好的選項，我們都是在兩個很爛的事情之間挑一個比較不痛、比較不爛的而已。」

《我們沒有祕密》的結局，背負著一切的受害者始終孤身一人。當時編輯問她，一定要那麼絕望嗎？吳曉樂堅持不改。悲劇發生的當下，主角們都還只是不諳世事的青少年。「如果為了要讓大家當下好過一點而寫出某種東西來，這很不尊重角色們的痛苦，因為我的角色當時沒有更好的解決辦法。」作家的責任，從來就不是拯救角色或安撫讀者，而是就算殘忍，也要好好地正視每個苦難發生的當下。

追求有趣的心

吳曉樂痛恨理所當然的事，反而被人的矛盾深深吸引。採訪中，她不只一次以「有趣」二字談起她對世界的觀察。而這樣的矛盾，也在她自身展現。曾為不婚主義者的她，今年結婚了。

「我原本就不想要踏進婚姻，但現在覺得，如果我不小心知道一般人是怎麼經過這一切的、然後也離婚了，我又會怎麼樣？」吳曉樂有一個迪士尼樂園人生理論——既然拿到票了，就要從早玩到晚，把所有設施都體驗過一遍。

翻開民法，結婚和離婚，哪個制度的法條比較多？當然是離婚。吳曉樂將離婚制度比喻成電影院的逃生出口，有安全保障，才要跳下去。「離婚絕對是婚姻的一部分。我的先生讓我知道，這個制度本身是中性的。」法律並沒有規定離婚的人必須如何，代表，傷人的並非離婚本身，而是社會的本質。

吳曉樂亮出空空的雙手。「我是用有點兒戲的方式在處理，所以我才沒有戒指啊！」非常多人告訴吳曉樂，她的個性不適合婚姻。「我就會跟他說，對，那就是我追求的。」她追求世上一切有趣的事物——也包含離婚的可能。

「既然大家都在關心我的一舉一動，我就來看看可以玩到什麼程度吧！」她俏皮地說。

無論是書寫還是婚姻，吳曉樂都追求絕對的自由。痛苦的事與有趣的事，遂成為吳曉樂創作的切角，養肥了她的寫作慾望，最終協助她註解這個世界、在提問中往答案靠近。翻開她替我簽名的書頁，上面寫：「創作，就是我說了算！」

■簡歷

二〇〇一年生，桃園大園人。

正在重新當回一塊海綿。

謝謝這段路上幫助過我的每一位夥伴。

因為認識了很多有趣的人，所以覺得，能夠繼續寫下去真是太好了。

如果小說是隻吞噬一切的怪物

專訪作家黃崇凱

陳禹翔

午後兩點在大南門城附近的巷口，寒假回家的我與居住臺南的黃崇凱相約見面，他停好機車迎面走來，親切地問我：「是禹翔嗎？」我點點頭，然後和他一起拐進紅磚巷弄裡的咖啡館。

自從確定了這場採訪，我就陷入一種期待夾雜振奮的情緒裡，回想我第一本讀到黃崇凱的作品，是高中圖書館書架上的《文藝春秋》，直到後來的《新寶島》，還有回頭閱讀早前的《比冥王星更遠的地方》，我都因為書中總能抓到一條我所陌生的切入途徑而感到激動，不論是真實生活在臺灣某處的《漢聲小百科》主角們、一整個國家的人民被拋到古巴的原住民總統，或是互寫虛構彼此人生的人物，我常常在放下書以後，環視週遭想著這個世界是否也是虛構而生？

二〇二三年初的這一天我決定以此開始，我想知道新寶島裡虛構的二〇二四年逐步進逼，黃崇凱如何看待著這個虛構與真實的交錯點？

他回答，大交換只不過是個唬人的哏，這個情節百分之九十九都不會發生，但除此之外，小說其他部分是否提出有意義的思考與問題其實更為重要。難道當我們交換了生存座標，就會變成不一樣的人了嗎？就不去堅持我們本來堅持的事情了嗎？「所以這本小說在過了二〇二四年之後，我仍希望有人讀到它時會覺得這是個往異世界的通道，會開始思考，假如出現這樣的情境，我們的生活會不會有其他可能性？」

關於異世界，抑或是所謂不真實的虛構書寫，一直是我覺得魅惑而嚮往的主題，但這樣的書寫如何能夠自然地寫出？「我覺得最重要的就是現實感。」黃崇凱說。他分享了日本漫畫家柘植義春與臺灣作家七等生的作品，例如七等生在六〇年代寫的〈來到小鎮的亞茲別〉，明明其中的描寫非常寫實，為什麼讀起來卻如此迷離和疏遠，彷彿漂浮在離地三公分的地方？而創作者還時常堅稱自己的作品是「寫實」的。黃崇凱說：「寫實這件事在不同人眼裡有不同的認知跟理解，最厲害的作者可以在書寫過程中將不同層次的感受帶出來。」

就好比賈西亞．馬奎斯的《百年孤寂》，馬康多小鎮的雨不可能下了四年十一個月又兩天，我們可以說他寫出了潮濕發霉的感覺，這個層面是寫實的，但帶給讀者的感受是超現實的。黃崇凱關注的是，如何從既有的現實基礎出發，並且從那個地方開始，還可以做到什麼。

小說這個文體的有趣之處就是，它雖然不是非虛構，卻又能像怪物一樣吞噬詩、散文、報導等等，光是這個拼貼行為本身就提供了小說的虛構基礎，即使虛構的成分再怎麼小，都有個微弱的成分在裡頭。

文學的樣貌：寫作會與駐村

我們並肩坐著，臺南下午偶有溫煦的太陽斜斜曬進巷弄。我告訴黃崇凱，我如今仍正在經歷高高低低的挫折與自我質疑，他喝了一口咖啡，並說接任耕莘青年寫作會的總幹事時自己也處於一個徬徨的心境。「參加寫作會就是……壓力很大。」他說完大笑出聲。這是因為在黃崇凱任職那時，耕莘青年寫作會開始了一項常設性的「作品批鬥會」，寫作會裡可以遇到很多對文學還很疑惑、有很多探索空間、還在尋找自己聲音的同齡創作者，這多元的組成導致有些評語不見得每個人都能夠承受，雖然被批評的地方並不一定真的不好，被讚美的地方也不一定完全是好的。黃崇凱想了一下，說道：「嗯……所以自己還是要有所取捨。寫作會就像是一個平臺，要參加得多深入是可以自己決定的，不過還是很歡迎大家去試試看。」

除了參加寫作會以外，我也很好奇黃崇凱在《新寶島》裡寫過的駐村的環節，與他自己曾經的國外駐村經驗是否有關連，去過柏林、愛荷華等地駐村後，這些經驗又帶給他什麼不一樣的視野？

駐村最珍貴的收穫就是可以碰見來自世界各地，不止英美文化圈的其他國家的創作者，例如在愛荷華國際寫作計畫就可能有來自蒙古、亞美尼亞的作家，這些人甚至在他們的母國都不可能相遇。大家用著或許不夠精準的英文交談，但還是能夠了解，原來彼此在國內所面臨的問題是如此相似，對黃崇凱來說，看見文學在世界各地的面貌是在駐村時能夠釐清的事情。

影音表演時代的文學心法

無論是寫作會還是駐村，都展現了交流在作家生活中的重要性，作品的交流或是人際的交流總是可以推著人向前，那在這之後，回到寫作者自己本身，創作時的心魔該如何破除？尤其寫作時忽然對於下筆的猶豫徬徨、取材的靈光消退、風格方向的不知所措，那究竟是身為作者的常態抑或嚴重的問題？

黃崇凱望著前方思考了許久，接著緩緩地說：「像這樣的經歷，到我這個年紀的時候你可能會經歷過很多次。」那些沒有寫出來的東西某種程度會變成後來的養分，捨棄的本身也正是在篩選本來以為有的選項。有些時候，沒能寫出作品是因為當下沒能力處理。黃崇凱分享了有關臺灣跟古巴大交換的想法，是在他剛搬來臺南就想到了，可能因為在臺北住了十幾年，突然來到一個相對陌生的城市，那種醒來後突然覺得自己在什麼地方的感受使他想到了這個點子。有了這個想法以後他還是把這個點子擱著，直到寫完了《黃色小說》、《文藝春秋》還有一些字母會的短篇，才覺得應該好好把這件事寫出來。

我伸手拿起這天隨身帶來的《新寶島》隨意翻閱，看到描寫大交換的章節就停下來，我對於其中透露出的急促跳轉的寫作調性著迷不已。黃崇凱笑著反問我：「既然你已經讀過書了，那你覺得如何呢？」

我說我喜歡裡面活用了各種模擬廣播節目、採訪、書評、劇本的形式，有測試小說的彈性限度的意味。不過在世界上那麼多的作品裡，真正的獨特性到底該怎麼彰顯出來？我對黃崇凱提出這個疑惑。

設法逼近好作品

他認為這即使是現在已經出過書的作者也不見得能做得到或做得好。寫作其實就是去尋求某一種獨特性，要讓人不用看名字就能清楚地辨識出這件作品是誰寫的。而建立自己的獨特性有很多種方式，有些人透過語言文字，有些人則透過特殊的跳躍的思考，大家各有各的努力方向，但最終還是要回歸到我們自己到底喜歡什麼？喜歡怎麼呈現？

「所以只有一個勸告，」他說，「就是儘量去寫自己想寫的東西，不要迎合。那麼該如何建立這個判準呢？就是去相信自己心目中的好作品，例如我相信薩拉馬戈，我相信瑞蒙．卡佛，我相信波拉尼奧，我相信賈西亞．馬奎斯，我相信福克納、海明威，我相信艾莉絲．孟若，當我看到這些作品給我的震撼後，漸漸就會有一套判準，知道自己與這些好作品的差距，而我們該做的即是設法逼近那個好作品，縮短差距。」

直到離開咖啡店我們都不停聊著，我記得非常深刻，黃崇凱說，也許在兩百年前，讀小說是了解遙不可及的王室貴族生活，或了解遠方水手帶回來的故事的少數辦法，但在這個充滿影音表演的時代，已經不見得是如此，所以因主動參與小說文字世界而激發想像，大概是當今閱讀最珍貴的特質了。

我聽完頻頻點著頭，吃完最後一口甜點，好像從這裡開始，虛構與現實的邊界開始浮動游移，融化在光線朦朧的新寶島。

■簡歷

惦記著文學與地理學的人類系學徒，最享受移動時的風景。

目前暫居臺北，正努力把所有喜歡的東西給組合起來。

曾獲台積電青年學生文學獎、臺中文學獎，作品入選《九歌一一一年小說選》。

踏入寫作與自我的房間
專訪作家李欣倫

賴宛妤

李欣倫帶著我們穿越玻璃門，走過黑色卵石鋪的小道，搭上電梯，前往她的住所。對面公園樹葉開始長出新芽，桃園風大，從李欣倫家一望而下，深淺的葉子在風中搖曳。李欣倫家有著一種整潔感，她笑起來時黑眼球會格外漆黑。她坐在平時寫作的地方，我的身後則是大面書牆，她將一本本自己曾出版與新出版的書從架上拿下；有幾本放在較高的櫃子，需要踏上板凳拿取。新與舊交疊排開在長型木桌，勾勒出她的寫作史。

盛接的器皿

二〇〇二年李欣倫出版了《原來你什麼都不想要》，楊佳嫻的推薦序說到「看似抒發個人在婚姻、家族、妻職與母職裡的遭遇，同樣能當作女人在社會一切處境的寓言。」

一路書寫將近二十年的李欣倫，由中醫師女兒、孕育者，到身為母親、妻子。多重身分下，身體如一面鏡子，反映各種情緒、狀態。在身分不停轉換下，清晰看見自身、回望自身。書寫和閱讀成為盛接的器皿。

有趣的是，李欣倫在過往書寫中，感官和身體都作為出發點，在看似相像的面相中進行變化，以細緻不繁雜的敘述創建獨特性與豐富性。當深入詢問她作品所具備的獨特性時她說到「身體並不是單一題材」，頓時讓我腦中浮現各種身體曲線，忽然明白，她所說的是超出身體外的身體；肉體和心靈是不可分割的。

在她的講述之間，她手中糅雜的苦橙葉與佛手柑護手霜氣味也慢慢散開來。

說起父親時，李欣倫的嘴角淺淺上揚像條河，露出滿足平靜的神情。身為中醫師的女兒，她以自身經歷作為出發點，肉體和心靈相互輝映。書寫的第一本書籍《藥罐子》關注人體身心狀態間，在中醫藥材與身體疾病間，將少女的家庭、身體、記憶串連。

「現在的家離爸爸中醫診所大概十分鐘而已，那時我特別買了一個爸爸可以靠行走，就到達我這裡的地方」李欣倫在此地回顧自我生命歷程。桌上植物彎曲生長，深綠葉子配上青藍鑲邊小盆；空氣充滿木質香；器物與書籍擺放方式不禁讓人癡迷她為生活、寫作、研究打造出來的空間。

她坦言，有時比起作者更享受身為一位讀者，悠遊各類文本中：「在寫作中力求變化，我覺得並不是一件容易的事，尤其過了中年，好像到了一定年紀，或進入寫作一段時間後，就不太能夠多變。」李欣倫講述閱讀所帶來的驚喜感時，眼睛澄澈，寫作者所處理的各個題材被她逐一打開，地圖般展開在我們面前。她望向陽臺外頭緩緩說起西西的《哀悼乳房》。

「西西在乳癌題材下，穿插問答、對話、說明，甚至翻到某頁數，就會出現指示。看她文章時，文字像是一顆精益求精的球持續變化。」西西將語句仔細揉捏，抵達某種極致的圓潤感。好像冥冥注定，李欣倫自己也用（乳汁一般）的「白色墨水」書寫延伸出身在醫療、疾病、身體、心靈的環境下，見聞習染的生活；如折射、跳躍、組裝於文字之上。

鏡子裡的「誠實」

我們應該如何掌握散文的真實性與對自己、對讀者的誠實性？李欣倫說道：「照鏡子時，會覺得鏡中的我就是自己。但無論小說、新詩甚至散文都只是現實生活的提取，它絕不會是完全的貼合現實生活的。」日常生活散落各處的零件被寫作者拾起，將其組合、轉化、提煉到合適的程度。文類要素來自日常，但僅是取材，生活像未經打磨的珍珠，被她徒手磨製、串連成獨屬她的文句。

「自己本身就像是塊水晶，在多面的狀態下，我們在某些時刻，都不是那麼理解自己了」，自我有著隱性與顯性的特質，用「寫作」將自身進一步挖掘時，同時也是在瞭解、靠近。倒不是單單的回顧過往、疏理，而是將內心那個堆滿灰塵房間的打掃整理，即使無法煥然一新，也會重新獲得不一樣的生命體驗。

談到散文究竟要對自己、對讀者坦白到什麼程度，李欣倫深入對「散文」誠實多少與否的問題說道：「比起對讀者誠實，對自己的誠實可能更為重要，但『對自己誠實』這件事只能盡力去做。」她沒有立下明確結論，站在散文這個文類之下，人事似乎都無所遁形。透過文字「袒露」的過程，有可能會面臨到心理層面的衝擊，寫作或許不像羅蘭巴特所說的歡快、自由的藝術體驗，在接近、觸及自身以及親密之人同時，反而有可能帶來較為負面、不舒服的衝擊。

李欣倫的髮順著臉部線條停在下顎，較深的棕與較淺的相互堆疊遮住耳朵。髮絲被陽臺瀉進的光照得柔亮。空間持續播放著細微輕柔的音樂聲與李欣倫的聲線揉合一起。

「我覺得在我每次的書寫裡好像都是盡情地在袒露，有時我想隱藏一下，可是寫下去，就做不到，在袒露與隱匿沒有中間值，非常，非常兩極。」

提到生命經驗，她想著，這次一定要用樸實的方式來處理自我的生命經驗。聲音帶有熱烈的淘氣：「可是一下筆，就會有個幽魂從身體裡現身」李欣倫說起「幽魂」二字時，語句流露晶瑩的光澤感，極其短暫的魅惑式附身在李欣倫身上。我們在散文裡躊躇反覆如魂魄附體的字句，似乎都在「拋擲」出去後，帶領我們撥開現實迷霧，獲得解答。

光和影的分寸

那什麼是理想的散文呢？李欣倫認為：「如果能將生命中某個切片，不論是悲傷的；還是曾得意的，將它細緻敲打，透過這樣一個處理過程，看見自己脆弱、恐懼，那就是理想的散文。」通過書寫梳理自我的過程，儘管會面臨遲疑、躊躇，難下筆的時刻，但發現它長成後，將如琥珀凝結，比過往長得更為健壯珍貴，使人興奮雀躍。

我們談到初學者在面臨文學獎時，共同歷經競賽體制下，作品不由自主使用渾身解數般的技藝，因而制約、影響到內心真正想創作的作品時：「想到我以前參加文學獎，好像必須要很用力，即使看起來行雲流水，也要用力的行雲流水。」寫作的過程如同馬拉松，初學者似乎不免都會遇到下筆

「用力過猛」的問題，但如果想寫得久，文學獎就不能看作是「終點」，寫作歷程就如同長跑般，需調整呼吸節奏，一開始甚至可以稍微慢一些，才能跑到最後。

寫作者最可貴的特質是什麼？「寫作者，最可貴的就是勇氣」，「勇氣」二字迴旋空氣中，像一顆極其堅硬的泡泡。當李欣倫講述這些寫作脈絡時，猶如為我們重現她創作時，細細刨製、敲擊出充滿光澤的時刻。

我們剝開寫作的外衣：「寫下去的同時，就需要為寫的內容承擔了。」李欣倫猶如將風景畫添上最後一筆色彩。層層堆疊的勇氣，不只是面對自己，更包含寫下來，有可能會被討厭、質疑的勇氣。

她語速平穩，精準拿捏出寫作中所要具備的分寸感：「從日常生活提取寫作材料時，似乎不能將元素直接切八塊，血淋淋從冰箱拿出來，讓血流滿桌，這狀態太直接，素材似乎是需要被醞釀、加工過的」這也正符合李欣倫的作品狀態。沒有亂濺的血液、流淌不止的化膿，只有一條涓涓細流，無法迴避的浸濕全身。

採訪當天正好是情人節，午後的天空比正中午要更暗一階，最後一口花茶已喝完。在我們從李欣倫的《原來你什麼都不想要》更深入談及婚姻時：「面對親密關係的人，會面臨到一些考驗、試煉，這是一個很反覆且變動的過程。」讓人驚覺人在面對關係時，也如同「寫作」本身；回望寫作，現實與書寫的距離；我與人的距離；生活與我的距離，似乎都如「關係」的拿捏，去仔細思量，徐徐下筆。李欣倫將人再次拉回馬拉松的起跑點。思考著，當初為什麼而寫，我們為何而寫？如一場漫長且深遠的摸索、探詢。

■簡歷

得知男友的朋友口中我有多種代號，關於用「胡旻靖」寫詩的名字已經快兩個月沒有前進，最近仍用本名寫散文。

嘗試拋下執拗，在寫新作品當下，我靜靜看著另一個我脫光身體；在黑夜的月光下瑟瑟發抖。

時間會長出更多的枝椏與歧路

專訪作家言叔夏

朱奕丞

二〇一三年和二〇一八年，以博士班畢業為界，先後出版散文集《白馬走過天亮》、《沒有的生活》，言叔夏透過迷人的聲腔、詩意的語言，書寫關於成長、家庭、故鄉與生活的軌跡。在閱讀散文集時，不難發現她的學院生活總是伴隨著工作、日常，互相交纏錯落。採訪當天，我不禁好奇問她，是如何在學術和文學之間切換敘述聲腔？

言叔夏停頓了一下後回答，學術的理論、文學的創作都有著相似的內裡，對概念的層層推展，只是最終被放置在不同的分類上：「其實從一開始，我就不覺得這兩個東西是不同的。」用名為文學的框所看出去的風景，可以被框吸納進來，成為它的一部分，言叔夏覺得「這個世界好像沒有不文學的東西。」像是哲學家柄谷行人曾提「風景之發現」，文學的存在也似鏡中風景，而這面鏡子所反射出來的東西，其實就是文學性。

學院之生存需要練習，比如〈辯術之城〉裡對碩班時攻防的記述，言叔夏說：「攻防也是有美感的，對不對？或許再怎麼樣，都不能放棄優雅這件事。」

在關於文學性的思考之外，我們談到在實作上的寫作習慣。她和我們分享她的祕密筆記本：「我其實現在已經很少在用臉書，但是我有一個只有我一個人的私密社團，先前我試過手機的一些備忘錄app，可是後來發現我其實很少去打開它，因為跟我的現實生活沒有什麼連結啊，但我現在還是會打開臉書，去看一下別人在幹嘛。所以我後來就想，開設這樣的一個社團，然後這社團只有我一個人，可以在上面打些東西。」

追問這個社團大概有些什麼，「現在很混亂，它除了有一些日記或是旅行的過程裡面隨便寫下的東西，還有一些我喜歡的文章……還有一些我想去的餐廳。」言叔夏說著就笑起來。

「這個社團有所有的一切的事物，我還滿依賴它的。感覺就像是有一個朋友住在那裡。」

失散的話語

離開南方的言叔夏隨著學業和工作，在不同學院、城市間遷徙——從熟稔到無以指認——竟都包含一些植物：〈春不老〉、〈白菊花之死〉、〈C城的紅花〉。

這些植物與植物之間的移動，其實是一種連根拔起：「從《白馬走過天亮》寫完到《沒有的生活》中間那段時間，我覺得可能處在現實生活比較強烈的變動狀態，然後會感覺到過去的語言型態沒有辦法承擔我自己所遭遇的狀況。」透過文字所展開的影像與聲響與其說是風格，言叔夏更覺得是一種回應世界的方式；我們所感受的某些風格或是文字的轉變，有時候是來自於現實生活。如果過去經驗的世界因為時間而坍塌，讓原先說話的方式失效，根植於現實的書寫活動不自覺便「會想要抓住它」。散文作為一種表達自己內心的說話方式，作為一個發聲的聲帶，難道總要老去？

「其實就算改變了也無妨，因為它是一種誠實吧。」言叔夏坦然。

在〈沒有的生活〉裡充滿著「沒有」的那個盆栽，最終還是離開居住多年的城市以及學院，來到一個陌生的地方：「其實我以前剛搬來臺中的時候，跟這個城市沒有什麼連結。」一切關係都待重建。言叔夏說，其實常浮現「我為什麼要在這裡？」的困惑。

不過，既然彼時聲腔不同於此時是為常事。曾經無以指認的C城，最後便如同〈在車上〉裡所寫（「我第一次隱約地想起，這裡是一個叫做『臺中』的地方。」），得以緩慢去指認未知。

回望《沒有的生活》。博士班畢業之後，離開臺北之前的最後一段時光，言叔夏以地平說比喻：「那時候我住在臺北，我真的有這種感覺。覺得可能走到天母那邊這個道路就會不見了，它有一個好像邊界一樣的東西讓你在這個城裡面一直走來走去都走不出去。」在博士班末尾用盆栽身分告別學生時代進入職場，學院生活之外所面臨的巨大經驗使她無法招架：「你根本沒有辦法區分這些經驗哪些和你有關，哪些和你無關。然後我們好像只能夠被這個經驗吞噬。」隨之而來的匱乏與欠缺成為了《沒有的生活》的基調；言叔夏形容這本書其實是進入到一個德布西（Claude Debussy）的狀態——「就是在夜晚，你好像也只能在那邊休息。」

路上的聲響

聊到一眾文青都必讀的《白馬走過天亮》，我提到這本書說話的方式相較於《沒有的生活》，似乎用力不少而且更為劇烈。言叔夏回覆以誠懇的感謝。「其實我寫這本書的時候覺得很愉快，很像我自己擁有一支樂團的感覺，你可以帶它到處去拉手風琴、吹奏一些樂器。」若低聲念出《白馬走過天亮》裡的字句，會發現在言叔夏的文字裡，詞與物有時就像音符，聲響與節奏的重要性其實更勝經驗或者是材料：「有時候我會為了聲音，而挪動這些詞彙在日常生活中應該出現的意義。」

無論是《白馬走過天亮》或是《沒有的生活》，透過文字描繪出南方小鎮裡故鄉與家庭的魔幻和陰翳。在創作中進行探問，對過往之事不斷地拆解、梳理、重組，但不抱持某種議題去寫作，「我覺得人的生命應該要高於這些題目，否則的話很容易會被這個題目吃掉，但是你要去覆蓋它，就會需要一些別的路徑。」找到這些外圍的路徑並且享受抵達前的路程，至於最終是不是真正會到達目的地或謎底，其實並不這麼重要：「因為得到答案其實你的寫作就結束了。」

分岔的枝椏

言叔夏曾經感到三十歲以後的風景趨於平坦，活到三十歲，和活到五十歲其實並沒有什麼不同：「因為每個過程裡你突然都可以計算出來：你在什麼時候可能會遇到怎麼樣的狀況然後你可能會如何去應對它。所以其實那段時間我可能會覺得，對於生命沒有可能性這件事情。」

還好時間所形成的困局最終也由時間解鈴。這三年間歷經大疫，言叔夏對於寫作有想法上的轉變：「人所擁有的此時此刻事實上都是被增生出來。」書寫的過程即是將經驗再次提煉的過程，回憶本身所不斷製造的不同延伸物，實際上都來自同一個過去。在《白馬走過天亮》裡所談及的那些國中時期與高中時期，甚至是大學時期的花蓮，被回憶、被書寫的過去時空其實已大於時間等身。

「由四十歲的我說出來好像有點嘴軟……但其實我到現在都還相信世界上有另外一個我，在這個時空的另外一個地方。」她曾經搭上往歐洲的長途班機，在漫長飛行中感覺狹小的機艙裡，空間裡失去了時間性，沒有時空也不清楚時間。下了飛機就來到一個異國，「像一個嬰兒又重新生出來。」

這樣的時間體感，彷彿人類編造出來的一種謊言，甚至一場騙局，用以界定我們經驗的發生時刻，對言叔夏而言就像是一個敵人：「也許很多的文學事實上都在做這件事，就是我們怎麼樣去對抗時間給我們的各種事物。」透過書寫感知時間的流速，散文的特性在於，只要擁有此時此刻的現在，就能創造出一個新的世界；在寫作途中，撐開的縫隙長出枝椏，岔出新的歧路，路上有反覆打開的房間、巢穴：「你會讓人覺得你的現在——你可能活了不只四十年。大概有四〇〇年。」

言叔夏召喚回憶的技藝，或許就在時空的層巒疊嶂間，入桃花源，不知有漢，無論今朝。

■ 簡歷

二〇〇二年生於高雄，久居新竹，在臺中讀大學。
曾獲台積電青年學生文學獎，作品散見聯副及 medium 網誌「囈語計畫」。
現為刊物《有言集 YUUENCHI》成員（預計見刊於二〇二三下半）。
今年的目標是十二點前睡成為日常作息，不健康點怕是命不久矣。

讓詩成為指紋
專訪作家羅智成

葉芷妍

翻回高中時候的手札，封皮內摘寫這樣一句話：「時間並不理會我們的美好。」——《寶寶之書》

幾年內字跡淡去，唯有詩恆常留駐。早在認識羅智成，認識詩，甚至認識自己之前，《寶寶之書》裡的文字便帶我進入這樣不受侵擾的時間，不是課室，不是殿堂，只是日常中行走坐臥卻靈光閃現的瞬間，於是就有了一些自在與彆扭，有了一些話要說。

命名作為思想的下一步

初春下午的咖啡廳，置身言語的室內，一切便安靜下來。問起羅智成該如何開口，將心靈事物的形體描於生活，在思想的下一步，羅智成表示：「文字是讓言語可以被看見的東西。」

「不過不在現場的文字不能和語言混為一談」羅智成說，人們有時會將文字作為事實的代表，但文字永遠只是符號，我們在文字裡頭看不見文字直指的事物，好比在「悲傷」之中我們看不見所謂悲傷，再簡單、日常的語彙都仰賴讀者的想像與解義。

介於「作者本意」與「讀者解讀」之間的文字，於是有了蘊含豐富意義的含混空間。這是文字媒體的缺陷，也是最迷人的特點。

「在我內心裡總有禪宗與維根斯坦的爭辯，一人覺得思想必須落實成文字才為存在，一人覺得思想本身的完整無需仰賴不準確的文字符號，這是很好玩的辯證關係。」

從心靈到語言，再從文字到達讀者雙雙眼睛，一層層轉譯是否就像印章與印泥壓印的瞬間，總有圖樣的誤差，卻又因缺口而特別？

「沒錯，文字作為最古老的媒介，最大的特點就是粗糙，就像你所說刻印章一樣，有許多的漏洞，有時甚至大到超過實際的部分。詩受限於篇幅，保留的縫隙更寬，但正是因為沒有百分之百的正確性，豐富性才更大。」羅智成說。

從《光之書》、《寶寶之書》再到《黑色鑲金》，羅智成持續豐富著詩的可能性。「太過正確有時會錯失外延式的意義，很可惜。」當我問起詩最美好的解讀，他說：「最美好的是，當我們寫出一首詩，就擁有一萬首這首詩的完美版本。」

從理解回推到表述，羅智成說：「這同時也是命名的樂趣，當我們為事物命名，就是在透過語言，把思想下一步的意識領域表達出來。」

於是這樣一期一會的時刻，來往的拋接與討論，或許都也正仰賴著看似不可精準直指的客觀事實，進行屬於人主觀的、美滿的溝通。

「那這是否同時也就在把真實性的界圍向外推？」我伸手觸碰更抽象的提問。

「我們的意識領域是相對的，從來不是非黑即白的狀態，而是漸進式的。意識的中心是非常清晰的事實，好比一加一等於二，而越往外擴越是抽象。」

作為創作者，羅智成致力於擴大他的意識領域，使他人不清楚的在自己的清楚裡頭，他人尚未觸及的，則已經在自己的模糊中。

他強調：「當意識是一種優越的判準，擴大意識領域讓人永遠不會去輕視他人，反而因理解而擁有無比強大的包容，能同理很多很多。」

缺口與想像

從《寶寶之書》反映最美滿的閱讀關係，羅智成反覆提及詩與接收者間的密不可分。「寫詩，不管是風格、使用的技巧典故還是口氣，都是我們在表達想法的同時，試圖摸索出我們與讀者最完美的互動關係。是那種關係生出某種語言，又因為某種語言，才讓別人理解到我們與讀者關係之間具體的樣貌。」

依存關係。「詩從一開始就最依賴讀者，詩會讓我們感到美滿，跟我們預設的讀者有很大的關係，我們想像了怎麼樣的讀者，才會想起談論、完整怎麼樣的話題。」

其實一切終究回到製造連結，在羅智成看見的世界，人與人之間的關係是相互塑造的，最主要的工具就是言談的態度，是詩允許我們實踐各種與讀者間的可能關係。

這種關係有些脆弱、纖細，卻也相生相惜。

「詩若沒有透過讀者，很多美感是沒有完成的，閱讀就是一種符號翻譯，而詩就是文字的先鋒。詩能走多遠，文字就能走多遠。」

那詩、文字有辦法使人真正參與另一個人嗎？

人和人之間究竟能不能溝通，這是哲學上最大的命題之一。「我對許多事物的看法是消極的，卻同時有積極的作為。」羅智成說這不是能被計算出來的，而是一種概率。「我會找出那個解決之道，這個解決之道可能是假的、徒勞，但至少我們已經幫自己選擇了一個態度。」

日常的、思想的以及寫作的語言，對羅智成而言幾乎是毫無二致，重疊性極高，一般人則在三者之間有位階的差異，落差便影響了溝通深度的判準。

「當然，語言本來就有它的極限。」文字在深度、廣度上到底分別得以走得多遠，羅智成還在讓詩領著他走。

有了詩之後

詩之外，羅智成透過插畫、戲劇甚至結合音樂，不停擴建著屬於他的教皇宇宙，這些同樣源自於美的創造，從來都是一種流動的、豐盛人格的培養。

所謂的精神原鄉，對他來說就是心靈某塊不同時期、風格的領地，好比希臘、埃及文化，好比古典、搖滾樂都可以是，在許多精神原鄉之中，除了印象派之外，對於羅智成而言最大的啟蒙便是超現實主義。

「超現實主義一直是我的重要的美學元素，不只在繪畫上面，同時大大影響了我在寫詩時尋找意象的過程。」羅智成受超現實主義畫家 Giorgio de Chirico 影響頗深，畫家作品中充滿的「預感」，其實就是他一直在追求的，一種呼之欲出的美感，那樣收斂的能量對於羅智成來說是最大的。

談到繪畫與詩，羅智成寫每首詩都像是在構思一幅圖、一幀鏡頭。

「思想是抽象的，所以要將這些模糊、曖昧去具體呈現出來很困難，有些人因為感到困難，於是將就使用一些繼承的文字，但我不一樣，我仔細揀選每個意象，讓我的指紋遍布其中。」

有了詩之後呢？「其實我一直在追求的是某種高貴性，高貴性的最大特點是——承認他者的高貴。」羅智成的高貴不是來源於物質、位階，而是富含犧牲自我，進而追求更高價值的選擇。

「我們生活中的選擇往往是光譜式的，高貴性其實也是在抵抗媚俗，抵抗來自他者、社會的喜愛與期待，要不去回應那些、專注於抵抗媚俗是極其困難的。」

當然，這樣的高貴性需要現實的支撐，來空出心靈讓步的餘裕。

幼稚少年的廢棄樂園

羅智成談起一路的創作歷程，黃金的四年級一代，面孔與聲影交織，成為記憶最甜蜜的滋養，於他而言，那樣玩味、年輕的心始終跳動著：「我到現在都還是一個少年的狀態，其實也是刻意不想那麼快弄懂關乎內裡的一切。」問起羅智成想對年輕時代的他說些什麼。「更謙虛、更專注。」以前總擔心被歸類成某一種創作者的樣子，當時寫詩，甚至單單表明寫詩，人就可以因為它的前衛性而被賦予某種態度與宣示，他不想被框架。越寫越想寫，現在他似乎又回到當初創作時新鮮的好奇與敏感。

「一定要對世界有巨大的熱情，且畏懼落後。詩是工具，寫不出來就不寫，寫其實也就只是因為必須寫，詩不是用來供奉的。詩是終於表達出內心的那句話語，在幫助我自己釐清我所擁有的想法，是一種挖礦的工具，使之（思想）現形。」

寫詩寫了一生的人，羅智成第一眼看見詩中孤獨的力量。「當沒有人看的時候，詩還為了什麼而有趣？我最大的動力與幸運就是找到無需仰賴外界、自我在詩中感到滿足的能量與樂趣。」

對於寫詩的我們與我們的詩。羅智成輕輕拾起那些晶瑩的詞彙、澄澈的意象，在廢棄的兒童樂園裡玩著堆疊的遊戲，構築少年恆常年輕的宇宙，在流傳的一字字音讀中留下屬於他的指紋。

■ 簡歷

二〇〇三夏，島之北。現就讀於政大傳院，喜歡夢，清晨，珊瑚色火鶴。曾獲台積電青年學生文學獎，作品散見聯副、鏡文學及文字帳號 @jenyen__yeh。十九歲的願望是二十代也要過有詩的生活。

我會唱歌給香蕉聽喔

專訪作家小令

吳浩瑋

「在吃東西之前，我會先唱歌給食物聽喔。」

本以為小令詩裡寫「唱歌給香蕉聽，再把香蕉吃掉」是修辭新造的情境，沒想到是她的用餐實況，「那時身邊沒有人，我獨處，但我隱約知道，旁邊有一個疑似是活物的東西。一根banana。當我發現自己即將把這個活物吃掉，我就想跟它說說話。」

小令覺得，食物下肚前都還算是活著：有體溫、脈搏、心跳。但這樣的前提下，人們很少意識到「吃」這行為，除了提供養分給自己，同時是在結束食物的生命。

「你怎麼吃，其實就決定了它們怎麼結束一生。比如你把食物放到發霉，那可能就是它們的命運：成為黴菌的養分；但也有可能，食物可以被你記得、被你好好對待。」唱歌給食物聽，是幫它們調頻。她希望與食物產生更多共鳴、和諧相處：「食物會進入你的身體，成為你身體的一部分。」

為什麼要為食物做那麼多？小令說，不可以小看吃這件事。

記得呼吸

大學畢業後，她輾轉在高級餐廳任職外場服務員，端盤與收盤之間，目擊著人與食物的慾望現場。固然見過美的，「有一位女士，吃東西好看到，天哪我好希望我是那盤食物。」然而這只發生過一次，多數時間她在惶然中度過。

高級餐廳的來客多是有錢人，上層階級的社交中，吃不只是攝取，還成了炫示地位、談判的工具，「他們就點啊點啊點啊、喝啊喝啊喝啊，但聊完天之後，東西沒吃乾淨，也不打包，就走了。」

眼前一片狼籍，來不及疼惜剛變成廚餘的食物，下一組客人馬上要入坐，她只能不斷收廚餘、倒廚餘，清乾淨，再留給下一組客人弄髒，好似餐桌上替食物收屍的薛西弗斯。她好想對那些客人吶喊：「在座的諸位，不要以為你們付得起這些錢、吃得起這些東西，身上就沒有一處是不暢通的！你們的身體裡也有東西堵塞著。」

比如呼吸。

她發現，那些一邊狂吃一邊狂聊的人，呼吸會被堵住。

但端菜的自己有呼吸嗎？近年海廢議題熱烈：北極熊沒有冰塊站、海龜一直被吸管戳鼻孔。她總想，「海龜已經很慘，我還在這邊端餐？我到底在這邊幹嘛？這些人還一直在吃海龜的食物？他們吃海蜇皮到底要幹嘛？人真的有很需要吃海蜇皮嗎？」地球上好多生命在死，自己卻得在一群不尊重食物的客人面前，介紹這個肉如何料理、這道菜多好吃。身為餐廳員工，她很難不把自己想成一起戕殺食物的共犯。她如此寫這份無能為力：

「請不要客氣我已經把自己打開到／成為食物的地步」——〈其實我們一樣堵塞〉

工作到天人交戰，她會躲進廁所，「那種感覺就像潛水：除了自己的呼吸，你聽不到其他聲音。」門一關，外面的紛擾被遮斷，安靜的轉瞬，「呼——呼——」隔壁隔間的同事忘記拿掉mic，呼吸聲清晰地透過來。

「只有那時我會想起，自己也有在呼吸。」

分身

白天看盡餐廳的慾望場，晚上回家，她卻必須以另一種方式與食物共處。「《今天也沒有了》這本詩集很認真在跟『吃』建立關係。那時候真的太窮困了。」大學後離家生活，清貧時，基層的生命需求被放大，「不是說常常餓肚子，但我會想吃得經濟、聰明，跟吃這件事搏鬥。」

小令因而常寫食物，連同生活的搏鬥一併寫進去。

「鵝肉便當，熱茶／厭倦得無能自知／總想出去讓自己隨便／發生點什麼」——〈店裡的鐘〉

「總是肉鬆蛋總是／乾意麵的早餐／與空茶杯對看整個上午／不知誰才是多出來的」——〈狹窄〉

「把醬油拌飯放進身體裡，久久才默認／兩天就不做／自尊心那麼高／都可以用來上吊」——〈默認〉

食物的現形，贖回了生活被寫作整除後本該捨得的畸零，「我只寫我在吃、我要吃、我準備吃的。」

詩是她的日常打卡：**「盒裝奶茶，香菸，微波海鮮飯」**（〈翳渣〉）**「納豆捲好，玉子燒還好，**

菠菜就炒」（〈長吻〉）**「雞蛋與可頌，最後一壺的／紅烏龍？醒來卻不開燈的窄房」**（〈延續〉）……諸多食物不見得有特定隱喻對象，憑藉名詞的堆疊、錯置、對位，詩意生發；最根本的，也關於進食作為生命與身體的重要構成，寫食物、寫食慾，有時是比裸體更赤誠的展示。

「食物就好像我的分身一樣。」她說，「它們終將在某天、某個時間成為我身體的一部分。」所以當這些食物被閱讀，讀者目睹的不只是一頓飯，也是還來不及成為小令的、小令身體的一部分。

《監視器的背後有神明》成書那陣子她迷戀番茄。〈多等〉就以番茄投射等待：**「番茄是心／一天一顆／數新度日／數完就吃掉」**。她舉例，「比如我的身體在等人，我很難直接說一具在等待的身體是怎麼樣的身體；等待或許是，持續消耗掉一些東西，然後持續存在……但這些改變太靜態、抽象了，所以我寫第一天消失一顆番茄、第二天又消失一顆……」

食物的來處，菜場，對小令亦是水源般的所在。舉凡搬家都會先探查附近有哪些傳統市場。從小與母親逛傳統市場的記憶如今也牽著她，攤販的氛圍、與攤主的交流是超級市場無法複製的。「只要家附近有傳統市場，就可以建立一種生活的氣味。像在幫生活打基底。」

小令喜歡買菜，與地方的菜攤、豬肉攤熟稔，也是在跟一塊土地、一段生活結緣。「買菜是溫和的生命現場。有時候挑選出來的菜，它不是真的怎麼樣好或壞，但我就是知道，我喜歡那一棵。」

吃到吐

「我有個壞習慣，做一件事，我會想做到爆。」

《在飛的有蒼蠅跟神明》寫作期間她愛吃雞心，於是一口氣連吃好幾餐，但到後來，她開始不理解執著雞心的原因。為何食物面前人是如此傲慢？

「我到底是什麼東西／有這麼偉大到／特別到非要誰死給我吃不可」——〈吃心補心〉

她暴食的習癖，據分析是種自我防衛機制，「我很怕上癮。假設我迷上閃電泡芙，我會整天都在想『好想吃閃電泡芙～好想吃～』我就想辦法找一天，把所有口味都吃過一輪。」藉由把一件事情做滿來關掉慾望，她不確定這是好是壞。但承受太多，總會反彈，「結果我吃閃電泡芙吃到吐，躺在路上暈眩，我就去一間店點了燙青菜，在那間店的廁所吐。」看到閃電泡芙陳屍馬桶，從此再無興趣。

「我看著被吐出來的食物心想：我到底在幹嘛？我為什麼在這裡？或對它們說：『你為什麼要跑出來？你為什麼要離開我？』」食物沒有好好結束生命，這是會唱歌給香蕉聽的小令不忍心看到的事。小令再一次自語：我到底在幹嘛？——然而也是種種「我到底在幹嘛？」的停頓裡，一首首詩被寫就。

楊佳嫻曾讚譽小令「擅長從日常挖出黑暗的黏稠」；對小令來說，那些黑暗也早已寄存於日常：「詩是告白。事情就是這樣發生了，我盡可能把我認知的寫出來。」

她寫與死相依的活，**「現在洗澡的時候／都會一直盯著插座的孔洞」**（〈乾淨〉）；她寫對戀人的失望，**「仍然沒有一次在曬衣時／覺得可以跟這個人一生」**（〈打斷〉）；她寫庸碌，**「人生就是跑了八間理髮店最後回到第一間去剪」**（〈藍髮〉）……小令用痂去寫傷口：本來沉沉的痛，

因而輕薄、癢、似乎一摳就不見——但一直抓，仍會出血。

「我知道這些事很沉重。但如果我一直很沉重地說這件事，反而不會有所幫助。就算是很痛苦的事情，我想也有很輕的方式可以認識它。」都說小令的詩輕盈，那並非她天生骨骼精奇、腳跟懸空，那種輕，是把生活吃進肚子再暴力地吐出來——排除重量後，倖存在身體裡的輕。

小令寫詩，那更像她在過活。

■簡歷

二〇〇一。

世新大學在讀中。

任職 BIOS monthly。

有五個耳洞。

特別收錄

文學大小事部落格徵文

文學大小事部落格徵文 · 第 3 彈

花開了

短文／詩徵文辦法

一朵花的綻放，是季節交替，是情感湧現，亦是人生隱喻。

請以新詩（3 行以內，含空行，不含標題）寫下你所遇見的花開。在徵稿辦法之下，以「回應」（留言）的方式貼文投稿，貼文主旨即為標題（標題自訂），文末務必附上 e-mail 信箱。每人不限投稿篇數。徵稿期間：即日起（2.28）至 2023 年 4 月 6 日 23:59 止，此後貼出的稿件不列入評選。預計 5 月下旬公布優勝名單，作品將刊於聯副。

投稿作品切勿抄襲，優勝名單揭曉前不得於其他媒體（含聯副部落格以外之網路平臺）發表。聯副部落格有權刪除回應文章。作品一旦貼出，不得要求主辦單位撤除貼文。投稿者請留意信箱，主辦單位將電郵發出優勝通知，如通知不到作者，仍將公布金榜。本辦法如有未竟事宜得隨時修訂公布。

台積電文教基金會、聯合副刊／主辦

駐站作家：隱匿、凌性傑

文學大小事部落格：https://medium.com/@fridaynightmoonlight

二〇二三文學大小事部落格徵文「花開了」示範作

短暫的夜晚

◎林達陽

向世界遞出香氣，我獻上全部自己
想像一個心懷奧祕的數學家在星空下
點燃了新的幾何圖形——

不開花的時候

◎騷夏

就裝草　平凡的草
用觀葉考驗你的耐性
沒把我種死　才能為你綻放

即景

◎曹馭博

陽光下的棄站，鳶尾花
從綠色的胎蔭中綻開
不曉得此處荒廢了多久

記奈良長谷寺雪中牡丹

◎凌性傑

月光下，雪聲一層一層堆疊
我打開了簡單的心念，沒有名字的愛
出示只有自己可以完成的美

失足

◎陳繁齊

為了更靠近溫暖
所以才爬得那麼高。然而最終
每一片的你都沒有成功飛起

春天

◎李進文

也只有兔耳朵把一切夢幻聽進去——
繁花開放自我，隨風持咒；一旦她們
飄落，就為了跳進愛麗絲的兔子洞。

眾目睽睽

◎隱匿

花開了
這個世界又睜開了
一隻眼睛

鏡像婚宴

◎詹佳鑫

掌聲響起，黑暗的冷盤中央
一朵石斛蘭在油水中甦醒
呢喃鮮豔的承諾

駐站觀察一起看花吧

◎凌性傑

整個四月有一種美麗的殘酷。幾位朋友每天在網路上更新日本賞櫻行程，隨手傳來即時花況，時時引誘無法出國旅行的我。花開的時候不在現場，難免有些惆悵。幸好能夠駐站觀察一首又一首的短詩，詩裡有光影、有香氣、有花開的聲音，而且文字花況不會比那些高彩度的相片遜色。閱讀的時候，反覆播放郁可唯唱的《路過人間》，很喜歡「花花世界」這樣老套的比喻，也很喜歡臺灣的風土條件使得四季都有花開，讓我信步遊走即可遇見一片花花世界。

在這個世界，繁華不過一瞬，一個人的生命再怎麼璀璨，終究也只是人間路過而已。我曾在心裡種下一株五色蓮，私自擬定的花語是：「此生已經足夠，不必再有來生。」這當然要感謝《華嚴經》的教示：「佛土生五色蓮，一花一世界，一葉一如來。」當下即一切，一朵花裡有整個宇宙的祕密。

詩當然也是，透過種種迂迴的暗示，心與物相映，一字一天堂。

當世界凝縮變成兩行詩、三行詩，這幾乎可以說是詩的極簡主義了。極簡不是什麼都沒有，什麼都沒有叫做虛無。極簡是納須彌於芥子，極簡是以大量的留白為底色，把瞬間感動安置其間，然後不得不這麼說，像極了永恆。

兩三行的短詩，易寫而難工，湊字數、行數容易，於精微中見廣大卻是無比艱鉅。這個時代，我們甚至可以請 Chat GPT 代勞寫詩。這項發明令我感到驚詫，當人工智慧可以代替人類寫詩的時候，我為什麼還要寫詩呢？跟 GPT 對話時，我開自己一個小玩笑：「請運用淩性傑的寫作風格與技巧，書寫一首以花為主題的中文現代詩。」GPT 五秒鐘之內如此回應：「花開之時／如同一個人的一生／有繁華和蕭瑟／有喜悅和哀愁／有盛放和凋謝／有開始和結束」句型無誤，沒有錯別字。我想，若是再多設定幾個提問條件，比如運用象徵、隱喻、映襯這些修辭技巧來幫我寫詩，GPT 的創作成果會更嚇人。

Chat GPT 提醒我，不管自己能不能寫得比機器人好，我需要找到一個寫詩的理由。或許有一天，機器人可以寫得比我更好了，或許寫出來卻再也沒人看了，但我仍然可以為了一個美好的理由繼續寫詩。寫得好或寫得壞無所謂，當興之所至，有話非說不可，如此時刻我希望表達的形式可以是詩。只要我不抄襲、不模仿，只要那是自己創造的，而我樂在其中，這大概就是寫詩的理由了。（一方面悲傷地設想，或許以後文學獎競賽規範應該要加上一條——禁止用人工智慧來進行創作。）

即便個人智識有限，創造力有時而盡，享受寫一首壞詩的樂趣，享受胡思亂想語無倫次，那正是身而為人（而不是身為機器人）的特權。瀏覽一千多首以花開為主旨的短詩，彷彿欣賞了無盡的靈魂花火，一枚接著一枚綻放。那是此心與世界相遇的歷程，這樣的獨一無二，只有自己知道也很好。

不論以花為名或是未聞花名，三行之內必須見自己也見宇宙。除了直覺洞察，除了用眼耳鼻舌身意去迎接花花世界，看花似乎也常能看出一番道理。自開自落的花朵，究竟與此心有什麼關連呢？王陽明《傳習錄》說：「爾未看此花時，此花與爾心同歸於寂。爾來看此花時，則此花顏色一時明白起來。便知此花不在爾的心外。」我喜歡一時明白起來的時刻，心花朵朵盡是個人的覺知、瞬間的觸動。

諸多詩作裡的各式花開，可能是現象的顯露，可能是心事的倒影，也可能是想像的延伸。「我明明會開花／為何非要把我切一切／才叫蔥花」（惠民）這首詩寫得幽默詼諧，如果挪借這個思路來寫蛋花，應該也很清新可愛。「一場大火，吞噬了妳最後一個花季／灰燼中／我合十的手，開滿了百合」（謝祥昇）詩中用雙手合十連結百合意象，寄託告別的感思，言有盡而意無窮。「不想驚動太陽／披一身月光／將一生娓娓道完」（湛藍）則是將曇花擬人，進行換位思考，投射寫作者的心念。我喜歡心念與實相可以互即互入、彼此依存，詩句裡泯除此心和外物的隔閡，人不特別渺小也不特別偉大，人在世界中，世界也在自己心中。

鄭愁予〈寂寞的人坐著看花〉寫道：「擁懷天地的人／有簡單的寂寞」憑藉著一份簡單的寂寞，我們或許還可以擁懷什麼、珍惜什麼。也或許，寂寞的生活需要一點點感動，那就一起讀讀詩，一起看花吧！

「花開了」優勝作品

蔥花

◎惠民

我明明會開花
為何非要把我切一切
才叫蔥花

花開

◎林宇軒

我的傘準備好了
你的雨來不來？

如今

◎靈歌

有些二月
被花過，樹被雨過
我穿過你曾經的院落

當下

◎林清雄

花開，在哪裡
心在那裡
如來，在這裡

告別式

◎謝祥昇

一場大火，吞噬了妳最後一個花季
灰燼中
我合十的手，開滿了百合

花道一隅

◎殷雷 Un Luî

路燈是夜幕下　最明白的一朵花
綻開了我身前與身後　至深的寂寥

花心

◎木衛一

「花心惹蜂蝶。」
花本來沒有心
說這話的人倒是有

牽牛

◎蔡文哲

成為你的小牛被牽著走
可能在清晨迷路
但花開時便有了家

曇花

◎蔡文哲

不想驚動太陽
披一身月光
將一生娓娓道完

白流蘇

◎孫其芳

走出硃紅灑金的情節，站上枝頭
垂下月白的臉瞅著人世，姿態
比雲低一點，比塵世高一點

聯副文叢72

書寫青春20：第二十屆台積電青年學生文學獎得獎作品合集

2023年10月初版　　定價：新臺幣360元

編者　聯經編輯部
叢書主編　黃榮慶
校對　胡靖
整體設計　烏石設計

出版者　聯經出版事業股份有限公司
地址　新北市汐止區大同路一段369號1樓
叢書編輯電話　(02)86925588轉5307
台北聯經書房　台北市新生南路三段94號
電話　(02)23620308
郵政劃撥帳戶第0100559-3號
郵撥電話　(02)23620308
印刷者　世和印製企業有限公司
總經銷　聯合發行股份有限公司
發行所　新北市新店區寶橋路235巷6弄6號2樓
電話　(02)29178022

副總編輯　陳逸華
總編輯　涂豐恩
總經理　陳芝宇
社長　羅國俊
發行人　林載爵

行政院新聞局出版事業登記證局版臺業字第0130號

本書如有缺頁，破損，倒裝請寄回台北聯經書房更換。　ISBN 978-957-08-7126-5 (平裝)
聯經網址：www.linkingbooks.com.tw
電子信箱：linking@udngroup.com

國家圖書館出版品預行編目資料

書寫青春20：第二十屆台積電青年學生文學獎得獎作品合集/聯經編輯部編．初版．新北市．聯經．2023年10月．
368面．14.8×21公分（聯副文叢72）．
ISBN 978-957-08-7126-5（平裝）

863.3 112015385